El final de todo esto

El final
de todo esto

CRISTINA FALLARÁS

Papel certificado por el Forest Stewardship Council®

Primera edición: abril de 2024
Primera reimpresión: abril de 2024

© 2024, Cristina Fallarás
Por mediación de MB Agencia Literaria, S. L.
© 2024, Penguin Random House Grupo Editorial, S. A. U.
Travessera de Gràcia, 47-49. 08021 Barcelona

Penguin Random House Grupo Editorial apoya la protección de la propiedad intelectual. La propiedad intelectual estimula la creatividad, defiende la diversidad en el ámbito de las ideas y el conocimiento, promueve la libre expresión y favorece una cultura viva. Gracias por comprar una edición autorizada de este libro y por respetar las leyes de propiedad intelectual al no reproducir ni distribuir ninguna parte de esta obra por ningún medio sin permiso. Al hacerlo está respaldando a los autores y permitiendo que PRHGE continúe publicando libros para todos los lectores. De conformidad con lo dispuesto en el artículo 67.3 del Real Decreto Ley 24/2021, de 2 de noviembre, PRHGE se reserva expresamente los derechos de reproducción y de uso de esta obra y de todos sus elementos mediante medios de lectura mecánica y otros medios adecuados a tal fin. Diríjase a CEDRO (Centro Español de Derechos Reprográficos, http://www.cedro.org) si necesita reproducir algún fragmento de esta obra.

Printed in Spain – Impreso en España

ISBN: 978-84-666-7348-8
Depósito legal: B-1.670-2024

Compuesto en Llibresimes

Impreso en Rodesa
Villatuerta (Navarra)

BS 7 3 4 8 8

A Piluca.
A Lucía y a Gabriela, familia.
A María, Amparo, Marisa,
Lydia, Zinnia y Karmele,
que son este libro

1

Escroto

Se trata de un hombre blanco evidentemente alimentado a base de mantequilla frita, unos sesenta años de más grasa que carne. Desnudo, con el cabello ya muy clareado en gris, igual que el vello del pecho y de los genitales. Las mejillas empiezan a colgarle sobre las comisuras de los labios esbozando esa tendencia caucásica al hocico canino. La hinchazón de los párpados enrojecidos delata décadas de alcohol. La papada colgante, los miembros enclenques, lechosos y flácidos de culo en oficina y barra de taberna. En fin, uno de tantos ejemplares entre los millones de puteros pedófilos a los que el mundo blanco endulza con el apelativo de turistas sexuales.

Sobre la cama, su cuerpo presenta la clase de postura que provocaría entre sus compañeros de trabajo y barra esa irrefrenable hilaridad que acaba en tos y esputo. Risas un día y otro día, y año tras año, y cada Navidad, y por generaciones. El tipo de desnudo que en un par de segundos salta de red en red, de móvil en móvil, después de haber pasado por el de tu esposa y por los de todo tu círculo social, tus hijos y sus compañeros de colegio. La típica estampa que se hace viral y, después de millones de visitas, acaba saliendo en las televisiones y permanece en internet ya por siempre jamás para escarnio de tus propios nietos.

En cueros, a cuatro patas y con el culo en pompa, atado de pies y manos a la estructura de la cama. Las esposas de felpa rosa de sus muñecas le inmovilizan de tal manera que le obligan a mantener baja la cabeza, mientras que las de los pies le hacen conservar las piernas separadas. Cuelga una barriga temblorosa y se le caen los mocos. Delante y detrás del catre, donde hasta hace poco yacía una niña flaca y sin desarrollar, sendos puntos de luz roja atestiguan que las cámaras graban.

La entrada de una mujer ataviada de sanitaria no interrumpe la grabación. La acompañan dos jóvenes. Las tres batas de hospital convierten la estancia en el quirófano que es. La cámara que tiene ante la cara le impide descomponerse cuando ve la jeringuilla. Por un momento cruzan su cabeza la idea de pruebas, la idea de jueces, la idea de consulados, la peregrina idea blanca de fuerzas y cuerpos de seguridad del Estado.

Y flash.

Fundido en blanco.

Nuestro hombre, muy improbablemente acusado de turista sexual, se despierta con la mejilla contra piedra mojada. Llueve, está en la calle, es de día, y nadie de entre el enjambre de transeúntes repara en él. Antes de mover un solo músculo, siente un dolor ácido en los testículos que ya no tiene.

Oficina, esposa, taberna, hijos, colegio, televisión, generaciones.

Silencio.

2

Prostíbulo

Aquellas mujeres cuyas existencias discurren por pasillos de empresa, cocinitas para el café de oficina, bolsos con cremalleras a diario, peluquería los jueves y lavadoras de ropa de cama en sábados sin resaca ignoran lo que es vivir atada a una cama. Ignoran lo que es vivir atada a una cama mientras ves pasar las horas, hombre a hombre, hostia a hostia, saliva a semen. Es así. Lo ignoran.

Si en algún momento, por cualquier improbable circunstancia, decidieran ignorar un poco menos las cosas acerca de las mujeres atadas a la cama —de la misma forma que deciden ignorar un poco menos cualquier cosa acerca de las niñas que se follan sus maridos o de las adolescentes que después aparecen en las pantallas de sus portátiles con el coño lampiño abierto—, si lo decidieran, lo harían solo al considerar que no son exactamente mujeres «como ellas», que son otra cosa, seres vivos de otro tipo. O de ningún tipo. O ni siquiera seres, ni siquiera vivos.

La muchacha cuyo nombre no existe, atada a una cama hora a hora, hombre a hombre, hostia a hostia, saliva a semen, no piensa en ellas cuando la desatan, ni en la posibilidad de su existencia. Bolsos, cremalleras, oficinas, cafés, ropa de cama y resacas no forman parte de sus conocimientos. Sale de la habitación, se ducha y pide arroz.

Mientras come, contempla ya sin temblar el desfile de hombres por el lugar. Ella no va a tener nada que ver con lo que sigue a continuación. De niña, apenas tuvo trato con su madre. La vida no es fácil. Sí con la abuela. Hay que estudiar, hay que obedecer, hay que aprender comportamientos. Comportamientos.

A su lado, en la cocina, la mujer que no llora mira por la ventana. A la mujer que no llora la llaman Christine, ninguna recuerda haber sido presentada. Ella es la que acostumbraba a abrir la puerta, proporcionar el acceso a los hombres y también la encargada de los alimentos y las pomadas. Es ella quien empezó a atarlos, y aquello a la muchacha cuyo nombre no existe no le pareció ni bien ni mal. Cada cama requiere su ser atado, y ella ya ha cumplido con creces esa tarea. Entiende sin más que ahora les toca a ellos.

A ellos.

Y así va a ser en adelante.

«Hay que darles de comer», dice Christine.

Llevan atados un par de días. Ninguna de las mujeres desatadas reacciona. Permanecen allí como cae la lluvia mansa, meteorológicamente. Como lo que cae sin precipitación. Permanecen.

Once mil kilómetros al oeste de ellas, una mujer abre la cremallera de la pregunta sobre la ausencia de su marido. Y después otra, y otra, y otra. La abren con el mismo desinterés que dedican a ese pasar el agua por la taza de café en el cuartillo de la oficina destinado a tal efecto. Sus maridos no han regresado de sus habituales viajes asiáticos. Oh.

Tarde o temprano, en un abrir y cerrar de cremallera, acabarán apareciendo, piensan.

Así que cuando Christine abrió la puerta al visitante número uno, en la cabeza de ninguna de ellas cupo la posibilidad de su esposo desnudo, atado de pies y manos, en un burdel asiático. Ni por placer ni por lo contrario. En la cabeza de ninguna de esas mujeres cabe absolutamente nada, a esas alturas, referente a su esposo. Sin embargo, para cuando la primera abre la cremallera, las ocho habitaciones del burdel de Christine ofrecen ya la estampa de otros tantos hombres caucásicos desnudos atados de pies y manos.

En el alféizar de la ventana de la cocina se posa el pajarillo habitual, un jaranero diamante mandarín. La ventana da a un muro gris de bloque suburbial, miel en comparación. Las cuatro muchachas presentes sonríen porque acaban de nacer y cualquier bebé sonríe cuando un pájaro canta.

«Hay que darles de comer», repite Christine.

El canto del diamante mandarín se parece al sonido lejano de los niños en un parque, y los niños en un parque, desde lejos, suenan igual en Noruega que en Tailandia. Los pájaros y los niños, como las cremalleras, no responden a asuntos geográficos.

PRIMERA PARTE

El principio de todo esto

3

Voz sin nombre

La imagen de una tierra devastada, la estatua de la Libertad cayendo, olas gigantescas, cadáveres de coches en grandes avenidas, un silencio cubierto de polvo, ruinas y cristaleras rotas, esa era nuestra idea del fin del mundo. Tan básica como equiparar el mundo y la especie humana, la misma cosa y se acabó la película. Tanto como reducir la idea de *el mundo* a uno solo. Nuestros edificios, nuestras calles y ciudades, la carnecita de nuestras criaturas, los habitantes de Nueva Delhi y los taxis de Nueva York representaban el mundo, *el mundo*. Entonces llegaba un tsunami y se lo llevaba todo por delante; caía un meteorito y se lo llevaba todo por delante; un huracán y arrasaba con todo después de haberse llevado por delante a los habitantes de un pueblo de Texas guarecidos bajo un puñado de maderos clavados sobre quién sabe qué agujero en la tierra, pero sin duda la misma ratonera donde los asesinos pedófilos seriales guardan a las niñas, etcétera. Ya luego cuento más. Tengo mucho tiempo. Aquí y ahora el tiempo ya no es tiempo, no cuenta.

Se creía que el fin del mundo llegaría de golpe, de un zarpazo de naturaleza. ¿El fin de qué mundo?

Soy una mujer, escribo esto después del fin del mundo, de un mundo, y no me llamo de ninguna manera.

No tengo nombre.

Ese mundo se deshizo.

Cuando todo esto empezó, nosotras ya habíamos dejado de llamarnos. Eran cosas paralelas. Soy la mujer que escribe, una mujer, otra. El lugar que habito es en esencia igual al mundo en el que todo empezó a terminar. No se ha caído ninguna estatua en Nueva York, ninguna torre en París, ningún cristo en Río de Janeiro, el Vaticano sigue intacto y Japón también, los polos apenas se han derretido un poco más y no ha desaparecido ninguna localidad costera. Hay más plantas, eso sí. Más plantas y menos niños. A menos niños, más plantas.

Las cosas de los mundos, de lo que llamamos realidad, suceden poco a poco. No cae un meteorito y en ese preciso instante desaparecen los dinosaurios. Ah, pero esa es la plantilla sobre la que dibujamos nuestra idea de la desaparición de un mundo.

Nuestro mundo.

Nuestra realidad.

Escribo desde el final de un mundo y lamento informar de que eso que llaman *el mundo* no se acaba. Se acaba, o no, quién sabe, una realidad que considerábamos nuestra. Se acaba un mundo conocido. Se acaba sin siquiera ser consciente de su acabarse.

Todo empezó en serio en los primeros años veinte de este siglo miserable, el siglo XXI.

4

Plantas

Ahora hay plantas por todas partes. Me gustan las plantas, parecen lo contrario a algo. Son lo contrario de la muerte y también lo contrario de la vida. De nuestra vida. Los científicos se encandilaron con lo de las plantas, en los medios de comunicación se hablaba del descenso de la natalidad, de la crisis económica. Causa y efecto. La crisis económica es una idea incuestionable. «Es que estamos en crisis económica», eso. «Esto es por la crisis». Se decía «crisis económica» y se jugaba con la pelota de esa abstracción, porque las crisis económicas no existen. No existen. Existen otras cosas, existían entonces. Esas sí. Pero no se puede cuestionar algo que no existe.

En los primeros años veinte de este siglo XXI se pasaron por alto las cosas realmente existentes. Seguramente siempre ha sido así. «Los jóvenes no se pueden independizar por la crisis económica», decían. «Desciende el número de matrimonios por la crisis económica». «La crisis económica es la causa del descenso de natalidad». Se decía: «Si las personas jóvenes no tienen trabajo, no dejan la casa paterna». Si las personas jóvenes no dejan la casa paterna, no alquilan pisos. Si no alquilan pisos, no forman parejas estables. Si no forman parejas estables, no tienen hijos. Las llamadas crisis económicas resultan de mucha utilidad para cualquier golpe, cualquier incertidumbre o todo acto criminal de Estado.

Hay un descenso notable de natalidad.

¿Dónde?

En los lugares donde hay crisis económica.

¿Cuáles son esos lugares?

Los lugares donde hay crisis económica son aquellos en los que se afirma que hay crisis económica.

Oh.

Ahora crecen las plantas. De eso también se ocuparon en algún momento. Demasiado tarde. Todo fue demasiado tarde. Éramos ya bastante listas.

Ahora hay plantas por todas partes. Las plantas son lo contrario de las criaturas humanas, por ejemplo. A menos niños, más plantas.

5

Tras las voces

Todo empezó a suceder después de que las mujeres hablaran. Se suponía que hablar iba a ser lo más difícil. Parecía también revolucionario.

Decíamos: «Cuando se escuche el relato de las mujeres, el mundo cambiará».

Decíamos: «Si las mujeres, todas, una a una, narran sus violencias, será una revolución».

Así se hizo. Millones y millones de mujeres se lanzaron a la red como pececitas valientes, empecinadas, a describir la forma en que su abuelo les metía la mano bajo las bragas, cómo su jefe las obligaba a la felación, la persecución en las calles, los golpes en casa, las violaciones en el lecho matrimonial, las humillaciones diarias, los partos con tijeretazo. Todas recordando sus seis, sus ocho, sus once, sus quince años. Todas remontándose, remontando la corriente, nadando en contra del silencio, moviendo la diminuta colita atrofiada por la historia conocida, la única historia existente hasta el momento.

Y no sucedió nada.

Nada absolutamente.

Nada de nada de nadísima nada.

No hubo revolución, no cambiaron las costumbres, no descendió la violencia. Al contrario, quedaron enredadas ahí, recibiendo su ración cotidiana de nada de nada, ración de vacío construida en los silencios macho. Hasta que las primeras entendieron que solo cabía apartarse. Hasta que llegó la venganza de los ultrajados. Hasta que ambas cosas, apartamiento y venganza, fueron solo una.

De eso va esta historia, que es también la mía propia. De cómo, tras relatarnos inútil, dolorosísimamente, decidimos apartarnos de la violencia, desaparecer, perder nombres y tratar de sobrevivir de una manera digna. O sencillamente sobrevivir. Y del consiguiente castigo.

6

Érase una vez

Así que esta historia podría empezar con un «Érase una vez una niña que vivía con su madre cerca del bosque y tenía una caperuza roja…», pero la verdad es que las caperucitas eran millones, igual que los lobos.

Yo solo puedo contar esta historia desde lo que conozco, desde nuestra parte. Cuando las caperucitas se multiplican hasta tal punto, el cuento sucede en todas partes a la vez, es realidad común en narración. Igual pero diferente. Y el resultado, lo que ocurrió, esto que vivimos ahora, no es consecuencia de la historia de una u otra Caperucita, sino del cúmulo de todas. Todas las madres de Caperucita dándose cuenta a la vez, a un tiempo, de que ellas también fueron Caperucita, y también entraron en el bosque, y también se las comió el lobo. Por eso saben lo que va a suceder, igual que lo supieron sus propias madres, y las madres de sus madres, y así hasta el principio de los tiempos.

Solo que en el principio de los tiempos no tenían las redes para organizarse y actuar. Nosotras, entonces, sí.

Ahora nosotras tampoco tenemos las redes, de nuevo.

Ahora es otro tiempo, otro mundo ya. Aquel mundo se acabó. Aquella realidad.

La historia que voy a contar es nuestra parte de la historia, nuestra contribución al final de un mundo. Y fuimos verdaderamente audaces, efectivas. En fin, lo hicimos. Las cosas de las mujeres sucedían a la vez en todas partes. La madre de Caperucita que cada una escondía entre las piernas y la memoria iba emergiendo a medida que lo hacía el resto. La conciencia de haber sido Caperucita antes de ser la madre de Caperucita. Estaba cantado.

El resultado, aquella forma de dinamitar un mundo definitiva y radicalmente, fue obra de todas. Había comunidades en los cinco continentes.

No seré fatua ni pecaré de falsa modestia.

Fuimos importantes, decisivas en la destrucción.

Y la destrucción sucedió.

Podría empezar de cualquiera de las siguientes maneras:

«Érase una vez una comunidad de mujeres llamada El Encinar —comunidad no mixta de mujeres veteranas— en algún punto de alguna sierra de España, cuyas comadres atendieron a su más elemental intuición, fueron consideradas una banda criminal y sin ser conscientes pusieron la semilla para la destrucción total de un mundo».

«Érase una vez tres muchachas neoyorquinas multimillonarias decididas a ser empresarias desde sus rascacielos de Manhattan, raya a raya de farlopa, que viajaron a Bangkok en busca de materia prima, piel de escroto, y descubrieron el horror de la existencia en la intimidad de su propia sangre».

«Érase una vez una inmensa red organizada de mujeres empeñadas en sacar del bosque a todas las caperucitas que

— 24 —

andaban por la fronda entre las fauces de lobos —y a sus madres—, rescatarlas y llevarlas hasta prados nuevos alejados de todo dolor».

Porque mientras el lobo sea lobo, se las va a comer. Y aquel era un mundo de bosques: cada bosque con su lobo, cada lobo con su apetito y todo apetito, insaciable.

7

El Geisha y la Niña Shelley

Cada vez que sale de la ducha, la Niña Shelley se pregunta lo mismo: por qué su madre no le explicó la forma de tratar el vello púbico. No hacía falta una clase exhaustiva, una de esas repugnantes conversaciones madre-hija que incluyen sangre, regla, silencio, hormonas, silencio, sujetador, mujer, silencio, mujer, ahora-ya, silencio, bragas, mancha, silencio, lavadora, jabón, frotar. Habría bastado con que su madre le dijera sucinta y claramente que una debe recortarse el vello púbico. Ni siquiera era necesario hablar de depilación. Recortar-el-vello-púbico. Punto.

Este lunes de febrero —pero ¿qué es un lunes?—, la Niña Shelley, a la que hace años que ya no le queda nada de niña, realiza el gesto de levantarse una barriga inexistente, se aprieta hacia arriba el vientre plano como si tuviera panza, o porque ella la ve, la encoge, aguanta la respiración y se mira el coño. Afuera, Manhattan debería haberse cubierto de nieve, pero ese sol pálido que compite con el ala de una posible mariposa está esperando a que ella salga del baño y mire hacia el exterior. Salir, no saldrá porque nunca lo hace.

Son las once de la mañana. La Niña Shelley no abandona su habitación antes de las once de la mañana. Se lo enseñó su madre, la señora Shelley, que en tiempos nunca salía de su habitación antes del mediodía. Ahora, si sale, la Niña no se entera.

«Qué poco me enseñaste lo del coño, zorra», murmura la Niña Shelley al pasar frente a la puerta del dormitorio en el que su madre permanecerá al menos el día entero, un día más. «Mucho dormir y poco coño, zorra», repite mientras se dirige al cuarto de baño donde, como cada día desde aquel primero en el que se bajó las bragas ante un chico cuyo nombre no recuerda, se mira el coño levantándose la piel y encogiendo la inexistente barriga.

Total, que a las once y media de la mañana la Niña Shelley abre su exclusivo bolso de Lana Marks llamado Positano y busca el monedero infantil exclusivo Geisha, que todas compraron hace algún tiempo en el nuevo Zara del 666 de la Quinta Avenida, en ese gesto ideal que consiste en meter una mariposilla dentro de un huevo Fabergé. El acontecimiento bien valía aquella que fue su única salida de la temporada a la calle. Ni la Niña Shelley ni sus amigas han visto jamás una mariposilla o saben qué es un huevo Fabergé, pero eso no tiene importancia. Meter el pequeño monedero Geisha de Zara, exactamente ese, en el bolso de Lana Marks, exactamente ese, podría representar algo parecido. Eligieron la carterilla de Zara porque estaba en la zona llamada Children, porque era barata, porque les daba risa, porque guardar la cocaína en un objeto para niñas parecía una forma ideal de ser indecentemente traviesas.

Mete la mano, revuelve objetos cuyos sonidos de tanto en tanto hacen clinc y por fin lo encuentra. Tiene ese tipo de prisa con la que los viejos madrugadores buscan la barra de la primera gasolinera. El exclusivo monedero Geisha de Zara para niñas es una réplica de los antiguos con cierre de boquilla, una taleguilla rematada en su parte superior con ribetes de metal y un par de bolitas cruzadas. Nada más verlo tuvieron claro que estaba dedicado a ellas, a las «adultas», que no se trataba de un complemento —complemento es la palabra— infantil, sino algo heredado de sus abuelas, si es que alguna recordaba tener o haber tenido abuelas.

La Niña Shelley nunca sale de casa sin haberse metido al menos un par de rayas de cocaína, o sea, medio gramo, en el caso de que aquellas bolsitas acumuladas en el adminículo Geisha de Zara contengan cada una un gramo, algo que cada vez duda con más desgana. Tiene prisa, pero este lunes de enero de 2022 algo interrumpe la habitual y mecánica acción de sacar una bolsita del monederito y meterse un par de rayitas que suponen medio gramito. Al tocarlo, la Niña Shelley siente en la mano el mismo tipo de polvo que deja el semen en la comisura de la boca dos minutos después de la corrida, un polvo que no es exactamente polvo sino millones de diminutas, microscópicas, a punto de no ser, escamas en las yemas de los dedos. Lo percibe con tal nitidez que lanza al suelo el Geisha de Zara sin importarle su contenido. Le ha parecido un ser vivo. «Qué idiotez», se dice un minuto después. Se lo dice, pero no lo recoge. Saca el móvil.

—Cari...

—Sí, el Geisha.

—¿A ti también?

—Y a Britney.

8

El Geisha y Stephany Velasques

A Stephany Velasques le puede el cargo de conciencia. Ha vuelto a desayunar con leche. Se trata de la infancia. En la casa de sus padres se desayunaba café con leche y galletas, eso quiere recordar. Recordar es un acto de voluntad en el que ella pone todo su empeño. Es una construcción meticulosa que le ha llevado años. Cada noche, antes de cerrar los ojos y colocarse el antifaz, Stephany se promete desayunar un té y medio mango. Aunque lo sabe, no se confiesa que ha dejado de cenar para que el apetito la despierte y así poder tomarse su desayuno de la infancia. Pero lo sabe. Sabemos que lo sabe. ¿Por qué? Por la simple razón de que una no deja de cenar soñando con un triste té. Los sueños están llenos de leche. Así es, y Stephany Velasques lo sabe aunque no se lo diga.

Se levanta en bragas y busca en el suelo el pantalón de andar por casa y un jersey que ha dejado tirado para tenerlo a mano. Le gusta sentir un poco de frío porque ha leído en alguna página que el calor ensancha los cuerpos. El frío le hace sentir que su carne se contrae. Eso es. Quiere que su carne se contraiga hasta quedar pegada a los huesos. Como en aquella película de terror. Solo un esqueleto con los músculos al aire y ni resto de grasa, ni piel siquiera. El paraíso es un hueso con fibras adheridas.

Cada mañana, antes de encender el teléfono móvil, sonríe y susurra «tejido adiposo». Stephany está convencida de que dicho ejercicio participa de algo que llaman «lo culto». Su amiga Britney Love habla de «lo culto». Ella sabe que lo culto es un resto de semen seco en una moqueta, pero quiere ser como Britney Love y también quiere leche. Por otra parte, no sabe si es culto o no, pero una escritora balbuceante le dijo que despertarse sonriendo era un buen antídoto para la resaca. Sonrisa y tejido adiposo. Stephany Velasques bebe su primer trago de leche y promete que nunca más, que es la última vez.

El hecho de no mirar el hueco que el hombre ha dejado en la cama no responde a ninguna decisión, sino a la costumbre. ¿Qué importa la leche? Cada trago de leche arrastra su piedra de culpa. Ah, pero no es piedra, sino algo orgánico. Cada trago de leche engorda sus vísceras y las mujeres ya ni siquiera sangran.

Stephany Velasques saca su monedero exclusivo infantil Geisha de Zara, lo deja sobre la encimera de la cocina, junto al pantalón y el jersey que no se ha puesto, y no es consciente de cómo se limpia los dedos contra el culo de la braga porque está demasiado ocupada en echar al cubo de la basura todo lo que queda en la nevera. Es el castigo por desayunar. Al fin y al cabo, convive con el asco, disfruta con cada náusea, y cada náusea es un tirón hacia el monedero. Qué risa el monedero, qué divertido Zara, qué divina ocurrencia la farlopa en el suave cuerito infantil. Uno a uno va tirando a la basura botes, paquetes, restos orgánicos y cajas, con un ojo puesto en la encimera. Si se parara a pensarlo, caería en la cuenta de que siente el Geisha como la presencia de un animalillo, por ejemplo un hámster, por ejemplo una rata, pero son casi las doce, ha bebido leche, tiene que vomitar y para eso le vendrían muy bien un par de rayas. El par de rayas que le están llamando desde las tripas de la bestezuela aquella.

Vuelve a limpiarse los dedos en las bragas después de abrirlo, a limpiarse los dedos en las bragas después de sacar la bolsita, a limpiarse los dedos en las bragas después de meterse la cocaína. Entonces sí, entonces vomita con todo su cuerpo.

—Cari...

—Sí, el Geisha.

—¿A ti también?

—Y a Britney.

9

El Geisha y Britney Love

—Tías, es muy fuerte, muuuuuy fuerte. —Britney Love se frota la nariz con el dorso de la mano. Junto a ella, la Niña Shelley y Stephany Velasques también se frotan la nariz. Como ninguna de ellas lleva anillos, lo hacen sin cuidado. Sus rostros son perfectos—. ¡Los hemos estado tocando todo el rato!

Los pisos en los que viven Britney Love y la Niña Shelley son dos descomunales espacios gemelos que coronan el mismo rascacielos de Park Avenue, pero el salón de Britney Love ofrece muchas ventajas adicionales; por encima de todas ellas, el hecho de que en aquella casa ninguna madre duerme hasta el mediodía. Ninguna madre duerme en absoluto ni ha dormido jamás en el apartamento de la familia de Britney Love. No hay ni rastro allí de la mera idea de una madre o mujer adulta. A veces duerme su padre, pocas. La familia está formada por Britney Love y su padre. Ella decidió hace años olvidar a qué se dedica él, le basta con saber que su fortuna no tiene límites, que para que así siga siendo se ve obligado a vivir viajando y que se trata de un hombre con los recursos suficientes para invertir en culpa lo mismo que invierte en NFT. Consiste, sencillamente, en sacar beneficios, y su hija lo aprendió muy pronto.

La madre de Britney Love murió de una sobredosis modelo cóctel, lo que podría permitir el verbo suicidarse, pero eso decoraría el asunto con un glamour que su padre le prohíbe, y le prohíbe tan pocas cosas... Murió, a secas. Britney Love aún no sabía andar entonces, pero tardó poco en comprender que una ficción de culpa resulta siempre muy rentable en la orfandad. «Mamá murió por mi culpa», «Mamá no pudo soportar que yo naciera», ese tipo de cosas.

Inversiones.

Beneficios.

El salón es la pecera de un ático que consideran una horterada denominar *penthouse*. Una pecera sobre Central Park, con Manhattan a sus pies, como la construcción molesta de un hermano aficionado a las maquetas. Tres hembras jóvenes de arawana asiática, el pez de acuario más caro del mundo, una especie por la que se mata y se muere. Qué coño van a importarles las vistas si *ellas* son las vistas y además tienen sobre la mesa de suelo tres ejemplares de monedero exclusivo infantil Geisha fabricados con piel de escroto humano, y ya lo saben.

Sentadas sobre la madera de aquel salón apenas vestido con un puñado de piezas mueble en absoluto pensadas para un uso doméstico ni de ningún otro tipo, miran absortas los tres pequeños objetos que ahora sí, ahora ya son definitivamente tres animalillos.

—Es que no me lo puedo creer, no, no puedo, no puedo, no puedo.

La Niña Shelley vacía sobre la tarima un adminículo lleno de cocaína con forma de pajita para sorber bebidas que no ha sacado del Geisha porque ahí no cabe. Va dividiendo distraídamente el polvo con la uña postiza en corte rectangular del mismo color que su piel, que es el de la leche de avena. Las uñas acabaron resultando el utensilio más práctico para las rayas y allí las tienen, en sus cajitas de quita y pon, uñas postizas que jamás se volverían a poner en sus manos tiernas. *Usa* la uña, no *lleva* la uña. Se tumban entonces bocabajo de manera que forman una estrella de tres brazos, cada uno de los cuales se bifurca en el extremo opuesto al centro. Con las cabezas unidas sobre la cocaína, en esa postura y jugando con las piernas separadas, merecen una fotografía cenital. Ah, los cuerpos marinos.

—Ahora escuchadme, *beibis*.

Britney Love es la última en esnifar aquello que podría o no considerarse cocaína dependiendo de las proporciones de la mezcla. Atenta a las palabras de la Niña Shelley, mira a los Geisha.

—Esto va a valer dinero dentro de nada, mucho dinero.

—Necesito algún tipo de carbohidrato, azúcares, alguísimo duro —gime Stephany Velasques, y se da la vuelta rodando hacia su izquierda hasta quedar bocarriba junto a la anfitriona—. Por el amor de dios, BeLove, dadme algo o moriré en este preciso instante y vosotras tendréis un problema depresivo por simetría.

—Tengo en casa pisco peruano, cuatro tipos de mezcales, la mayor colección de whisky y ginebra de la zona, ron, tequila, vodka. No hay refrescos. ¿Por qué siempre tengo que hacerte el mismo recuento? Solo alcoholes. Hay siropes. Y mucha fruta, muñeca.

—Llama, llama, llama, ¿por qué eres tan cruel? ¿Y yo?

¿Por qué tengo yo que suplicar siempre que alguien nos prepare lo necesario?

Velasques se incorpora hasta quedar sentada. La Niña Shelley observa la conversación de sus amigas que conoce de memoria mientras saca otra pajita y vigila de reojo a los Geisha esperando el momento en el que al fin despierten y se pongan en movimiento. Afuera en la ciudad anochece, y ellas siguen en bragas. Cuando en tu mundo no existen el frío ni el calor a menos que así lo decidas y tu cuerpo no reproduce los cánones, sino que es su modelo, taparte al menos los genitales en realidad sencillamente respeta de forma mecánica una memoria lejana del erotismo.

10

De primera comunión

La Niña Shelley: veinte años, metro setenta y ocho, cincuenta kilos, 85-60-87, rubia natural clareada semanalmente, ojos miel, labios finos sin operación, rinoplastia cerrada de disminución, cadera angulosa, mandíbula angulosa, estructura superior del tronco angulosa, frente alta despejada. Piel blanca color nata. Criatura de origen británico sin asomo de mezcla.

Britney Love: veintiún años, metro ochenta y tres, cincuenta y tres kilos, 83-61-87, rubia natural, ojos azul celeste, labios medios en corazón, nariz infantil redonda, cadera en hueso, mandíbula oval, estructura superior del tronco angulosa, frente alta despejada. Piel blanca leche de avena. Criatura aria impoluta.

Stephany Velasques: veintiséis años, metro setenta y cinco, cincuenta y seis kilos, 88-63-88, morena mate sin clarear, ojos marrón castaño, labios gruesos sin operación, nariz chata con matiz negroide, cadera redonda, mandíbula amplia, estructura del tronco en curvas, frente alta despejada. Piel tostada café con leche. Leche. Criatura de origen latino mezclado.

Las tres: coño «de primera comunión».

Todas se han puesto una camiseta para recibir al *dealer*, ese tipo de camiseta gastada, hasta deshilachada, que visten las crías privadas de rico privado en playas privadas de destinos privados. Marco no es amigo, pero al menos es marica. Si no vistiera como lo hace ni tuviera una educación británica en Eton, le habría resultado absolutamente imposible acceder no al ático, sino al edificio; quién sabe si acceder a la acera donde dos porteros con librea hacen guardia veinticuatro horas, el latino, en la puerta de servicio, y el negro, en la principal. Marco no es italiano, evidentemente. Marco es heredero del imaginario cinematográfico. Inversión. Rentabilidad. Britney Love aprieta el botón del mando a distancia que abre la entrada del piso inferior. Marco ya sabe. Marco aparece, hace una reverencia poblada de dientes fluorados, se sitúa detrás del alféizar de una de las cristaleras y abre la maleta. El corazón de Stephany Velasques se acelera, los tres corazones se aceleran, pero sobre todo el suyo. La excitación las devuelve a la realidad de los Geisha.

—Marco —la Niña Shelley no mira hacia donde está el chico ni alza la voz—, ¿cómo tienes los huevos?

En ese momento, el recién llegado está extrayendo de su maleta un puñado de jarabes de distintos colores y sabores, un juego de cocteleras, utensilios. No modifica un ápice su ejercicio.

—Debajo de la polla.

Las chicas no se ríen.

—Marco —de nuevo la Niña Shelley—, ¿qué harías si te cortaran los huevos? —pregunta sin demasiado interés.

—Lo mismo que ahora. —En un par de sacudidas enérgicas, el *dealer* vierte en la coctelera el equivalente a un vaso de jarabe colmado—. Exactamente lo mismo.

11

Divina, Carola, va a golpear

Que en el umbral de la casa haya una gata negra no quiere decir nada. Sería demasiado fácil centrar la atención sobre unas felinas en el acceso a una finca donde solo viven mujeres, seis mujeres. En la entrada a la casa cuya verja exterior luce el nombre de «El Encinar», una gata negra y pelona maúlla un sonido sin celo. La mujer a la que llaman Divina abre apenas y dice: «Ya está aquí la gata». Después cierra la puerta, se enfunda los guantes de goma rosa, agarra un plato del fregadero, vuelve a dejarlo, se quita los guantes y enciende un porro sin estrenar. En la pila solo hay un plato. Divina, los guantes, sus uñas y los porros.

—Yo estaba dispuesta a fregar, pero como no hay nada...

Divina parece una estrella de cine en decadencia porque es una estrella de teatro en horas bajas desde hace tanto tiempo que ni lo recuerda, con una inquebrantable conciencia de sí misma y del lugar que ocupa en el mundo, su mundo. Fuma estirando su larguísimo cuello septuagenario, levanta el mentón y extiende los dedos índice y corazón de la mano derecha de manera que parece sostener, en lugar de un porro recién liado, una larguísima boquilla de marfil. Mirar al infinito en la pequeña cocina de una casa de la sierra es mirar un armario, pero eso a Divina no le importa.

Apoyada contra la pared de la cocina, Carola pega una calada a su pitillo negro y mira a la otra sin ningún gesto en particular. Ambas mujeres retratan los polos opuestos de algo que podría llamarse feminidad en el caso de que contemplaran su existencia. Divina, lánguida, de una elegancia que el tiempo ha desnudado de imposturas. Carola, a sus cincuentaitantos, tiene solidificada toda la rudeza macho que le ha impuesto una sexualidad oculta. La beligerancia de los ataques superpuestos desde la infancia. Es lo que se llama una *butch* en toda regla. Una *golden butch*, además. O sea, una lesbiana modelo ruda, de aspecto masculino, que jamás ha mantenido relaciones sexuales con un hombre. En contra de lo que se esperaría, la dulzura de su gesto y la melena perfecta completamente blanca hacen de ella una mujer amable. Se llevan bien. A Divina, la franqueza de Carola le aporta la dosis de confianza física necesaria en ese entorno sin hombres. La otra sencillamente ha sido toda su vida una admiradora rendida de la actriz.

Afuera, un sol sin fuerza empuja el día hacia delante, el mismo sol que en los sembrados de oficinas impulsa a centenares, millares, quién sabe si millones de oficinistas a levantarse y coger su taza blanca con algún dibujo que recuerda a nada que recuerden para acercarse hasta el habitáculo donde un microondas cría pequeñas costras pardas.

Ni Divina ni Carola tienen taza decorada. Divina sí tiene un recipiente sin asa ni decoración alguna, una especie de cuenco que procede de Londres, y así se lo cuenta a quien quiera escucharla. Ambas tienen recuerdos de microondas, de oficinas, de ciudades y calles con semáforos, atestados pasos de cebra de grandes capitales, pero eso ya no importa. Allí es tentación vana describir las cosas y los recuerdos según el rastro que dejan en la memoria, en las vidas. Las mujeres de El Encinar han empezado una existencia que reclama olvidos sin mayores dramas.

—¿Os habéis enterado de lo que ha pasado en Nueva York?

Divina pregunta en plural aunque estén solas, porque viven en comunidad, lo que implica para ella ciertos gestos. Quizá por eso Carola no responde a la pregunta, o porque la actriz es la única que lee a diario y concienzudamente los periódicos digitales y escucha los informativos de la mañana en la radio. Viste su habitual bata de seda negra por fuera y con interior rojo decorada a la espalda con una dragona rampante.

—Han encontrado en Zara una partida de monederos infantiles que nadie reconoce haber dejado allí. Zara dice que no son suyos… —Hace un gesto dramático consistente en recorrer el techo de la cocina de izquierda a derecha con las cejas enarcadas—. ¿Y sabes qué es lo mejor?

Carola se limita a mirarla de forma que quede patente su interés.

—Lo mejor es la piel, *cariña*, la piel con la que están hechos.

Carola busca el cenicero con la mirada y, hasta que no ha apagado el cigarrillo y vuelve a mirar a Divina con atención, esta no continúa.

—¡Resulta que están fabricados con piel de escroto! —dice y suelta una sonora carcajada. Solo una.

Carola responde exactamente de la forma en que espera que haga.

— 40 —

—¿De escroto humano?

—Sí, hija, sí. A ver si iba a ser de escroto de *jirafo*.

—No sé, podría ser de toro, como hay criadillas...

—De escroto humano, *cariña*. —Hace una nueva pausa dramática con su porro ya apagado entre los dedos—. ¡Humano! ¿Y sabes cuál es el problema de la investigación? Pues el problema para los investigadores es que no existe denuncia alguna de ningún hombre que haya informado de una emasculación. ¡Nada! Ningún ser humano, o sea, macho, sin escroto ha denunciado haberlo perdido. Ja. ¡Claro! Claro que no. Impotentes.

—¿Qué es emasculación? —pregunta Carola con franqueza—. ¿Cuántos monederos?

—Ay, *cariña*, *cariña*... Emascular significa capar, o sea, cortarles los huevos, ras, todo lo que cuelga, ¡fuera!

—Y los monederos, ¿son muchos?

—Los monederos son bastantes, yo qué sé. Vaya pregunta. Bueno, sí, en realidad debería saberse, tienes razón, es importante. ¿Te imaginas que son cinco mil?

—Pues sí, es importante. Hay que joderse.

La gata negra eriza su lomo en la puerta y Divina mira a Carola porque es sabido que los animales no son asunto de ella. Atender a los animales requiere una cierta predisposición vital. La de Carola es esencialmente servicial: agarra una caja de leche, vierte un chorrito en un platillo hondo y lo saca al escalón de la entrada.

Entre el tiempo en el que la gata ha maullado, Divina ha vuelto la cabeza y Carola ha sacado el recipiente con leche han pasado seis minutos. Seis minutos, millares de hombres y mujeres entrando y saliendo de un cubículo provisto de microondas y la confirmación de la conciencia de sí mismas que tienen las oficinas.

Seis minutos.

Tiempo.

Mucho o poco.

Seis minutos son el tiempo que el hombre llamado Kiko Rodríguez Montalvo tarda en apartar de su pene el utensilio en forma de vulva lampiña y dejar que su eyaculación moje la moqueta del hotel que ha elegido precisamente porque todavía tiene moqueta. Golpeará. Sabe que golpeará duro, pero eso no le provoca la mínima alteración en su orgasmo, ni para bien ni para mal.

Divina cuenta sus minutos. Siempre cuenta sus minutos.

—Ahora voy a ducharme.

Carola vuelve la vista hacia la gata sin repasar mentalmente, aunque podría, lo que va a suceder.

Menos de tres minutos después oye la voz de Divina desde el piso de arriba.

—*Cariñas*, ¿dónde está el difusor?

Divina utiliza los apelativos solo en femenino, los apelativos y otros asuntos que no siguen ningún patrón descifrable. El secador no tiene difusor. Una podría pensar que, si un solo secador en una sola casa en mitad de la sierra y aislada del resto de los edificios de los alrededores no tiene difusor, es normal que siga sin tenerlo veinticuatro horas después de la última pregunta. Que, si nadie ha intervenido, es una idiotez repetir la misma pregunta a la mañana siguiente. Pero ¿qué es normal?

Lo normal podría ser, por qué no, que Divina vuelva a gritar la misma pregunta cada mañana. Esta mañana, por ejemplo, en la que Kiko Rodríguez Montalvo sabe que va a golpear. Cuando las cosas encajan, se repiten como las películas que los niños ven una y otra y otra vez como si fuera la primera. Él va a atizar y Divina lo sabe de la misma forma inexacta y obstinada en la que no ha asumido lo del secador.

Ella no tiene difusor.

Él va a golpear.

La gata negra bebe su leche.

Él la vierte sobre la moqueta.

Todas las cosas funcionan por costumbre.

12

Infancia y El Encinar

El Encinar es la idea de la infancia si la infancia existiera como la dibujan. Es la mierda de idea que se vende de ese tiempo atroz llamado infancia. Ay, pero qué cosas dices, yo fui muy feliz de niña, mira que llamarlo atroz... ¿Qué te pasa en la cabeza?, estás enferma, etcétera.

En la parte delantera de la casa, una gran higuera, la piscina sin artificios, un sillón, mecedora doble de los años setenta con toldito y tapizado geométrico, mesas de obra rematadas con alicatado andaluz. Todo parece de vacaciones populares setenteras en España, todo construido por el padre albañil, no comprado por el padre de ingeniero; construido por el padre maestro rural en fines de semana de sudor e ilusiones, no comprado por la pareja de odontólogo y abogada. Más allá del embaldosado rasposo que rodea la piscina, pinos, piñas secas en el suelo abiertas como viejos esqueletos mondos, pinaza. Dos hectáreas de tierra sin césped, dos encinas, otra higuera menor, mucho menor que la que da sombra a la mesa junto a la piscina, también de obra, un albaricoque borde, chumberas y piedra.

La diferencia está en el césped. Todo radica siempre en el césped. Allí no hay césped.

En las traseras de la casa, los columpios de hierro viejo con sus desconchones oxidados, el balancín sin asientos, alguien colgó un gran saco de boxeo alargado como una funda de cadáver que ya nadie mira. Hubo un tiempo en el que los chicos soñaban con tener grandes sacos de boxeo como aquel. ¿Qué fue de aquellos tiempos? ¿Qué ha sustituido a los sacos? ¿Algún otro objeto? Los objetos, como el césped, marcan diferencias sustanciales.

Hay algo en la infancia que siempre parece más pobre. «De cuando éramos pobres», parecemos pensar, y es mentira. Solo que el tiempo avanza con artefactos que entonces nos habrían parecido tesoros, tesoros y ciencia ficción. Una casa de lujo de los años setenta parece una casa pobre frente a un piso de mierda decorado de Ikea.

Más o menos.

Más o menos todas las mujeres de la comunidad de El Encinar, que en ese momento son seis, han tenido infancias con objetos justos. O sea, han tenido objetos y casas y conservan recuerdos *vintage*. Todas, excepto Divina, nacieron en la década de los sesenta, infancias setenteras. El Encinar es la inmersión en una de esas fotografías anaranjadas por el tiempo, y de ahí un regreso a la infancia. Alguna se descubre recordando los pantalones de piel de melocotón, o tarareando Earth, Wind and Fire. Luego está también Bobita, la asistenta de Divina, pero ella no cuenta, no podría definirse como una mujer de esa comunidad, pese a vivir allí. Así son las cosas, sin más explicaciones.

13

La Pacha y la luna

La mujer a la que llaman la Pacha tiene la costumbre de salir a aullarle a la luna y contra eso no hay nada que hacer. A ninguna de las mujeres de la comunidad de El Encinar se le ocurriría que el asunto merezca intervención. Si una tiene la costumbre de aullar, aúlla. La Pacha afirma sentir una íntima relación con la tierra.

«Me llamo Pacha. Hermanas, yo soy la Pacha, mujer de tierra, por la Pachamama».

Repite algunas frases asiduamente para habitarlas, por tener un amparo.

«Somos animales, hermanas, no somos otra cosa».

Por eso, a la una y media de esa noche helada de 2022 abre la puerta que da al pinar de la finca, la de la cocina, y al plantar el pie desnudo en el primer escalón siente un escalofrío que considera parte de su esencia, de su idea de ser animal. La Pacha aúlla a la luna en pelotas, sea invierno o verano, nieve o caiga piedra. Baja el segundo escalón y echa a andar sobre la superficie pedregosa con los brazos ligeramente separados del cuerpo mostrando las palmas de las manos en una muy personal forma de ofrenda. Al avanzar, en sus carnes blancas vibra una venus paleolítica. Eso es lo que, desde la finca vecina, definitivamente no puede soportar Kiko Rodríguez Montalvo. Podría parecer que son los aullidos que está a punto de emitir la mujer lo que le desespera, pero no es eso, sino su manera impúdica de mostrar barriga, tetas, unas carnes que, en su opinión, deberían ocultarse a la vista, incluso mediante algún tipo de normativa.

Viéndola ahí en cueros, con el pelo cortado a mordiscos, desteñido en azul con las raíces grises, nadie diría que la Pacha es la heredera, por la rama inglesa, de la mayor compañía bodeguera de España, cerca de dos siglos de alcoholes, galardones, crímenes y la Orden del Imperio Británico. Andaluza tras generaciones de campo ganadero, la querían chico y salió chavala, la soñaron rubia *brit* y salió morena oscura, la querían madre y, tras una década de cuernos y pornografía por imposición, decidió celebrar el cambio de milenio mandando a la mierda a su marido, la idea de una posible familia propia y a su estirpe entera. Se tiñó de azul Bosé, cerró la finca familiar de Sevilla y desapareció sin dejar más señas que las de un administrador de bienes catalán, viejo y completamente ajeno a los de su sangre y al vino de Jerez. El hombre gestiona su parte de los bienes con mano firme, para desespero de la familia y desahogo propio.

Lo de andar en pelotas y salir de tanto en tanto a aullarle a la luna de la misma guisa le viene de una temporada en Chile, más concretamente, en el Valle del Elqui, fruto de la misma decisión de aquel cambio de milenio que la convenció de la posibilidad de renacer en vida. Allí tomó la determinación de recalar en su larguísimo arrancar raíces, tan largo como para ir a acabar dos décadas después en la finca

— 47 —

de El Encinar sin haber vuelto a pisar sus tierras ni dar señales de vida más allá del gestor. Tras las experiencias chilenas con ayahuasca, no volvió a probar sustancia alguna, química o natural, llamada a alterar el estado de conciencia que no fuera la marihuana plantada por su propia mano. Conserva de entonces una irresistible llamada de la naturaleza a unirse a la tierra. En pelotas.

14

La he matado

—Sobre todo, tranquilidad.

Amanece. La Rusa y Frida, su mujer, saben lo que va a suceder, todas lo saben mientras ven bajar de los dormitorios a Divina agarrada del brazo de la joven asistenta, de nombre Bobita, que además de liarle los porros, le sirve de apoyo. Se llama Bobita porque así lo dice Divina, y nadie se imagina a la chica más que como un apósito de la veterana, algo así como un quinto miembro de su cuerpo para todo. Todo. Dado el nombre, el resto de las mujeres del lugar intentan no llamarla en absoluto.

La Rusa y Frida son las veteranas de El Encinar, las primeras que llegaron. Podría decirse que la finca es suya, y aunque no sea cierto, así lo entiende el resto de una forma no explícita. Necesitamos que los lugares pertenezcan a alguien concreto. Parecen latinoamericanas. La Rusa, porque lo es, y después de toda una vida en España no ha perdido su deje porteño. Frida, porque es clavada a la Kahlo, tanto que la gente suele dar por hecho que es mexicana. De ahí su sobrenombre.

—Lo mejor es no mirar —insiste la Rusa, quien asume el papel de jefa de guerrilla en el pequeño gineceo.

La Pacha aúlla a la luna aproximadamente un par de veces por semana, las mismas que la Rusa repite a la mañana siguiente: «Lo mejor es no mirar». Ese tipo de rutinas ayudan al equilibrio de la misma forma que las tradiciones fundan identidades. La pasada ha sido noche de luna llena, lo que significa golpes. Eso es invariable.

Un camino de tierra separa la finca de El Encinar de la propiedad sin bautizar del vecino, Kiko Rodríguez Montalvo. Ambas tienen cerca y verja de entrada. Esa clase de vecindad. Frente a la verja de El Encinar, en el camino, se levanta un madero alto que en algún momento debió de servir para el tendido eléctrico y ya solo vale para la agresión. Aquella mañana de 2022 despunta con la muñeca hinchable del vecino atada al poste. Todas lo saben, sucede siempre con la luna llena y casi siempre tras las noches de la Pacha en pelotas. La muñeca sigue al aullido, y sin embargo cada vez es la primera. Cada dolor es el primer dolor, el mayor. Cada violencia niega la anterior por definición, no se repite, porque, si así fuera, dejaría de violentar. Cada daño daña por primera vez.

—¡Impotente!

Divina grita bajando la escalera que va desde la cocina hasta el patio y, más allá, la piscina y el pinar, donde a esa hora no hay todavía ninguna gata. Baja sola, larga y flaca, vencida hacia delante y mirando bien dónde pone el pie, sin el apoyo de su asistenta báculo. Su avance imponente recuerda en parte a una antigua aparición de la *vedette* principal en su descenso al escenario. Blande en la mano su recipiente de café con leche y, sin derramar una sola gota, repite:

—¡Impotente!

Como sucede siempre, el vecino espera al segundo «impotente» para salir de su casa, cruzar el jardín y plantarse en el camino junto a su muñeca hinchable. El juguete está atado al poste por el cuello y la cintura con las habituales corbatas, azul marino una y granate la otra. Es uno de esos modelos antiguos con la boca abierta, melena amarilla pintada sobre el plástico y la apariencia de globo de feria en las afueras, cuyas piernas alguien diseñó abiertas para siempre. La muñeca no está, en principio, pensada para que la estrangulen, y sin embargo el gesto de sus ojos y la mueca de la boca retratan exactamente el resultado de un estrangulamiento.

La pragmática, ordenada, casi militar, Carola es la encargada de frenar a Divina, y la única que amanece ya vestida como si la noche no hubiera sucedido.

Habitualmente la alcanza a medio camino entre la casa y la verja cuando el vecino propina el primer puñetazo a la muñeca hinchable, en la cara.

Habitualmente consigue darle la vuelta cuando el vecino asesta la primera patada.

Habitualmente la mete en casa antes de que el vecino retuerza la cabeza de su remedo de mujer mientras le clava la rodilla allí donde se supone que hay un agujero penetrable a la manera de un coño.

Habitualmente.

Sin embargo, en contra de lo habitual, este día invernal de un blanco como clara es la muerte, Divina se zafa y sigue avanzando con su bata de seda negra y roja al vuelo, la espalda decorada con una enorme dragona rampante, llega a la verja, la abre, lanza la taza hacia atrás por encima de su hombro y, ante el pasmo del vecino, clava las uñas en el escote de la muñeca, que se desinfla de forma triste, como inclinándose ante algo sagrado, o un familiar.

Y todo se detiene.

Kiko Rodríguez Montalvo queda inmóvil junto al palo mirando a su objeto roto. Carola, detenida a mitad de camino. La Rusa, su mujer Frida, la Pacha aulladora y la joven Bobita, en la puerta con sus tazas en la mano.

Entonces Divina grita en corto y cae de rodillas. Acto seguido, se rompe en un alarido interminable alzando al cielo las manos, que sin sus guantes de goma rosa son manos vienesas. Después se vuelve hacia las mujeres llevándose las palmas a las mejillas con un gesto de patética teatralidad y grita, grita, grita.

—¡La he matado! ¡La he matado! ¡La he matado!

15

Culturista hinchable

Arranquemos, para entender cómo funcionaba por aquel entonces la idea de realidad, con un enunciado clásico: la noticia empezó a aparecer en periódicos de todo el mundo, todo-el-mundo, a finales del año 2020. Eso es: una noticia, un año, un ámbito general. Era una información. De eso tratan las informaciones, de informar, dar datos.

El culturista kazajo llamado Yuri Tolochko se había casado con su muñeca sexual de silicona llamada Margo acompañado por sus amigos y familiares. Un par de años después ya empezarían a llamarse *sex dolls* o sencillamente *dolls*.

Silicona. Muñeca. Boda. Cuerpo. Familia. Amigos. Bum, bum, bum.

Me pregunto qué banda sonora pondría de fondo, en caso de ser posible, para seguir escribiendo sobre esa bonita reseña de actualidad y el hecho, oh, lo factual, al que se refiere. No me resisto: «Shiny Happy People».

Shiny happy people holding hands.
Shiny happy people holding hands.

Shiny happy people laughing.
Everyone around, love them, love them.
Put it in your hands, take it, take it.
There's no time to cry.

O su contrario. Bum, bum, bum.

Eran aquellos *shiny happy* tiempos, arrancaban los años noventa del siglo XX, todo parecía empezar y acabar ahí, y quizá era verdad. Acabar es el verbo acertado. Siento que aquella información en el arranque de los años veinte del siglo XXI recuperaba con grotesca nostalgia todo aquello. Era *shiny*, era *happy people*. O no exactamente *people*...

La información:

> El culturista Yuri y la muñeca Margo fueron una de las miles de parejas del mundo que vieron retrasada su boda por la pandemia del coronavirus, pero al final ha llegado su día. Yuri Tolochko y la muñeca sexual Margo al fin se han casado en una ceremonia tradicional en la que el novio le puso el anillo a su novia de silicona. En declaraciones a los invitados a la boda Yuri Tolochko dijo que su amada Margo «tiene una personalidad ardiente, pero hay un alma tierna en su interior». Para no romper con la tradición Yuri Tolochko y Margo protagonizaron el baile nupcial. Y sí... tuvo que ser el novio el que llevase el ritmo.

Ah, la prensa, siempre atenta a nuestras necesidades.

Tengo las imágenes. La esposa/muñeca Margo suele lucir una melena larga rubia, otras veces es de color rosa y en alguna se la ve con un corte a barbilla en caoba oscuro. Parece un cruce entre el tipo de mujer que habría maltratado Alfred Hitchcock y Pamela Anderson, siempre con los pezones marcados en camisetas de sport o vestidos de fiesta. Sus labios no habrían sido del gusto del bueno de Alfred, más *apamelados*, gruesos, algo abiertos, no se puede apreciar la humedad tras el gloss, siempre engañoso. Grandes ojos negros almendrados, triple pestaña postiza, cejas pobladas, piel blanquísima. En definitiva, el tipo de mujer que una, yo por ejemplo, se tiraría en un imperdonable impulso de compasión y sin esperanza de orgasmo.

Pero hete aquí que, en la luna de miel, nuestra a estas alturas querida Margo se le rompió a Tolochko. Rompió. No se trataba de una muñeca hinchable. Las muñecas hinchables, realmente hinchables, que viene de hinchar, soplar por un agujero, en tiempos de Tolochko, años veinte de este siglo, eran ya objetos de coleccionista. No se le *pinchó*. Se le *rompió*. ¿Cómo se rompe una muñeca de silicona maciza, un trozo de goma dura? El verbo romper sucede y es consecuencia del herir, el dañar, el magullar, el lesionar.

¿Cómo se rompe una muñeca de silicona?
Silicona/Características (de Wikipedia):

- Resistente a temperaturas extremas (−60 a 250 °C)
- Resistente a la intemperie, el ozono, la radiación y la humedad
- Buena resistencia al fuego
- Excelentes propiedades eléctricas como aislante
- Gran resistencia a la deformación por compresión
- Apto para uso alimenticio y sanitario
- Tiene la facultad de extenderse
- Permeabilidad al gas
- Vida útil larga

- Capacidad de repeler el agua y formar juntas de estanqueidad, aunque las siliconas no son hidrófobas

Silicona/Propiedades (de Wikipedia):

> Por su composición química de silicio y oxígeno, es flexible y suave al tacto, no mancha, no se desgasta, no envejece, es resistente al uso que le den, no contamina, y puede adoptar formas y lucirse en colores, tiene una baja conductividad térmica, y una baja reactividad química, no es compatible con el crecimiento microbiológico, no es tóxica, posee resistencia al oxígeno, a la radiación de los rayos ultravioleta y al ozono, es altamente permeable a los gases a su temperatura ambiente de 25 °C.

Al ínclito Tolochko se le había roto su Margo. Sin embargo, nadie se preocupó de aquello. Una muñeca de silicona podía casarse e incluso tener «una personalidad ardiente, pero un alma tierna en su interior». El hecho de que aquella cosa fabricada con material altamente resistente a todo acabara rota —definamos rota— nada más empezar su luna de miel no despertó el menor interés. Sí, en cambio, las andanzas del hombre. Esto es relevante para todo lo que sucederá a continuación. La muñeca era real para casarse, real para tener una luna de miel, real para participar en «una ceremonia tradicional» humana. Humana. Dejó de serlo en el instante mismo en el que Tolochko la rompió. Desde ese momento, desapareció Margo y solo quedó él en los medios de comunicación.

Así nos enteramos de que, tras admitir haberle sido infiel a su Margo con un pollo muerto de grandes dimensiones, nuestro Yuri decidió adquirir una compañera diseñada a medida de sus nuevas necesidades, «mujer» de cintura para arriba y gallina el resto. Todo esto es rigurosamente cierto. Basta buscarlo en las hemerotecas. La prensa hablaba de que se había follado «un pollo muerto» o «un pollo crudo». La prensa hablaba. Esa es la cuestión central, que la prensa hablara. Sin duda un pollo vivo o un pollo asado habrían tenido diferente tirón. Pero un golpe, dos golpes, cien golpes no habrían sido suficientes para romper a Margo.

Por aquella época las muñecas sexuales ni siquiera estaban diseñadas, como ahora, para mostrar hematomas. Ahora su carne muestra el resultado de los golpes. Su carne... Todo lo que imaginas puede existir. La silicona de goma compacta derivó en fibras exactas a las de la musculatura humana sobre huesos, reales y casi reales, y un extraordinario sistema circulatorio de altísima calidad, tanto como para producir hematomas, *sangrar*, cicatrizar, gestar. Afortunadamente no soy especialista en estos ingenios. Más nos habría valido. No era exactamente sangre lo que corría por sus conductos, aunque lo parecía, pero la sangre es bajo los golpes un concepto, la idea del dolor extremo, líquido para una sed eterna, la insaciable, la imperecedera. Tampoco valían lanzamientos, mordiscos, patadas, quemaduras de cigarrillos... Romper a Margo era un asunto muy serio que no despertó el más mínimo interés en ninguna de las personas que informaron de su existencia. Cuánto mejor una gallina. De cintura para abajo.

La información:

Desgraciadamente, a las pocas de semanas de unirse en matrimonio rodeados de sus amigos y familiares —los de él, por parte de ella no parece que asistiera nadie—, la muñeca se rompió, tal y como informó *Daily Star*. Pero esto provocó que Tolochko, tras llevarla a arreglar, pensara en una solución para su relación: «No quiero que Margo se rompa de nuevo, y eso significa que tengo que reducir su uso. He decidido que podría tener varias esposas, algo que existe en algunas culturas orientales».

«Me he informado sobre otro tipo de muñeca sexual. Incluso decidí volar hasta ella para conocerla, ya que vive en Moscú, pero no me dejaron salir del aeropuerto por las restricciones», declaró. Aun así, también tiene otra opción, y es experimentar con un «gran pollo» muerto.

Hace solo un mes, Yuri Tolochko subió un vídeo a su Instagram, donde acumula más de 100.000 seguidores, acariciando un pollo crudo. «Después de tener sexo con carne de pollo, me apetecía mucho tener un juguete así y cuidarlo», explicó y añadió que lo llamaría Lola.

Aun así, para este culturista kazajo, Margo, quien aún está siendo reparada, está a otro nivel. Ella seguirá siendo una «esposa superior» y promete seguir «respetándola».

Aquello se publicó, lo convirtieron en información.
Se publicó «tengo que reducir su uso».
Se publicó «seguir respetándola».
Ese tipo de asuntos invisibles se publicaron.
Publicar viene de público.
Por aquellos principios de los años veinte yo ya no me planteaba «tengo que reducir el uso de estupefacientes». Ya nos referíamos al asunto como «consumo». Habíamos trazado la línea entre poseer y usar, usar y consumir, una línea del tipo descubrimiento. Usar frente a poseer y consumir. Pero las *consumidoras* conocíamos el lenguaje administrativo, y en el lenguaje administrativo, el *uso* se refería a los estupefacientes. En el caso de un cuerpo de

mujer se refería a la prostitución. En el caso de una muñeca de silicona aún no se refería a nada. En alguna mesa de alguna redacción alguien no dudaba, frente a la foto de Margo, cuál era el indicado, si el verbo usar o el verbo consumir. Eso es relevante, razón por la cual admitamos que ninguno de los idiotas que se sientan tras las mesas de los medios de comunicación se preguntó una mierda.

Pero aquel hombre había declarado «tengo que reducir su uso» después de haberla «roto», y eso se había publicado, y siguió sin significar nada. Ni drogas, ni putas ni nada. Las muñecas de silicona dinamitaron lo nuestro. Era nuestro porque lo conocíamos. Conocíamos nuestras adicciones y los asuntos de las putas, conocíamos el lenguaje administrativo y las cosas feministas o lo contrario. No conocíamos el enunciado «reducir su uso» para un objeto con forma de mujer irrompible susceptible sin embargo de ser rota. Romperla. No *se* rompe. *La* rompes. Pero qué se podía saber en aquella vorágine de idioteces. Te rompería la puta jeta, tío, tu puta jeta de retrasado en anabolizantes, en el caso de tenerte a mano.

La información:

«Déjame presentarte a mi nueva esposa. Esto es Lola. Lola es *queer*, aún no ha decidido sobre su identidad sexual y de género (está en búsqueda)», indicó.

«Lola tiene cabeza de mujer, cuerpo de gallina. La identifico como una gallina enorme. ¿Recuerdas mi experimento con el pollo? Entonces me gustó mucho. Y quería un juguete sexual así. También decidí que tendría un harén (también hablé de esto antes). Puede que haya muchos de nosotros en nuestra familia. Y es emocionante», agregó.

Todo esto se publicó, basta un rápido rastreo por las redes. Un tipo que se casa con un simulacro de mujer en silicona, la rompe en la luna de miel, la ROMPE, entretanto folla con un pollo muerto y además sin asar, encarga otro remedo de mujer que sea gallina de cintura para abajo. Eso. Eso mereció constar en cientos de periódicos.

Función de los periódicos: informar.

Diazepam.

Después, poco tiempo después, los periódicos desaparecieron.

La información:

El culturista ha confesado que mantiene una relación amorosa con el cenicero: «Me gusta el olor, la sensación del metal en mi piel. Es fantástico. Me gusta que toque mi piel, me excita, es lo que me atrae de este cenicero», explicaba en su cuenta de Instagram.

Al parecer, el culturista empezó a sentir atracción por el objeto y pidió a los dueños del bar si podía quedarse a solas con él. Ahora está intentando llegar a un acuerdo con los propietarios para que se lo dejen de vez en cuando y pueda llevárselo a su casa.

Sin embargo, a pesar de su amor, tiene muy claro que no quiere comprarse uno igual ni tampoco quiere que le regalen este, no pretende quedárselo para él solo: «Quiero seguir trabajando, ayudando a la gente. Amo esta historia», confesaba.

Desde entonces, el culturista ha compartido varias imágenes junto al cenicero e incluso con sus otras muñecas hinchables Lulu y Lola, que, según asegura Tolochko, están encantadas de que el objeto venga de vez en cuando a casa.

Acabemos con un enunciado clásico: este asunto empezó a aparecer a finales del año 2020 en periódicos de todo el mundo. El tipo que se casó con un remedo de mujer fabricado en silicona acabó chupando un cenicero. Abrazar un cenicero habiendo pasado por una mujer de silicona, un pollo muerto crudo y una muñeca mitad mujer mitad gallina resume a la perfección todo esto.

Pero venga, sí, diazepam, empecemos por eso y acabemos con lo evidente.

Yo era una madre entonces, mucho antes. Mucho antes perdíamos los zapatos, mucho antes de que follar pollos muertos fuera noticia de interés general, creíamos que los libros existían, yo era una madre antes de que se pusiera de moda la idea de las malas madres, oh, sí, qué risa ser una madre, oh, diazepam, no llegar a tiempo a la salida del colegio, estar follando en el bar de al lado, o peor aún, ceder la salida del colegio al conviviente de turno, no saber preparar la cena, drogarte sobre la sartén de la cena, no atender a los deberes escolares, no asistir a los entrenamientos de baloncesto, tirarte a la profesora de baloncesto, no contemplar en absoluto el baloncesto, ni siquiera contemplar la idea de actividades extraescolares. Yo era una madre entonces, tantísimo mundo antes de este preciso instante.

Pensamos palabras, nuestra memoria está hecha de palabras, cuantísimas veces lo he escrito, somos palabras. Y sin embargo, cómo no haber previsto que un día todas esas palabras ya no tendrían conexión con una realidad, cualquiera.

Puedo decir «entonces estábamos en la playa», decir «antes bailábamos asuntos oscuros». Eso llamado *entonces* es una realidad imposible de asumir *ahora* en los términos que *antes* llamábamos realidad.

Ahora las plantas se multiplican y necesitaría mil tiempos como el tiempo que me queda para describir mi *ser madre*, mis playas, mis adicciones.

Yo soy solo una mujer, y la no mujer llamada Margo que se rompió es relevante.

Yo no.

Yo no me llamo.

Y no se trataba de Tolochko, sino de los medios de comunicación. Ah, el papel de los medios de comunicación.

16

Programa maternidad subrogada

Me llamaron para el primer programa de televisión que trató el asunto de las muñecas gestantes. Cuatro años antes me habían llamado del mismo programa para debatir el asunto de los vientres de alquiler. Lo llamaban debatir, pero yo sabía cuál era mi papel allí. Mi presencia convertía la realidad en incuestionable. Quien se opone participa en la construcción. Quien se opone *es* la construcción misma. Así funcionan las cosas. Iba sabiendo a qué iba, y que además estaba vendida. Era dinero. Esas cosas solo se hacen por dinero. Ni siquiera era mucho ya a esas alturas, en los años veinte. Cuando el uso de los vientres de alquiler llegó a los medios ya estaba perdida la batalla. Si no, no habría llegado. Todo lo que puede dar dinero a alguien, muchísimo dinero, aterriza en los medios de comunicación con el único fin de convertirlo en algo normal, o popular, meterlo en el salón de tu casa, sentarlo a tu mesa, enseñarte a pronunciar la palabra «altruistamente».

El presentador era un marica de brillibrilli y había iniciado los trámites transatlánticos para comprar un bebé.

Repetía al-tru-is-ta-men-te silabeando. Enseñaba a decir al-tru-is-ta-men-te. Lo podía ver saltando de repente sobre la mesa de charol en torno a la que no debatíamos porque no había nada que debatir, irguiéndose allí arriba y arrancando una coreografía de película *purpurínea*. Cuando pronuncié el verbo comprar, puso los ojos en blanco, se tapó la nariz, ahuyentó una idea con la mano izquierda mientras me lanzaba el índice de su derecha. A su lado, una rubia que parecía media rubia y aseguraba ser abogada negaba con la cabeza, ponía el morrete en forma de O.

—No tienes corazón —me dijo.

—¿Tenéis ofertas? —le respondí.

—Aaaaay, ¿ves? ¡No tienes corazón!

Mi propio papel me aburría más que ella.

El presentador brillibrilli me miró a los ojos y regaló a la cámara una sonrisa que pretendía parecer bondadosa y se lo impedían las cirugías superpuestas de pómulo y labio. Habló con la voz del padre sin paciencia a una hija lentita de la que uno se puede burlar sin que nadie se lo afee, porque está gorda y huele agrio.

—Yo te conozco bien, cariño, son muchos años, y sé cuál es tu respuesta a esta pregunta, pero aun así te la voy a hacer. Si tu hermana no pudiera tener hijos, si tu hermana hubiera padecido un cáncer de páncreas y no pudiera tener un hijo y eso la estuviera destrozando y te lo pidiera, ¿no lo gestarías tú por ella?

—No tengo hermanas —le respondí, y era mentira.

Yo también tenía un abogado sentado junto a mí, el que correspondía a mis teóricos argumentos. ¿Quién no tiene un abogado? Lo celebró mucho cuando murmuré: «Esto es solo una cuestión de clase». Dio dos tímidas palmadas y ese fue todo su papel aquella noche. Su papel, como el mío, consistía en formar parte de aquello. En asuntos de normalización televisiva, da igual que estés en contra, a favor o koala. Participas, y si participas, aquello (sea lo que sea) pasa a ser real, se convierte en una realidad cotidiana, normal. Solo lo «normal» sale en la televisión.

A los pocos días una pareja me increpó por la calle.

—¡No tienes corazón! —me gritó ella.

17

Programa muñeca gestante

Pasados los años recuerdo todas aquellas ideas sobre sociedades futuras y me pregunto cómo me imaginaba yo entonces, en los años veinte, que iban a ser las cosas de ahora. Todo eso de los robots, las máquinas, el frío polar o el calor letal, la desaparición de ciudades bajo las aguas. ¿Creí yo en esas cosas? No lo recuerdo. Lo cierto es que no cambió nada más que la cantidad de aparatos con los que íbamos atiborrando nuestro ser en el mundo. Aquel mundo. Este es otro.

El día que me llevaron al programa sobre muñecas gestantes quien estaba jodidamente vendida ya no era yo, sino ellos, hasta tal punto que ni podían llegar a imaginarlo. ¿Cómo puede uno imaginar el final de sus días como discurren y siempre han discurrido, digamos sus días cotidianos, su mundo? Todo seguía su curso, para ellos y para nosotras. Nosotras ya éramos un nosotras sin nombre, ya no estábamos, pero aún no éramos conscientes, no se sabía, o sea, no se había publicado. Yo ya no estaba pese a mi presencia en aquel plató ante el mismo presentador brillibrilli de siempre. Calculé que el hijo aquel que estaba comprando en aquel programa anterior sobre vientres de alquiler tendría ya unos cinco años. Le faltaban todavía un par para aburrirse de su adquisición. O quizá ya la había devuelto.

Las ventajas de las muñecas gestantes, a las que llaman *nanny moms*, es que no molestan si no quieres, así que no generan la incomodidad que supone una devolución. El uso y la propiedad. No siempre se llamaron así. Cuando yo fui al brillidebate con el mierda aquel que aún no sabía que yo ya no era yo sino muchas, las muñecas gestantes todavía se llamaban *mom dolls* y punto. Solo eran unas, su función era la misma que antes habían tenido los vientres de alquiler de las adolescentes ucranianas y se llamaban *mom dolls*, o sea, muñecas mamá, todo muy sencillito. Sin embargo no tardó en surgir un movimiento en contra del uso de la palabra «*doll*». Encontraban «poco humano» llamar *dolls* a quienes gestaban para las mujeres que decidían no hacerlo y para los hombres sin mujeres. Y sí, claro, una muñeca es poco humana, una *doll* es poco *woman*, aunque sea la más exacta réplica de una joven madre.

Recuerdo una pieza de los *Cuadernos de un mamífero*, del músico Erik Satie, llamada «Robinson Crusoe».

Por la noche, se tomaban la sopa
e iban a fumar sus pipas a la orilla del mar.
El olor del tabaco hacía estornudar a los peces.
Robinson Crusoe no se divertía en su isla desierta.
«Está realmente demasiado desierta», decía.
Su negro Viernes era del mismo parecer.
Decía a su querido amo:
«Sí, señó, una isla desierta está realmente demasiado
desierta».
Y meneaba su gran cabeza negra.

Efectivamente, lo mismo que una isla desierta es *realmente* demasiado desierta, una muñeca era *realmente* demasiado muñeca. Realmente.

Aquello llenó horas de radio y televisión, se publicaron algunos articulitos, las «afectadas» montaron sus protestas y las *mom dolls* pasaron a ser *nanny moms* antes siquiera de que se popularizara su uso. Nadie cuestionaba la existencia de las muñecas gestantes, sino cómo llamarlas. Llamar, nombrar, dejar de hacerlo, ahí está todo. Hay que tener en cuenta que quienes se podían permitir una *nanny mom* eran, y siguen siendo, muy pocas. La mayoría se conforma con ponerse en lista de espera para una *mom a secas* que quede libre. En cualquier caso, ni unas ni otras llevan ya el *doll* en su denominación. Las *sex dolls*, sí, siguieron siendo lo que eran, aunque lo del *sex* tardó poco en adquirir su catálogo de horrores característicos.

La diferencia entre las *nanny moms* y las *moms* era económica. De nuevo, el uso y la propiedad. En eso consiste todo. A esas alturas ya nadie se acordaba de los vientres de alquiler, una forma de gestación que pasó a considerarse grosera, animal, no sé, poco elegante, algo que estaba relacionado con lo impuro. La inmensa mayoría de las familias optaba por el alquiler de una *mom*, cuyos servicios se limitaban a la gestación y posterior proceso de extracción de la criatura. Quienes se decidían a adquirir una *nanny mom* para casa, o sea, en propiedad, solo para ellos, decían que acababa saliendo más rentable el modelo lactante. Todo ello, claro está, aumentaba el precio de cada hijo, bienes de mercado. Decían que las *nanny moms* hacían vida doméstica. Decían: «Son como de casa». Decían ese tipo de gilipolleces que enternecen a la audiencia, crean mercados aspiracionales, etcétera.

Al principio, las *nanny moms* acababan en casa de gais coloridos, ricos, porque ¿qué mujer en su sano juicio habría metido a una bellísima joven de silicona preñada de aspecto adolescente bajo el mismo techo que su marido? Poco a poco, las mujeres entendieron que era un precio asumible a cambio de que se les permitiera no gestar.

Voilà! Ahí estaba por fin.

El día siguiente de mi intervención en el brilliprograma sobre *moms* y *nanny moms* amaneció con la noticia de que «un grupo de personas no identificadas» había entrado a saco en una comunidad de mujeres de la Bretaña francesa, cerca del pueblo costero de Penmarch, porque, decían, había allí hijas e hijos robados. La noticia salió en los medios internacionales y en al menos una veintena de países supieron del ataque a las «ladronas de hijos». Teniendo en cuenta que no había ninguna muerte y que las mujeres no habían denunciado nada, fuera de Francia la información despertó la curiosidad del «¿a qué viene esto ahora?». Es decir, muchísimo mayor que el asesinato de cualquier esposa, novia, madre o hija.

Los informativos aseguraban que «vivían como animales», «sin escolarizar ni atención médica», «su salud física y mental corría peligro».

Recuerdo que pensé: «He aquí un bonito molde», y no fui la única.

Corría el mes de abril de 2022.

De ahí pasó a los programas amarillos, y después a las redes. No aportaban más datos reales que las imágenes de una casa rodeada de árboles con un huerto algo descuidado donde no parecía haber habitado nadie en años.

Nunca informaron de que las «personas no identificadas» que arrasaron con todo eran hombres, una docena de hombres. Tampoco de que todas las mujeres y niñas mayores de diez años, dieciséis en total, fueron golpeadas y violadas durante horas, que los agresores se turnaban para violar a las crías y adolescentes, que les marcaron los rostros con un hierro candente para ganado. Hablaron de «pelea». Dijeron la palabra «secta». Añadían invariablemente la coletilla de «la prueba es que no han acudido a ningún hospital y cuando los servicios sociales llegaron a la zona no quedaba ni rastro de ellas».

Nosotras ya no pedíamos los informes policiales. Sabíamos que habían encontrado cinco manos amputadas y el fruto de tres escalpelamientos, o sea, que a tres mujeres les habían arrancado el cuero cabelludo. No pedíamos los informes. Lo sabíamos.

Era el mismo día de la consagración en televisión de las muñecas gestantes. A la hora en la que ellas eran violadas, golpeadas, rebanadas, el brillipresentador se preguntaba mirando a cámara cuáles iban a ser mis reparos.

—Hija, ahora no te me pondrás estupenda, ¿nooo? Que no son seres humanos.

18

AZUL

Ah, el periodismo. Recuerdo el momento, pero no el año. Estábamos a punto de celebrar la Navidad. La Navidad requiere familias, padres, madres, hijos, nietas. Aquellas cosas. Yo era otra, supongo, yo soy otra todo el rato. Pero elijo ese momento exacto y ahí clavo la chincheta a la que atar un extremo del hilo, el inicio de todo este hilo que tantísimo tiempo después, ahora, sigo llevando en la mano, quién sabe hacia dónde y cuánto carrete le queda. La elijo porque fue la primera vez que una mujer dejó de ser ante mis ojos, perdió su nombre. No volví a saber de ella jamás. Sin embargo, en aquel momento decido situarme para empezar a narrar.

Yo era una muchacha, faltaban algunos años para el fin del siglo XX y las cosas realmente existentes seguían inmutables desde la invención de la imprenta, cinco siglos atrás. Es curioso cómo algo, en un instante, un parpadeo, fulmina, por ejemplo, cinco siglos. Sucede ese algo, y a la mierda. Cinco siglos como cuatro esquinitas tiene mi cama.

En casa de aquella mujer había un árbol de Navidad, un

abeto pequeño pero vivo, una planta que no era un simulacro de planta. Recuerdo haber pensado, y todos estos recuerdos son reales, que era una cría de abeto. En aquellas circunstancias, lo último que necesitaba era pensar en crías. Toda la estancia estaba llena de crías que eran la misma niña multiplicada en decenas de fotografías dentro de un salón que no habría resultado pequeño si alguien hubiera tirado a la basura toda aquella galería de los horrores abarrotada de budas de madera, budas de metal, budas de piedra volcánica, elefantes con la trompa en alto, figuritas de roscón de reyes, tallas de madera adquiridas en tiendas de comercio justo contra alguna violencia, cajitas de metal con esmaltes de colores, cajitas de madera con incrustaciones nacaradas, soportes para incienso, y en las paredes una población de reproducciones de ningún mar, ninguna montaña nevada, ninguna puesta de sol, ninguna pareja a contraluz enmarcadas en remedos de madera vieja teñida de blanco.

Recuerdo que la mujer a la que yo iba a entrevistar se llamaba Antonia Zafra Ugarte. Parece más fácil acordarse de un González, un Sánchez, y bien podría ser, pero ella me dijo «casi azul». Casi AZUL. Tantas otras mujeres después, con aquel hilo aún en la mano, aquello sigue funcionando. AZUL. Por supuesto no entendí a qué se refería ni confiaba en que tuviera sentido. Tampoco fingí lo contrario.

«A de Antonia», dijo con el tono y el gesto de quien hace un esfuerzo por recordar alguna lección escolar. Pero eso era imposible. Como imposible que aquel mohín de memoria respondiera a la coquetería. Ninguna madre a punto de narrar el asesinato de su hija tiene tiempo para eso ni a mí se me pasó por la cabeza. Lo escribo aquí para explicar la extrañeza.

«Z de Zafra». No solo parecía esforzarse en recordar, sino que iba acompañando con los dedos la enumeración como quien intenta recordar la lista de los comensales a la mesa de una celebración lejana e importante temiendo el olvido de alguno.

«Y U de Ugarte». Bajó los tres dedos que había ido subiendo y deduje que había concluido algo. Uno, dos y tres. A, B y C. Piedra, papel o tijera. La cría de abeto estaba viva. La cría de las fotografías estaba muerta. Me cabían pocas enumeraciones más.

«Ya ve, casi azul». Azul sonaba a cadáver en mi estado de ánimo. «Solo falta la L final y mis iniciales formarían la palabra AZUL». Al nombre Antonia Zafra Ugarte le faltaba la L de luctuosa, lastimada, lúgubre, loca, lamentable, letal, líbrame de todo esto. Pero eso lo pensé después, de camino a la redacción.

Trabajé en una redacción durante un mundo y un tiempo en los que había algo llamado redacciones. Frente a aquella mujer, solo entendí, o decidí creer, que cuando te abren la vida en canal y por esa raja se ha escapado ya todo, no hay forma de volver a meterlo. También pensé en la película *Alguien voló sobre el nido del cuco*. Comprendí que llega un momento en el que hay que contar con los dedos las tres cosas que eliges contar. Que al resto eso nos resulta indescifrable, pero no encierra significados ocultos, sencillamente es que incluso el dolor necesitas reconstruirlo cada vez para poder volver a sentirlo.

Tras mi conversación con la señora AZUL me quedó la duda de si podía siquiera sentir dolor. No rabia, dolor. No tristeza, dolor. Ahora, tras tantísimas mujeres, ya no me cabe ninguna duda.

Llegué a la redacción y escribí todo lo recibido. Cuando quieres narrar el horror debes haber sentido el horror, resulta imprescindible. El horror no es la abstracción del horror ni la idea del horror. El horror es algo realmente existente, o no es. Por eso y por lo que sigue clavo aquí la chincheta de la que parte mi hilo, el hilo que me ha traído hasta aquí. Una no puede más que servir de escriba para el relato de quien sí ha vivido el horror.

Eso hice. Transcribir lo que la señora AZUL me había contado sobre el asesinato de su hija a manos del padre, con sus palabras:

«Sangre, mucha sangre».

«Yo no sabía nada».

«De repente todo era negro».

«¿Qué iba a hacer yo?».

«El juez lo ordenó».

«Desde pequeña era muy obediente, mi madre lo decía».

Transcribir y añadir algún dato escueto, tembloroso a cerca de sus gestos.

—Quita el nombre —me exigió el director tras leerlo—. Es un artículo estupendo, pero quita el nombre.

Le pregunté por qué debería hacerlo. No era fácil entonces —después sí lo fue y no sirvió de nada— conseguir un relato del horror en primera persona. Las mujeres aún no querían contar las cosas del espanto, no sabíamos, no podían.

—Es que se llama Antonia Zafra Ugarte, ese es su nombre, y como tal, dando su propio nombre, ha accedido a hablar con nosotros.

Aquello era inaudito. Ninguna mujer conocía la posibilidad de su primera persona en aquel tiempo, aún el siglo XX, y yo me sentía tan orgullosa de haberlo conseguido. Qué idiota.

—Me importa un pimiento. Tú pon «María» y luego «nombre ficticio» entre paréntesis. ¿Has entendido? «Nombre ficticio» entre paréntesis. ¿Has entendido?

Desde este tiempo que ya ha dejado de existir y esta persona sin nombre que soy, le doy las gracias, señor director. Claro que lo entendí, de golpe todas lo entendimos. «Afirma una de las organizadoras» es la clave. «Una de las» es la clave. «Nombre ficticio entre paréntesis» era todo lo que necesitábamos para dejar de existir. Y en ese dejar de existir nos iba la vida.

19

La realidad *soundtrack*

I never saw the morning 'til I stayed up all night.
I never saw the sunshine 'til you turned out the light.
I never saw my hometown until I stayed away too long.
I never heard the melody until I needed a song.

Recuerdo la voz de Tom Waits una noche en la que era muy muy jovencísima y estaba ya sola para siempre jamás amén. Luego no volvimos a escuchar a Tom Waits, yo desde luego no, y me acuerdo perfectamente porque cuando lo vi comerse una cucaracha en la película del Drácula de Coppola me pregunté cuánto tiempo llevaba sin oír una canción suya y dudé de que alguna vez hubiera cantado. Solo canta aquel de cuya canción queda recuerdo, cada acto deja de existir en el momento exacto del olvido, cuando desaparece la última persona que lo recuerda. Adiós. Memoria y deseo, etcétera, idioteces con nombre, pueriles alardes de identidad. Seamos sinceras, no existimos. La identidad es un exceso pactado.

Hola de nuevo, yo no me llamo.

En el momento exacto en el que dejaron de llamarnos, pasamos a no existir. Es, qué duda cabe, una ventaja, y si alguna cosa no habíamos tenido nunca era ventaja. Ciñéndonos al diccionario, jamás habíamos vivido en eso que se llama condiciones favorables. Ah, pero aprendimos de golpe a no existir, esas cosas no se aprenden poco a poco, esos cambios suceden como sucede el hecho de caminar erguido, de escribir. Simplemente sucede por razones evidentes, y por lo mismo no sucede en un solo lugar. Entre China y Mesopotamia media un parpadeo.

Condiciones. Se dan las condiciones. Favorables, desfavorables, mondas o lirondas. Las condiciones son una ola a la que no necesitas subirte. Nuestro *sercentrismo* se basaba en la idea de la consecuencia. Una cosa es consecuencia de la anterior. Los acontecimientos suceden a los acontecimientos. El orden. La necesidad de ordenar lo que ignoramos. El ser humano se yergue, el ser humano funda la idea de lo económico, o sea, comer, el ser humano se comunica con símbolos, el ser humano *es*. El ser humano *era* y ese ser incluía su propio orden necesario, y qué necesario. El mismo orden que decide olvidar que el hecho de «ser» sucede simultáneamente en distintos puntos geográficos.

Oh.

I never saw the white line, 'til I was leaving you behind.
I never knew I needed you until I was caught up in a bind.
I never spoke 'I love you' 'til I cursed you in vain.
I never felt my heartstrings until I nearly went insane.

Aquel día en el que oí por primera vez la «San Diego Serenade» de un hombre llamado Tom Waits que cantaba, cuyas interpretaciones parecían dignas de quedar registradas y de cuya existencia no queda más memoria que esta mía, aquel día otro hombre llamado concretamente Juan Torres penetró mi cuerpo por primera vez. Ese mismo hombre acababa de dar un paso que me llevaría a abortar mi primer embarazo. Podríamos decir que ninguno de los dos lo sabía entonces, pero sería un imperdonable acto de frivolidad. Él sí lo sabía, y probablemente yo también. Pero qué es saber y qué relevancia tiene a estas alturas.

I never saw the east coast 'til I moved to the west.
I never saw the moonlight until it shone off your breast.
I never saw your heart 'til someone tried to steal, tried to
  steal it away.
I never saw your tears until they rolled down your face.

Tom Waits y Juan Torres son relevantes. Lo son en tanto en cuanto yo los nombro y con ese acto mío, mío, mío, señalo su existencia. O sea, existen. Ahora que las plantas se multiplican y todo esto llega a su fin, yo los nombro. Eso es. De eso se trataba. Tom Waits y Juan Torres tienen, tenían, un nombre. Es decir, una identidad. Esa identidad era la que les permitía grabar un disco u obligar a una chavala a abortar. Por eso puedo ahora nombrarlos. ¿Darles vida? Sí, pero a la vez, y precisamente por eso mismo, hacerlos responsables. De lo que sea. De una obra o un destrozo, de la creación o la infamia. Responsables, o lo que es lo mismo, obligados a responder de sus actos.

Ahí, ahí vamos.

Solo la identidad te convierte en responsable. Por consiguiente, si no existe identidad, no existe responsabilidad.

I never saw the morning 'til I stayed up all night.
I never saw the sunshine 'til you turned out your love light,
  baby.
I never saw my hometown until I stayed away too long.
I never heard the melody, until I needed the song.

Hola de nuevo, yo no me llamo. Nosotras no nos llamábamos. Dejaron de llamarnos, nunca lo agradecimos lo suficiente.

20

Otras playas

En realidad, nuestros cuerpos llevaban ya tiempo exigiendo otros lugares, crecer en otras tierras. Los lugares de las ciudades estaban secos, eriales para los cuerpos de las mujeres. Nuestro desarrollo, la posibilidad de crecer más allá de meras consumidoras de alimentos, de tendencias, de imposturas. Un espacio macho es un espacio indestructible.

No recuerdo cuándo empezó mi costumbre de pasear por internet buscando terrenos en venta en zonas rurales: rastreaba, dejaba mis datos, activaba alarmas en las páginas inmobiliarias. Todas soñábamos con playas lejanas. No playas, con no playas. Una playa ya era un lugar urbanizado, urbanísticamente explotado, ideado por y para ellos. Nuestra explotación sangraba en cada calle. Soñábamos con *playas* como idea de lo no urbanizado. Queríamos apartarnos. Eso era ya mucho antes. Bebíamos de noche el día que una dijo: «Hay un terreno en Costa Rica». Abrió una puerta por la que descubrimos, qué risa, qué desastre, los terrenos que todas «teníamos», en Costa Rica, en Granada, en el sur de Portugal, en Uruguay, en la Costa da Morte, en el Empordà. Cada cual con su lista de alertas inmobiliarias.

Sed de territorio.

Hambre de conocimiento, de mirarnos y saber.

Abríamos esas puertas.

A la vez se estaba abriendo una grieta total, no solo en la idea del territorio, y quedábamos al otro lado. Nuestras lecturas, nuestras conversaciones, los escritos y actuaciones que poblaban los espacios de las mujeres, no todas, un *nosotras* cada vez más definido, iban poco a poco haciendo imposible que nos comunicáramos con el resto. Hablábamos un idioma distinto. ¿Éramos idiotas? Desde luego, nada bueno salió de ahí. Era la claudicación.

Con los territorios metropolitanos empezó a suceder algo parecido. Aunque las tecnomovilizadas gustaban de entornos postindustriales de extrarradio, al fin y al cabo no dejaba de responder a la estética de la destrucción de la ciudad erial.

En el fondo.

La idea del apartarnos encerraba su bestezuela evidente, caníbal. La idea de las comunidades de mujeres, comunidades no mixtas. *Apartamientos*. En ese huevo latía una claudicación. No había manera de cambiar la realidad existente, que resultaba absolutamente insoportable. Todo aquello era invivible llegadas a cierto punto de evolución en el corral. Nos apartábamos, también, porque ya nos habíamos dado cuenta de que cualquier propuesta política era impracticable e inasumible, y tampoco estábamos en disposición de participar. Era todo o nada. No podíamos ejercer un poco, no podíamos *aportar*. No podíamos *participar*. ¿Nos apartábamos arrastrando un fracaso? Sigo resistiéndome a esa idea pasado un tiempo que me resulta eterno.

En cualquier caso, iba a darnos igual. No se nos iba a permitir el menor movimiento. Seríamos, además, castigadas. ¿Venganza o paseo ejemplarizante? Qué más da.

21

Inversión

—Tías, es muy fuerte, muuuuuy fuerte.

La Niña Shelley se frota la nariz con el dorso de la mano. Junto a ella, Britney Love y Stephany Velasques también se frotan la nariz. Manhattan amanece ante las tres jóvenes que ignoran el significado del verbo amanecer. Amanecer es algo que solo sucede para la gente pobre, o sea, la gente que trabaja, que necesita tener una profesión.

—Tías, se están rifando los Geisha allí afuera. —Señala con la mano la cristalera que no piensa mirar, la ciudad que no piensa mirar, ese ordinario hormiguero de gente que necesita estar en movimiento, en exteriores—. ¿Os lo dije o no os lo dije?

Britney Love y Stephany Velasques conocen a su amiga y esa adicción suya al juego.

—Tengo un contacto —sentencia la Niña Shelley, y las otras dos saben que algo imparable ha echado a rodar.

22

Vamos a ser diosas

—Lo del escroto es pura fantasía, *beibis*. Las del Canal se están peleando por saber. Nadie sabe nada. Nadie habla de otra cosa. ¡Vamos a ser diosas! —La Niña Shelley se yergue, junta las manos como si estuviera rezando y murmura—: Diosas, diosas, diosas.

—Celebrémoslo con unas rayitas, ¿no? —ríe Britney Love.

—Me flipa. Todo tan retro todo el rato. La farlopa, los monederos, la empresa nueva.

—¿Qué empresa nueva? —Stephany Velasques parece hablar a cámara lenta.

—Vamos a tener una empresa, *beibis*. Ya he hablado con un machaca de mi padre, y solo hacen falta tres cosas: materia prima, capital y mano de obra. ¿Qué os parece mi manejo de las cosas del dinero?

—Natural: de tal Shelley, tal astilla —responde Britney Love.

—Así que, en realidad, solo nos falta el material, el resto lo pone papá.

—No se lo dirás.

—¿Estás loca?

—Solo nos faltan los cojones.

—¡Exacto, BeLove, exactísimo! Materia prima, ya os lo he dicho, eso funciona así siempre, la materia prima es lo primero.

—O sea, cojones. —Britney Love se toca la zona del coño—. No me parece tan fácil.

—A mí no me parece difícil. Nada es difícil, si lo piensas bien. Cojones.

—Cojones.

—Cojones.

Los tres peces extraordinarios de lujo se retuercen de risa sobre la tarima del ático. Abajo, Central Park ya es una espesa superficie verde, pero ellas no saben cómo huele ese verde ni les interesa.

—Pues eso, que ya he colgado la foto de mi Geisha en el Canal y está que arde. Sacad los vuestros.

Es una orden, pero ninguna se levanta. El monederito de Britney Love está sobre la mesa como un topillo ciego. Uno de esos topillos sin pelo, de piel arrugada y repugnante.

—Simplemente pensad que es dinero, *beibis*.

La Niña Shelley ha hecho sus gestiones, ha activado el mecanismo infalible de la culpa adulta, ha encontrado a los hombres del dinero, de su padre, de las cuentas, las actuales y las pendientes. Le ha resultado extraordinariamente fácil, pero no se preguntará por qué. Lo único sorprendente, o inimaginable, sería el fracaso.

—Yo prefiero pensar que es el camino al infierno, muñecas, el verdadero infierno, el putomegainfierno. —Britney Love agarra la mano de Stephany Velasques como

— 85 —

quien enchufa una máquina a la corriente—. Repite conmigo, muñeca: «Vamos a ser diosasss».

—Santino, cariño, ¿has conseguido unos buenos guantes de látex? De los gruesos, de los de sacar la mierda del culo.

A la pregunta de la Niña Shelley aparece Santino, que asiente con la cabeza sin sonreír. Santino no pertenece a la realidad real, pero el asistente virtual es lo más cercano a la materialidad que tienen cerca.

—Vamos a llenar el mundo de Geishas, ¿no? Eso es lo que vamos a hacer, ¿no? —Stephany trata de mantener una chispa de alegría con su aportación.

—Ni lo pienses, zorrita. Vamos a conseguir que suspiren por tenerlo. Los vamos a fabricar, los vamos a almacenar, los vamos a mostrar, vamos a generar tensión y deseo. ¡Ja!

—Las *dealers* de los Geisha. ¿Queréis ser putoterroristas del feminismo, diosas de la venganza, o no? —Britney Love se levanta del suelo, echa la cabeza hacia atrás, se sorbe los mocos y traga la última raya.

—¡Yeah!

—¿Somos feministas? ¿Nosotras lo somos? —Velasques esnifa despacio.

—Stephany, cariño, somos algo más. ¡Somos el caos!

—Vale, Britney. —Velasques parece pensárselo—. ¡Viva el caos!... ¿no?

—Pues vamos a por esa materia prima. ¡Cojones! —ríe la Niña Shelley con lo que ella supone voz de gran empresario—. Si ningún hombre denuncia que le han cortado los huevos, la policía no puede investigar quién ni dónde se cortan los huevos. O puede, pero el asunto se complica bastante. Ese es el plan.

—Negocios sucios, *beibis*, putonegocios sucios que serán nuestros y solo nuestros. ¡Las superheroínas de los Geisha! ¡Terrofeministas!

—Qué fuerte, tías, qué fuerrrte.

Una hora más tarde, la Niña Shelley cuelga en el Canal la imagen de tres monederos Geisha, justo cinco horas después de haber subido la imagen de un solo monedero Geisha.

El deseo, como la realidad, funciona por acumulación.

23

Oldboy

—Tenemos abierta la veda. Vamos a empezar por el Sudeste Asiático. ¿Qué os parece, muñecas?

—Sucio, *beibi*, me parece divinamente sucio. Me suena a Kim Ki-duk, ¿a que sí, BeLove? Y también a Hentai y a niñas con grandes tetas.

—No tienen tetas.

—Sí tienen tetas. Estoy hasta el coño de verlas.

—Las de verdad, digo, no tienen tetas. Son planas. Si eso, tienen unos bultitos pequeños.

—Santino, ¿qué sabes de turismo sexual en el Sudeste Asiático?

—No, pregúntale por Seúl.

—¿Por qué Seúl?

—Por *Oldboy*.

—...

—La peli, *Oldboy*. Amo a Dae-su.

—¡Amor total! También yo. Santino, ¿qué sabes de pederastas blancos en Seúl?

24

Padres *real dolls*

—¿No es paradójico, Niña Shelley?

—Yo lo encuentro divino.

—Sí, claro, lo entiendo. Si vamos a ser diosas, es divino.

—Podría ser un castigo por rechazar las *baby dolls*. Buena idea. Eso es. ¡Un castigo! Eso es, ¿no? Si esos cerdos prefieren a las chinitas...

—No son chinitas, Niña.

—Pues a las amarillitas.

—No son amarillas. Más bien de color marrón.

—Pues a las marroncitas. Joder, Britney, hoy estás particularmente pesada. Me gusta la palabra «particularmente». Es particularmente paradójico. Si prefieres una niña marroncita a una *baby doll*, *man*, cerdo pederasta particularmente repugnante, debes pagar por ello.

—El señor Shelley estaría muy orgulloso de su niña. Toda una Niña Shelley para papá Shelley.

—Pero no lo sabrá.

—¿Estás segura, muñeca?

—Todo perro tiene sus debilidades, *beibi*, y mi padre tiene perros muy útiles para nuestras cositas de empresa.

Un gemido de Stephany Velasques corta la conversación, aunque también podría ser la ausencia de ese mismo gemido. Se ha acurrucado en el rincón opuesto del gran salón, lo que significa un buen trecho. Se la ve pequeñita allá. Apoya la espalda en el ángulo de las dos paredes como ella misma si fuera rincón o pudiera amoldarse en pico, y va arrancando a llorar a medida que se escurre hacia el suelo. Ya acuclillada, abre el grifo de sus lágrimas tras haber alcanzado la postura de la momia incaica. Así se lo dice su terapeuta: «Abre el grifo». También es de la terapeuta la expresión «momia incaica».

—Uf, Stephy, no me cortes el rollo justo ahora, *beibi*, que tengo la cabeza en ciclón particularmente caribe, *beibi*, ya llora luego, por favor, estoy diseñando la empresa. Mentalmente. ¿Lo entiendes? Si me interrumpes con eso, no seremos diosas, cariño. Ni meadita de perra seremos, *beibi*.

La Niña Shelley recorre a cuatro patas los trescientos veinte metros que las separan. No se podría decir que sus tetas cuelgan, ni siquiera en esa postura y en bragas, hasta tal punto son estricta carne firme. Tampoco se balancean. Toda su carne es felina en avance. Al llegar, acomoda el cuerpo contra el de su amiga y la abraza sintiéndose madre, no sintiéndose autoridad sino puro amor, un amor maternal que verdaderamente le nace del centro y la conmueve cada vez que aquello sucede. La acurruca mientras le inyecta con suavidad una dosis que entre ellas llaman microdosis, pero quién sabe.

—Ya pasó, pequeñita, ya pasó, cariño mío.

Stephany Velasques cubre apenas con un tanga la rajita

dibujada de su vulva. Se enroscan, siamesa perfección que gusanea durante los tres minutos que tarda en caer grogui.

—Venga esas rayitas, BeLove.

La Niña Shelley se desanuda de la otra y vuelve junto a su amiga ejecutando una danza africana llamada Eskista que las hace reír desde niñas. Mueve los hombros adelante y atrás en gestos espasmódicos y dispara los pechos hacia el frente. Sus padres, los de ambas, sostienen que las mujeres más bellas del mundo proceden de Etiopía. «Después de nuestras hijitas, claro». La Niña Shelley y Britney Love han pasado juntas todo el tiempo que recuerdan haber estado despiertas. El señor Shelley montó la primera gran empresa de *real dolls* del mundo, «la única verdadera», dicen los entendidos, los adeptos, los verdaderamente iniciados en los múltiples placeres y violencias que las *real dolls* son capaces de brindar sin fin. Su amigo, conocido como doctor Love, es el diseñador de todas ellas y sus evoluciones.

Su amistad viene de los tiempos universitarios.

La misma fraternidad universitaria, el Institute of Technology, los pactos sellados.

La fraternidad está por encima de la amistad, es otra cosa. Existen asuntos que atan más fuerte que el amor paterno.

En cuanto a lo otro, la Niña Shelley y Britney Love, cada una a su manera, son huérfanas de madre.

25

Depilarse el coño

La Niña Shelley tiene madre, pero como si no la tuviera. Casi siempre la ha visto dormida.

—Una madre dormida es peor que una madre suicida, *beibi*.

Britney Love está de acuerdo. Al menos, muerta, puedes hacerte la ilusión de que, de estar viva, sería de otra manera.

Ha sucedido algo desde el momento en el que la Niña Shelley les comunicó que serían empresarias, desde que *son* empresarias o así se sienten. Como si ese hecho económico, pero no solo, les hubiera dado el empujón que te lleva a cruzar el linde de la edad adulta, ese que no eres consciente de haber traspasado hasta que un día miras hacia atrás y ya no eres aquella que ves. Es algo que también puede suceder ante el espejo. Te miras y no te reconoces, eres tú pero otra tú. No se trata del aspecto, sino de la mirada. Cuando eso sucede, la soledad ya es insondable.

Algo de ello hay en esa forma de estar muy juntas las tres jóvenes. También en el llanto de Stephany Velasques.

La misma conciencia de soledad que provoca una euforia desatada. La sensación de omnipotencia de la autonomía vital tarde o temprano te acaba hundiendo. De vez en cuando te acaba hundiendo otra vez. La Niña Shelley ignora que sus nuevas sensaciones son las mismas que experimenta la peluquera de un barrio de Brownsville con su primer sueldo.

Esa nueva autonomía ha conseguido que estalle una flor de rabia en el pecho de la Niña Shelley contra su madre.

—Nunca se ocupó de mi aspecto, no me enseñó nada. Imagínate que ni me dijo que una tiene que depilarse el coño. Tuvo que ser mi padre el encargado de hacerlo.

—¿Depilarte el coño?

—Sí.

En realidad, Britney Love ha hecho una broma cuya respuesta es «Ja, ja, ja, ¡no! Decirme que debía hacerlo». O sea, así:

—Nunca se ocupó de mi aspecto, no me enseñó nada. Imagínate que ni me dijo que una tiene que depilarse el coño. Tuvo que ser mi padre el encargado de hacerlo.

—¿Depilarte el coño?

—Ja, ja, ja, ¡no! Decirme que debía hacerlo.

—Ja, ja, ja.

Pero no ha sido así, sino de la otra manera: padre, coño, depilación, sí.

Parece que ya son empresarias, ya no quieren andar con trampantojos.

Se abre la flor y su aroma salvaje mata a las almas que se tapan los ojos.

Se abre la flor de la conciencia, que es la flor de la rabia sorda, y su polen preña de luto el fruto furioso de las cunas.

Se abre la flor, la flor del daño.

26

Muñeca años noventa

—El hombre llamado Kiko Rodríguez Montalvo estaba viendo una película porno acompañado por su muñeca hinchable y su madre la mató.

—¿El vecinooo?

Divina asiente con su cabeza de diosa, la media melena blanca a lo Greta Garbo en *La reina Cristina de Suecia*. Conoce todos los gestos de la película. De esa y de un catálogo sin fin. Han pasado un par de semanas y un buen puñado de aullidos de la Pacha a la luna sin que el vecino haya vuelto a las andadas, y a Divina parece habérsele pasado el disgusto. Acomoda su larga bata de seda negra y roja, y les recuerda que lo que lleva bordado a la espalda es una enorme dragona, «nada de dragón, una dragona sin tetas».

—Sí, el mismo. El vecino, ese homínido. El muy cerdo mató a su madre porque le pinchó la muñeca hinchable.

Aquello sucedió en el año 2003, dos décadas antes de que Divina decida contarlo a la hora del desayuno como quien conspira. El tipo y la muñeca hinchable estaban matando a disgustos a su madre. Sin duda, la historia del hombre llamado M. R. M. o A. M. F., según qué fuentes se consulte, resulta una de las más interesantes en cuanto a muñecas hinchables se refiere, siempre por detrás de la de Hitler como gran impulsor de esta rama de la industria sexual.

—Eme Erre Eme, ¿entendéis? —susurra la mujer inclinada sobre el plato lleno de migas.

—Hermana, no entiendo nada —responde la Pacha, cubierta para la ocasión solo con un pareo de inspiración tropical que, clareado, trasluce su rotunda anatomía.

—Ay, *cariña*, no me interrumpas, que pierdo el hilo. Eme Erre Eme, ¿no lo entiendes? ¡Eme Rodríguez Montalvo!

—Pero ¿qué dices? ¿El vecino?

A Divina toda realidad que no sea *su* realidad le resulta molesta. Es una forma de vida.

—Sí, hija, sí, el vecino, el vecino. —Enciende su porro ya mediado—. El crimen se cometió en Sevilla el 11 de julio. Me lo sé todo, todito, todo, *cariñas*. Poneos cómodas porque resulta escalofriante. Y, por favor, que nadie vuelva a interrumpirme. Aquel verano fue durísimo. Días después del asesinato, murió un hombre allí por un golpe de calor, no os digo más. Las crónicas hablan de récords en las temperaturas.

—Coño, yo estaba allí. ¡Yo estaba en Sevilla el verano de 2003!

Frida interrumpe sin importarle lo más mínimo la mirada asesina de la narradora. Tiene esa belleza morena, limpia y compacta que se sabe inmarchitable, melena espesa, como las cejas negras que llegan a rozarse sobre la nariz, labios carnosos y párpados gruesos. Es periodista y muere por una buena crónica; la de la muñeca hinchable, sin ir más lejos. Acabó programando para varias empresas y creó las webs de algunos medios de comunicación en España y Latinoamérica, pero hace años que rechaza hablar sobre ese asunto le pregunte quien le pregunte. Desde hace tiempo, además de fungir de anfitriona, es nodo. Ella es la conexión de El Encinar con LARED.

—Os juro que aquel verano de mierda las abuelas se secaban y los pájaros se caían de los árboles. ¡Muertos! —continúa.

No se vuelve hacia Divina, que retoma el hilo, para que no la castigue con la mirada.

—Escuchadme a mí, por favor. A mí. ¡Silencio, Frida! Sentó a la muñeca hinchable a la mesa y obligó a la madre a servirle un plato de sopa.

En realidad no existe registro del detalle de la sopa en ninguna de las notas de la época publicadas sobre el caso, pero la convicción de la actriz bien sirve como realidad. ¿Por qué no?

—Aquel homínido había metido a la muñeca en casa de su madre y se pasaba el día con ella, era como su mujer, hasta que un día su madre se hartó de que la sentara en el salón con ellos a ver la tele. Pero no la mató por eso, la mató cuando el hijo la sentó a la mesa y le exigió que le sirviera un plato de sopa.

Las noticias del momento repiten dos expresiones, se supone que sacadas de algún escrito judicial, o quién sabe si de las propias tías del asesino.

—Las tías del asesino fueron las que se olieron la tostada y lo denunciaron —explica Divina.

La expresión que se refiere a la madre dice «fuertes convicciones religiosas». La que se refiere al hijo dice «se había refugiado en la pornografía». Quizá la discordancia entre las ideas de fuertes convicciones religiosas y el refugio en la pornografía resulte más convincente que un plato de sopa, pero quién puede sustraerse al encanto de la mesa familiar una vez expuesto. En cualquier caso, ya está, el plato de sopa existe en tanto que nombrado.

—Todos dijeron que la madre había pinchado la muñeca hinchable de su hijo mientras ambos, el hijo y la muñeca, ya me entendéis, veían una película porno, y que lo hizo exactamente por esa razón. Pero, a ver, ¿quién puede asegurarlo? Quién estaba allí, ¿eh?

En este punto, Divina retoma a la actriz que se pierde en su propia memoria para crear un poco de tensión y vuelve la mirada hacia su asistenta, que se levanta, va a la cocina y regresa con otra jarra de café y la petaca de los porros.

—*Cariñas*, esto es lo que sabemos, lo único que de verdad quedó demostrado: el hijo mata a la madre, el hijo huye a un municipio cántabro llamado Medio Cudeyo, es que me acuerdo de todo, Medio Cudeyo, sí, que es un sitio de mierda, ya os lo digo yo, sin ningún encanto ni sofisticación de tipo rural. Sigo: encuentran al hijo andando por la autovía, le detienen, han encontrado a la muñeca hinchable pinchada en la basura de la casa, el cadáver de la madre tiene sesenta y una puñaladas.

Se pone de pie y su figura extraordinaria cubierta hasta los pies por la bata de seda negra con forro carmesí parece a punto de largarse a cantar la «Casta Diva».

—¡Sesenta y una puñaladas, queridas! —exclama alterada—. Se-sen-ta-*yu*-na.

Sin solución de continuidad, como suele, recupera esa calma suya refinada y da un mordisco a la tostada que se eterniza en su mano de uñas perfectamente esmaltadas en color ciruela Red Beauty.

—Eso y solo eso es lo que sabemos con certeza.

Aparta la silla con cuidado, da la espalda a la mesa del desayuno y se dirige hacia la cocina sin esperar ni siquiera al porro que le está liando su asistenta Bobita, lo que significa que va a salir al exterior. Detrás de ella vuela la bata negra y roja como capa que promete dolores físicos.

—Pero a ver, Divina, hermana, ¿comían sopa o veían una película pornográfica? —La Pacha levanta de golpe su cansancio aullador envuelto en palmeras y se lanza hacia la veterana actriz con intención de frenarla. No hay culpa en su gesto, pero siempre cabe la posibilidad de que sus aullidos tengan consecuencias, que el vecino vuelva a las andadas, así que siente algo parecido a una responsabilidad comunal.

Carola, el matrimonio formado por Frida y la Rusa y la asistenta Bobita se apresuran tras ellas.

—¡Comían sopa! —sentencia Divina incontestablemente sin detenerse mientras pone un pie en el primer escalón que baja de la cocina al patio.

La cocina se llena de mujeres, de nervios, de esa tensión algo cómica que emana de los grupos hembra. Comparten el temor no explícito a que el vecino haya decidido vengarse tras el ataque de Divina.

—¡Es como lo de Hitler!

La Rusa ha soltado la afirmación en un tono demasiado enérgico para su acostumbrada calma feliz. Consigue su finalidad, y Divina vuelve la vista hacia ellas. Con un gesto de la mano, la Rusa la invita a dirigirse hacia la gran mesa de sombra bajo la higuera. Es temprano aún para que el sol moleste, pero desde allí, la verja de acceso y, por lo tanto, lo que pueda suceder tras ella, o sea, el vecino, queda oculto por el seto. Se sientan todas mirando a la Rusa con una intensidad dramática de comedia bufa, para que siga hablando.

—Voy, compañeras, voy —dice ella, que no tenía previsto intervenir—. Se afirma y se refuta que Hitler encargó a un tal Olen Hanussen fabricar muñecas hinchables más o menos similares a mujeres para uso de las tropas nazis, y también que encomendó a Himmler la supervisión de tal operación.

En su otra vida, la Rusa era abogada y trabajó en los programas de la ONU para las relaciones con el entonces llamado Tercer Mundo, por eso habla como quien redacta un informe oficial. Su tono y su sintaxis consiguen cubrir de seriedad cualquier asunto, o sea, borrar el desamparo. Además, es judía.

—Parece que pretendía evitar la sífilis o no mezclar la raza aria o que no cundiera entre las tropas un festín de sodomía. O cualquier otra cosa que prefiero no pararme a pensar, compañeras. Lo cierto es que está demostrado que en los años treinta existía una industria de muñecas hinchables en Japón y en Alemania.

—¿Y tú por qué sabes tanto de muñecas hinchables, hermana? —La Pacha interrumpe con sorpresa verdadera.

—Porque me he interesado por el tema —responde la Rusa sin hurgar en la evidencia del vecino, las corbatas, etcétera—. Existían ya desde quién sabe cuándo las llamadas «damas de viaje», para marineros y viajes largos.

—No jodas. —Carola consigue interesarse. El mar la vuelve loca. Al contrario, el asunto de las muñecas sexuales le provoca un rechazo henchido de pudor. Carola no habla de sexo, ni de intimidad, ni de casi nada que no sea estrictamente funcional, útil.

—Yo me las imagino algo así como trapos cosidos y

rellenos de paja humedeciéndose en las bodegas —continúa la Rusa—. Es evidente, compañeras, no sé si estáis de acuerdo, que cualquier marinero preferiría un culo masculino, una boca con barba o una mamada básica a ese pedazo de mierda pestilente.

—Ahí están las dos ideas que son una —remata Frida, su esposa—. Los hombres fabrican mujeres, o sea, los hombres crean productos con forma de mujer, y los hombres consideran mujer a la representación de una mujer.

—Hay que ser idiota, *cariña*. —Repantigada en la hamaca a la sombra de la higuera, Divina sacude la mano derecha y al hacerlo levanta el mentón y pone los ojos en blanco de manera que a nadie le quepa duda de que no está en ese momento en disposición de encender el porro por sí misma—. Con tal de no admitir que copulan entre ellos, son capaces de follarse un trapo.

Mira a Bobita, que le ahorra el trabajo.

A las mujeres de la finca llamada El Encinar el asunto de las muñecas hinchables les toca muy de cerca.

—Me estáis despistando, me estáis despistando… —dice Divina con la primera calada, pero no se mueve—. Eme Erre Eme, Eme Erre Eme mató a su madre de se-sen-ta-*yu*-na puñaladas porque le pinchó su muñeca hinchable. Eme Rodríguez Montalvo, *cariñas*, que no os dais cuenta de nada, que tengo que explicarlo todo.

27

Muñeca nueva

Tras repetir «Eme Erre Eme, Eme Erre Eme mató a su madre de se-sen-ta-*yu*-na puñaladas porque le pinchó su muñeca hinchable», Divina se levanta lentamente de la hamaca bajo la higuera. Carola es soldado. Ha decidido que nunca más volverá a permitirse un fallo como el que terminó con el juguete del vecino pinchado, así que camina marcial adosada a la bata-capa de su compañera. Divina avanza decidida, al paso que su edad, el porro y la dificultad de un terreno de grava sembrado de guijarros le permiten. Deja detrás casa, piscina e higuera, y se dirige hacia la verja de entrada. La narración del asesinato de la madre que no quería servirle el plato de sopa a la muñeca hinchable del hijo ha excitado su brío.

Sin haberlo comentado, todas dan por hecho que el vecino protagonizará una aparición en solitario, aniquilada ya la muñeca víctima de sus golpes. Lleva días sin hacerlo. Piensan que quizá responderá con gritos a los gritos de Divina. Piensan que quizá le lance algo, una piedra u otro objeto. Piensan vagamente, porque la desaparición de la muñeca de plástico ha supuesto una relajación cotidiana y matinal.

Piensan apenas.

Y dan la vuelta a la casa.

Y enfrentan la verja, con Divina abriendo camino.

Y miran.

Y miran.

Y miran.

Y Divina se detiene en seco en una postura extraña, como si le hubieran lanzado un rayo paralizador que la deja con una mano levantada a medio camino de algo y la boca abierta previa a cualquier sonido. La estatua de la mujer de Lot mirando al frente.

En el madero donde el vecino acostumbraba a amarrar a la muñeca hinchable clásica, boca abierta, pelo amarillo pintado sobre el plástico y miembros disparados, hay atada una mujer; en realidad, una adolescente desnuda. No tiene la boca abierta ni el pelo pintado. Es una cría blanquísima, desnuda y absolutamente lampiña. Ni rastro de Rodríguez Montalvo.

—Agarra a Divina y métela dentro. ¡Ya! —La Rusa le lanza la orden a Carola con una autoridad que conoce los pasos siguientes.

—Todas para dentro, ¡todas para dentro! —apremia Frida.

Todo sucede rápido. Los animales listos evitan el dolor de forma automática, antes de pensar reaccionan. Ellas son animales listos. Al menos lo han sido ante el golpe de horror recibido. La joven Bobita le ha metido a Divina dos pastillas en la boca y le ha encendido el porro. Después han desaparecido. Carola se impone fregar los enseres del desayuno en sesión continua, la Pacha se desnuda y se tumba en el extremo del terreno más alejado de la casa y

Frida teclea en el ordenador con una determinación precisa, matemática.

—Sal y hazle una foto —le pide a su mujer, la Rusa, y la agarra por la cintura, se la acerca, le besa despacio los labios—. Por favor. —La vuelve a besar—. Hazlo como si fuera lo que es, un objeto. No es una cría. Es un objeto.

A todas les ha parecido una cría real, una cría desnuda atada al poste de la muñeca hinchable del vecino. Ha sido la propia Frida la que ha dicho: «Es una muñeca sexual. No es una niña. Es una muñeca. No está viva. Es un juguete».

Poco después de una hora, a una llamada suya, vuelven a estar todas en torno a la mesa del comedor.

La informática lee la pantalla del ordenador en voz alta, suave, parece que neutra:

Modelo: Doll Sweet Nanami 145 cm o 145 cm minus.
Puedes comprarla en La Muñeca de Plata o directamente en Doll Sweet.
La cabeza «Nanami» y el cuerpo de 145 cm minus no suelen estar en el catálogo para Occidente porque están destinados al mercado asiático, pero puedes preguntar por su disponibilidad contactando por e-mail.
Material: Silicona.
Peluca: Suelo ponerla con pelo marrón oscuro, aunque puede variar.
Ojos: Marrón oscuro.
Altura: 145 cm.
Peso: 23 kg.
Color de piel: Light Pink.
Capacidad para sostenerse de pie: Sí, con cuidado, en suelo plano y con algún punto de apoyo.
Orificios sexuales: 2 (vagina y ano).

Las seis mujeres permanecen inmóviles alrededor de la mesa durante ese mínimo atado de minutos que determina los actos de consecuencias incalculables. Todas evitan imaginar la escena de Kiko Rodríguez Montalvo golpeando a la cría.

—No es una cría —insiste Frida, consciente de que la representación perfecta de una niña es una niña—. No es una cría, es una muñeca. Mu-ñe-ca. ¿Entiendes, Divina? ¿Entendéis todas?

El salón de la finca adquiere de pronto su aspecto sin atributos. Es la planta baja de una casa sencilla en la sierra castellana, casa de aspecto humilde con sillones de tapizado ralo y suelo de baldosa pobre. Ellas, entonces, se convierten en media docena de hembras maduras desorientadas. Es Carola la que va hacia la cocina, agarra el cuchillo grande y vuelve.

—Vamos, ¿no?

Cuando enfrentan la verja de acceso, el vecino ya ha plantado su aspecto desafiante junto a la muñeca de silicona llamada Sweet Nanami. Por si cupiera un olvido, Divina avanza marcando con su voz el paso:

—Nanami, Nanami, Nanami. —Y otra vez en un susurro que da miedo—: Nanami, Nanami, Nanami. —Y sin parar—: Nanami, Nanami, Nanami.

Como sucedía con la de plástico, el cuerpo de la adolescente versión muñeca adolescente desnuda está atado al poste por el cuello y la cintura con las dos corbatas, azul marino una y granate la otra. Tiene ojos de sorpresa y la boca sin gesto, como si no le estuviera sucediendo nada, como se presenta la costumbre.

Carola se detiene en la verja, a escasos cinco metros de lo que sucede tras la cancela. Las otras la observan atónitas. Nunca antes la han visto en acción, nunca un gesto violento, una palabra fuera de tono, ningún desorden en su actuar estricto.

—Si la tocas, te mato. —Mastica cada sílaba. Se puede sentir que tiene las muelas apretadas, la mandíbula de piedra—. Te mato.

De pronto, a nadie le cabe duda de que lo hará. Carola no es corpulenta, pero parece fuerte, con esa fuerza que da el empecinamiento, fuerte de empujar hasta que se derriba el árbol, por ejemplo. Tiene un cuerpo de mujer compacta en redondeces y la mirada de quien arrastra toda una vida a golpes.

—Mírame a la cara, desgraciado.

Él la mira con el gesto de quien no quiere mirar ni sabe cómo responder.

—Apártate, porque te mato —le espeta al vecino, y a nadie le cabe duda.

Entonces el hombre llamado Kiko Rodríguez Montalvo lanza el puño contra la cara de la cría de silicona y sale corriendo hacia su casa. La Rusa abre la cancela, Carola sale con paso de callejón suburbial, desata a la muñeca desnuda, deja caer el cuchillo, la abraza con la suavidad que dedicaría a una niña y regresa sin aspavientos.

—Venga, vamos a prepararle una cama.

28

Nanami a la mesa

La finca de El Encinar es una de las muchas comunidades de mujeres que han empezado a brotarle al territorio rural. Como todas, está alejada de cualquier núcleo urbanizado. Allí, además del matrimonio formado por la Rusa y Frida, que ejercen de anfitrionas, las veteranas Divina, Carola y la Pacha residen de forma permanente. Acompaña a Divina la joven Bobita, sobre la que nadie se hace preguntas. Pero El Encinar es, además, punto seguro, nodo en la red de mujeres llamada LARED, así que por allí acostumbran a pasar muchas otras mujeres. Mujeres de piedra pómez o gel de baño, mujeres enviadas o que vuelven, unas en retirada y otras en pie de guerra. Algunas pasan horas y otras, meses. Nunca se sabe.

Ninguna de ellas sabría decir por qué ha acabado allí. No sabrían si se lo propusieran, algo muy improbable. El tiempo y la propia historia van imponiendo sus decisiones y un día miras a tu alrededor y decides olvidar el camino que te ha llevado a donde estás. Sucedía a menudo en aquellos principios de los años veinte en los que nadie previó hasta qué punto ni con qué rapidez se afilarían las púas del vivir. Sucedía aquí y allá. Aquí y allá es la corteza terrestre. Disrupción lo llamaron después.

De entonces data el comienzo de las retiradas, las primeras comunidades y también los primeros ataques, de los que no se daba noticia. Ahora parece curioso que no sucediera antes, pero vete a saber qué mecanismo irguió a los seres que luego fueron personas, qué mano pasó el dedo, de qué color el polvo se hizo signo y fue escritura. Vete a saber por qué las cosas empiezan y terminan a la vez en muchos lugares.

Frida y la Rusa han aceptado la incorporación de la nueva huésped llamada Nanami con la misma llaneza que aceptaron a las demás. El matrimonio ignora sin mediar barrunto la idea de autoridad y propiedad. Llevan juntas desde la universidad y mantienen intacto el espíritu hippy que las llevó a besarse por primera vez y desaforadamente justo en la madrileña cafetería Galaxia en los años ochenta del siglo XX, rodeadas de militares con hambre de golpe y tajo. De aquello hacía ya cuarenta años. Envueltas en fachas se besaron. En la España más mugrienta se comieron la boca. Como en medio de un campo, su primer abrazo húmedo. Todavía lo cuentan a quien quiera que pase.

—Tengo resaca, hermanas, y hace ya muchos años que no tomo una copa. —La Pacha ha decidido no vestirse, así que preside la mesa con sus grandes tetas de pezón café con leche rozando el canto de madera. En la cincuentena, su cuerpo es un poema a la madurez muy anterior a la idea del barroco—. Es que esto que nos ha pasado es muy fuerte, hermanas, es que no sé ni cómo contarlo.

Carola cruza por la puerta del salón hacia la cocina y se la oye desde allí.

—Pues se cuenta muy fácil, Pacha, muy fácil. —La voz de Carola es la misma que la del día anterior. Ya no parece la mujer que ordena los objetos y organiza las higienes domésticas. Parece una furia, y eso encaja en el desorden que supone la aparición de la nueva huésped, extraño personaje para el que no están preparadas—. ¿Sabes cómo se cuenta? Se cuenta quemándole la casa a ese bastardo, *mecagon* su puta calavera.

Una a una van ocupando sus sitios en la mesa del desayuno en silencio. Todo parece haber cambiado, porque ha cambiado, pero no se puede saber hacia dónde ni hasta qué punto. Es Divina quien toma la palabra, cubierta con la habitual bata negra y roja de la gran dragona a la espalda que no se quitará hasta haber fumado el primer porro del día.

—*Cariñas*, creo que deberíamos decidir qué hacemos con Nanami, cómo vamos a tratarla. —La más veterana entre las veteranas toma el café a sorbitos en una de sus habituales pausas dramáticas—. Me angustia lo indecible tener a esa criatura, si me permitís la expresión, tumbada para siempre en una cama, dejada ahí… No sé, estaréis de acuerdo conmigo en que no es un mueble, ni es ropa ni, yo qué sé, un cojín. Y si no estáis de acuerdo, me importa un bledo. Creo que todas somos conscientes de que está ahí, en el dormitorio, todo el rato somos conscientes y yo me voy a volver loca. —Se lleva la taza a la boca sin llegar a beber, apoyándola en el labio inferior—. Yo me he pasado la noche entera pensando en ella.

—Pues la sentamos a la mesa, hermana. —La Pacha mira a las demás, que permanecen con la vista fija en sus platillos—. ¿No os parece? —insiste. Y ante el silencio general—: A ver, hermanas, que las cosas se congelan si no se tocan, ¿la traemos o no?

Al oírla, Carola, ya con sus Levi's, camiseta de un blanco estricto y duchada, se levanta hacia la cocina. Fregar puede suponer la forma más eficaz de darse tiempo. De eso se trata. Sin el orden de Carola, su forma de imponer corrección, pulcritud y serenidad, todo allí empezaría a descomponerse, se desordenaría, sucedería atropelladamente. Cada una cumple su papel. Se sacó las oposiciones a Notarías en la Universidad de Navarra, consiguió en poco tiempo su deseado destino en Tarragona y se instaló en una de las propiedades que la familia tenía en el Delta del Ebro, la pequeña casa modernista cuyo piso superior ocupaba su padre en horario más o menos laboral. Licenciarte en Derecho en una universidad del Opus Dei siendo lesbiana afila la templanza. Fungir de tercera generación sin más necesidad que administrar bienes propios y, por afición, ajenos, posa un lustre de cuna. Toda una vida de lesbianismo marimacho a golpe de escarnios y hostias te enseña que retirarte a frotar cualquier cosa —la vajilla, sin ir más lejos— es la mejor manera de contar hasta veinte.

En cuanto Carola se levanta, algo que todas entienden como pausa de reflexión, la joven Bobita empieza a liar el porro de Divina. Como Frida y la Rusa son anfitrionas, no se ven en la necesidad de tomar partido. La Pacha considera que el silencio ante una decisión es una pérdida de tiempo, así que levanta su rotunda desnudez y al cabo de un par de minutos regresa con aquella representación de adolescente cuyo aspecto impide considerarla exactamente una muñeca, y anuncia que es flexible, algo que ninguna de ellas se había parado a pensar. La coloca en postura de asiento y amolda sus brazos de manera que las manos quedan apoyadas en la mesa.

—Pues ya no soy la única en pelotas.

El ser de difícil calificación llamada Nanami, de material silicona, ojos marrón oscuro, altura de 145 centímetros, peso de 23 kilos, cuerpo completamente lampiño y color de piel denominado Light Pink, todo según el catálogo, pasa inmediatamente y sin mayor gesto a formar parte del particular grupo de El Encinar. Cuando reaparece Carola, lleva una de sus camisetas Levi's en las manos, unas bragas y un pantalón de pijama de cuadros escoceses. Coloca esta indumentaria sobre la mesa, delante de la Pacha, que responde al gesto con un «le va a quedar grande».

Carola mira al resto de las mujeres y pregunta con ese ahorro suyo en el lenguaje:

—Bueno, ¿le quemamos ya la casa o no?

29

Se olvidarán

Pensábamos: «Si desaparecemos, se olvidarán de nosotras». Pensábamos en las monjas, soñábamos conventuales abrigos, lo creíamos posible. Pensábamos: «Se trata de la gestación», «Se trata de sus hijos», «Se trata de nuestro cuerpo». Y luego nos preguntábamos por el misterio de las monjas. Circulaba la idea de que su secreto residía en que no gestaban, que su cuerpo no podía ser usado para preñar. ¿Quién quiere una propiedad yerma? Habríamos tenido que detenernos en serio en el asunto de la propiedad, pero teníamos tantas, tantísimas, demasiadas ganas de apartarnos, de que nos dejaran en paz. Así de simple. Que nos dejaran tranquilas.

Las cosas simples son las imposibles.

Aun así, nos retiramos.

Todo duró poco, y eso también.

Pensábamos que, al retirarnos, dejaríamos de existir. Invisibilidad. Pero con que una sola hubiera guardado con ella a su hijo, a su hija, más, con que una sola hubiera parido, ya habría resultado imposible. Éramos muchas madres, un ejército de ladronas de hijos. Yo no había robado los hijos de nadie. Mis hijos no tenían padre. Toda abstracción contamina a cada una de los miembros que nombra. Ladronas de hijos. Qué más da, en cualquier caso.

Las primeras comunidades de mujeres surgieron a la vez en muchos lugares. Cuando nos dimos cuenta, y ya era tarde, habían aparecido comunidades a lo ancho de todo el planeta. Las primeras de las que recuerdo noticia datan de los primeros años veinte. Todas seguían el mismo patrón. Eran comunidades algo escondidas, en la medida que se establecían fuera de los núcleos urbanos, pero aún no eran clandestinas. Las mujeres de aquellos grupos seguían manteniendo relaciones sociales normales, se movían, hacían la compra, adquirían cosas en comercios, trataban con otras gentes. Nos recordaban a las comunas hippies, igual de candorosas. Siempre nos perdió el candor. Había criaturas, pero la no gestación era la condición radical que las unía a todas. Las redes habían hecho su trabajo.

Todo duró poco. Todo acababa antes de parecer sólido. Enseguida había que partir. ¿Por qué creímos que quien parte será otra cosa que nómada hasta el fin de sus días?

Nómadas
de nuestras propias ideas también
la ruta sin conventos.

Todo formaba parte de la voluntad de apartarnos. Se creó una mística pueril alrededor de esa idea. Yo estuve en eso, formé parte. Duró nada. Pensábamos cosas que ahora parecen idiotas, acciones sin sangre. No recuerdo en qué momento lo de las monjas nos pareció un buen ejemplo. El hartazgo y la violencia agotan las capacidades.

En los primeros años veinte ya había comunidades, que recuerde, en toda Europa y Estados Unidos, en Japón, Corea, México, Argentina, Chile y Perú, en Egipto, Senegal y Marruecos, en Rusia. Que se supiera. Eran muchos puntos dispersos, abarcaban un territorio tan amplio como todo el globo, pero eso lo vemos ahora. Entonces, cuando aparecieron, no existían conexiones entre ellos, me refiero a conexiones territoriales. Solo las redes. Surgieron por las mismas circunstancias y por eso eran iguales, pero eso también es fácil decirlo ahora. Duró tan poco que no dio tiempo a más. Después se habló de asuntos disruptivos, ah, la disrupción, pero nosotras creímos sencillamente que podíamos apartarnos y que así nos dejarían en paz.

Nos dejarían

en paz.

Cuando disolvían una comunidad, recluían en instituciones a las que plantaban cara. O a las que les daba la gana. Como hacían con las madres. Debió de parecerles una fórmula de éxito, porque cundió y acabaron articulando el método. Yo, hasta que me recluyeron, creía ir por libre. Ninguna va por libre nunca.

30

La cantina del Western

Escribíamos este tipo de idioteces y creíamos en ellas. Yo la escribí. Entonces todavía trabajaba en los medios de comunicación; así los llamábamos, de comunicación.

Sucedió tiempo después de que a la muchacha aquella le reventaran la cabeza contra la mesa. Entonces yo todavía estaba en la cantina del Western. No sabía por qué ni desde cuándo, solo que había que estar ahí. Algo confuso como «¿dónde vas a estar mejor?» o «es el sitio en el que hay que estar». La cantina del Western, el centro, el lugar donde ocurren las cosas.

La barra estaba tapizada de hombres armados. Bebían, se reían, bebían, jaleaban quién sabe a quién, escupían. Uno de ellos bromeaba, volvían a reír, volvían a escupir, volvían a beber.

Yo permanecía sentada al fondo, en la mesa del último rincón. Había otras mujeres allí, además de las de arriba. La mayoría de ellas ocupaba el rincón opuesto a donde yo estaba. También reían a carcajadas y golpeaban la madera con el culo del vaso cuando terminaban el trago. Eructaban sonoramente y a veces, desde la barra, alguno celebraba el regüeldo.

No merecían la confianza de los tipos porque manejaran las mismas armas que ellos. No les hacían gracia. Seguramente por eso no se las tiraban y evitaban todo contacto con ellas. Seguramente por eso tampoco les reventaban la cabeza contra la mesa, como sucedió con aquella mujer que permanecía como idiota sentada a una mesa cercana a la mía, pegada a la pared.

Solo eso.

Uno de ellos se le acercó y fue ella la primera que habló. Parecía haberle preguntado algo, quién sabe qué, y entonces él le agarró la cabeza con las dos manos. Qué bobada, recuerdo que pensé en lo incómodo que resulta, incluso en el caso de los besos, que al ir a acercarte, te tapen los oídos con las manos. Intercambiaron un par de palabras y él, tomando cierto impulso, le reventó la cabeza contra la madera de la mesa.

Solo eso.

No parecía que fuera su primera intención al acercarse, sino que se trataba de algo fruto de lo dicho por ella.

Los tipos de la barra rompieron en carcajadas, algunos se dieron palmadas en los muslos y otros levantaron la mano para atraer la atención del camarero. Dudé si su hilaridad respondía a la cabeza rota o a algo relacionado con su amigo, posiblemente un fracaso. Lo cierto es que él debía de tenerlo claro, porque sin dudarlo subió al piso superior y bajó por las escaleras a una chica, casi una niña, arrastrándola por el pelo. Cundió en la cantina un silencio expectante que olía a desafío y orina.

Cuando todo quedó paralizado, el hombre aquel tum-

— 115 —

bó a la cría de espaldas sobre una mesa, se sacó la polla y la penetró por detrás de un empujón seco de rabia. La rabia seca da mucho más miedo que la húmeda. Muchísimo más. Ella pegó un alarido, uno solo, y ya nada más mientras él continuaba.

Nada más, nadie nada más.

Al terminar, se abrochó el pantalón, la dejó donde estaba, en la misma postura, con el cuerpo bocabajo sobre la mesa, el culo expuesto en el borde y las piernas colgando, y volvió a la barra. Su primer grito reclamando una copa volvió a encender jolgorio, risas, golpes de vasos y escupitajos. Desde mi ángulo se podía ver parte de las nalgas de la mujer, medio sangre medio mierda.

Al día siguiente, otro de ellos se acercó a mí de manera semejante a como se le habían acercado a la chica de la cabeza reventada. No lo dudé, porque no aguantaba más.

«Tengo hambre», le dije. «Me estoy muriendo de hambre».

Él me agarró por la barbilla y acercó la boca hasta que sus labios me rozaban la nariz al moverse. Dientes negros, alcohol y un vaho ácido que subía del infierno de sus tripas en descomposición.

«Tengo hambre», repetí con rabia, sin conseguir que me soltara la barbilla, diente contra diente. «Quiero comer algo».

«Para eso tendrás que chuparme antes la polla», respondió.

Se separó un paso de mí y empezó a desabrocharse el pantalón. De nuevo el silencio. Aún le faltaba el último botón cuando le empujé con todo el cuerpo y tanta furia que acabó en el suelo. Entonces corrí hacia la mesa donde estaban las mujeres armadas, las de respeto. Una de ellas, gorda y dura como una estatua gorda y dura, miró al tipo que se levantaba y cualquier amago de acercarse a nosotras se le quedó pegado al culo.

La jefa me alargó un vaso con aguardiente y dejó sobre la mesa, ante mí, una cincha de cuero, una cartuchera y un revólver. Por primera vez desde que estaba en la cantina del Western, o sea, en el lugar donde las cosas sucedían y «¿dónde vas a estar mejor?», me sentí segura.

«Gracias», dije y me hice un hueco.

«Idiota», respondió ella. «Maldita idiota, si estás en la cantina del Western tienes que ir armada, tienes que armarte o acabarás como esas desgraciadas».

Lo entendí, por supuesto. Una vez acomodada, bastó con dejar pasar el tiempo con la mano sobre las cachas de mi nuevo revólver y respetando los turnos de vigilancia que regían las noches de aquellas mujeres.

Un día, al darme la vuelta, comprobé que otra mujer había ocupado la mesa donde yo estuve sola. Me di cuenta al ver cómo uno de los hombres de la barra se desgajaba del resto y se dirigía hacia ella. Volvió a hacerse aquel silencio de suelo pegajoso y baba marrón. Todos allí sabíamos qué era lo siguiente. Mamada o cabeza. No recordaba cuándo había llegado aquella mujer joven, cuánto tiempo llevaba allí. La resaca, las armas, los turnos, los culos de los vasos contra la madera van mermando capacidades y detalles. Eso es. Así pasa. Eso y la vigilancia constante. Me preocupó que tuviera hambre, claro.

Cuando el hombre estuvo a su altura, justo cuando empezaba a inclinarse, ella se levantó sin aspavientos, con una decisión suave y ajena a todo aquello. Desde la barra se oyó un pedo que provocó un amago de risa. La mujer los miró, nos miró a nosotras y tranquilamente recorrió la fila de hombres pasmados en la barra. Eché la mano al revólver, un gesto que no pasó desapercibido a nadie. Ella me miró y sencillamente salió de la cantina del Western.

Sencillamente salió de la cantina del Western.

Sencillamente salió.

Sencillamente.

Este tipo de idioteces, eso escribí.

Decían que el feminismo no usa armas, que no se responde a la violencia con la misma violencia. Creíamos que bastaba con apartarse, esa idea boba de «salir de la cantina» en lugar de ocuparla usando sus mismos modos. Pensábamos que permanecer en la violencia suponía participar en ella. ¿Cómo no íbamos a hacerlo, si formábamos el núcleo mismo de ella? Creíamos que se podía pensar al respecto. La víctima jamás cree que morirá, que la matarán, la tortura no se le pasa por la cabeza. Se mataría.

Las primeras comunidades de mujeres se inspiraban en eso. No sé por qué llamo a la idiotez candor, inocencia. No tiene esas connotaciones limpias, la idiotez. Ensucia. Las primeras comunidades de mujeres eran fruto de ese «apartarse». Decían: «Puedes entrar en la cantina del Western, asumir sus modos, sus armas, o sencillamente apartarte, no participar». Juro que creíamos que era posible. Sí, yo también.

Pero no siempre resultan tan fáciles las cosas. A veces las cosas se tuercen, suceden de una forma distinta a como estaba previsto, porque no se pueden prever las respuestas de los seres vivos, ni siquiera de las máquinas más básicas, primitivas. Los mecanismos fallan o desfallecen o se revuelven contra su propia naturaleza. Y entonces, ay entonces.

31

De las comunidades desaparecidas

Pasados los años, el hecho de que hayan desaparecido las comunidades conocidas, LARED, los nodos, que hayan desaparecido las redes mismas de comunicación, que nada se sepa, nada se diga, nada se informe, que sean silencio no quiere decir que no existan. Pero ¿quiénes podrían quedar? ¿Dónde? ¿Cuántas?

Las mujeres fueron desapareciendo convencidas de que aquí y allá seguían quedando comunidades de no gestantes. ¿Hace cuánto de eso? Se me van las cuentas del tiempo. De pronto, temo que aquellos brutales años veinte y los sucesos vividos se conviertan en mi vieja cabeza actual en ficción. No hay tiempo en la nada y el silencio. Una sola persona, aislada de sus semejantes, elimina el tiempo porque el tiempo pierde todo sentido. El tiempo es una convención colectiva. Cuando empezó el castigo, las mujeres echaron a andar. Los años, por fuerza, terminan con las comunidades de no gestantes. No hay relevo, reemplazo. Nosotras no éramos jóvenes, tampoco viejas, éramos veteranas. Pero nosotras teníamos un plan. Pienso que muchas habrán muerto y no sé por qué pienso eso. Entonces siento culpa. Tienen que quedar comunidades. Han roto las redes, no la existencia. Finalmente tuvimos que optar por el silencio, qué paradoja. «Las redes no son la realidad», decían las ancianas. ¿Qué es la realidad?, me podría preguntar ahora, y no lo hago.

Un día los medios y las redes dejaron de hablar de ellas, de nosotras. Después de años de masacre, de tortura y asesinatos, no podían permanecer vivas, ni siquiera si estaban ocultas, debíamos dejar de existir absolutamente. Así que un día, de la noche a la mañana, se hizo el silencio como si alguien hubiera apretado el interruptor, y nada más. Nunca más nada más. Si alguna comunidad o grupo de mujeres queda con vida, más le vale meterse bajo tierra, excavar galerías como las hormigas, vivir como los topos, si quedó algún grupo sin descuartizar, sin que sus miembros colgaran de los árboles, sus cabelleras pegadas a la plasta de sangre seca del cuero cabelludo como bolsas deshilachadas enganchadas en los matojos, todas esas imágenes volando de dispositivo en dispositivo. Virales.

Virales.

Tajos virales.

Horror en difusión.

Miembros viralmente colgando cabelleras.

Ya no éramos jóvenes cuando empezaron a conocerse los ataques y se dejó de disfrazar la realidad. Eran ataques, eran muchos, estaban organizados, eran redes de machos geográficamente dispersas, universalmente aceptadas.

Silencio.

¡Silencio!

Entonces echaron a andar, escaparon. Pienso que escapaban no solo de ellos, también de mujeres como yo. Yo no tenía freno. No quería esperar, necesitaba actuar. Ahora sí soy vieja, y las que entonces eran mis mayores, todas ellas, han muerto sin lugar a dudas. Pienso que las que entonces eran jóvenes y lograron ir escapando podrían haberse juntado. Pero si no están en las redes, ni siquiera en redes oscuras y secretas, ocultas, ¿existen realmente? ¿Podemos decir que existen? ¿Sobrevivir, solo eso, significa existir? ¿Existen aunque existan?

32

Era de esperar la bestia

Era de esperar que sucediera. Cualquier animal lo haría. De la misma manera que ningún ser vivo renuncia a sus privilegios, su paz, su ser más fuerte, su estar más tranquilo, sin que medie violencia o amenaza.

Quizá la muerte era necesaria. ¿Qué muerte y de quiénes?

Solo era cuestión de tiempo que se revolvieran. De ahí que la idea de apartarnos fuera un disparate inútil.

Como quien se acerca a una bestia salvaje, la azuza con un palo y luego corre a esconderse detrás del baobab. Da igual cuán grande te parezca el tronco, la sabana es mayor y un tronco siempre puede rodearse y tú tendrás que salir a por alimentos y la bestia no olvida ni tiene prisa. Suyo es el tiempo y suyo el territorio desde siempre jamás amén.

33

Frida y la Rusa sin sus hijos

No han quemado la casa del vecino porque no estaba su coche, lo que quiere decir que ha salido. La Rusa ha dicho que mejor lo hacen con él dentro. Han llegado hasta la verja de entrada de la finca de Kiko Rodríguez Montalvo como un grupo de colegialas que se escapa a la hora del recreo a comprar palmeras de chocolate o pipas saladas. No como las que ya se escapan a por cervezas o a fumar. Chicles, más bien. En el desayuno han discutido sobre la violencia.

—Nosotras no usamos la violencia, hermanas —repite la Pacha, desnuda a la cabecera de la mesa.

Afuera, la proximidad de la primavera parece darle la razón. Un polen adelantado deja sobre el alféizar de la ventana terciopelo amarillo. La higuera tiene prisa por dejar caer sus frutos, pero todavía son yemas, así de grande es la premura que se va imponiendo. Se volverá a hablar en las noticias sobre el cambio climático. La opinión de la Pacha siempre es la primera en esos temas. La rotundidad de su cuerpo desnudo la envuelve con un halo de razón que aleja el frío. Frente a ella, la Rusa es partidaria sin concesiones de responder al golpe con golpe, con fuego al fuego, con armas, las que sean.

—Eso es porque eres judía, *cariña* —le dice Divina, sentada junto al ser sin calificar llamada Nanami.

—No se trata de quemarlo vivo. —Frida interviene para suavizar el papel de su mujer—. Se trata de darle un susto.

Carola levanta su cabeza completamente blanca y muestra apenas una sonrisa de medio lado. Es nueva esa sonrisa, nueva entre ellas, e impone un respeto rocoso.

—Si está dentro, le damos un susto —continúa Frida. Mira de reojo a la comisura de Carola, se da cuenta de que todo avanza demasiado deprisa, de que algo se ha acelerado. Los argumentos ya corren detrás de los hechos, de la realidad, y no al revés. La mente analítica, informática, tecnológica de esa mujer—. Si la quemamos sin él dentro, solo le damos un disgusto.

—Ya, mejor susto que disgusto —se mofa Carola.

En realidad, Frida no es partidaria de quemar la casa del vecino ni con él ni sin él dentro. Desde que la Pacha llegó a la finca de El Encinar, le ha cedido el papel de conciliadora, de pacificadora y tierra, pero la paz requiere argumentos y ahí está ella. Sin embargo, si interviene es porque, por encima de todo, Frida ama a la Rusa. La casa del vecino y la necesidad que tenga el resto de desquitarse no le importan. No importan las circunstancias, importa el dolor que acumulan juntas, y también sus cuerpos, lo compartido. Por encima de todo lo que ha empezado a erizarse, del grupo de mujeres que ha acabado instalándose en su casa, Frida y la Rusa se aman. Les ha llevado demasiado tiempo construir aquello que es lo único que poseen y quieren poseer.

—Lo que digáis, pero sin violencia, hermanas, sin violencia.

—Tú ganas, Pacha, quemaremos la casa del vecino con el vecino dentro sin violencia —vuelve a sonreír Carola.

Frida mira a la Rusa con aire de «ya ves la que has montado». Su mujer se levanta hacia la cocina.

Cuando empezó el asunto de las ladronas de niños, la pareja participó en la creación de la red que denominaron LARED, mecanismo que asigna nuevas identidades, domicilios, viajes, desapariciones y sostén económico. Antes de que se iniciaran las persecuciones, y no han hecho más que comenzar, eso es evidente, el matrimonio ya tejía el paño secreto y duro de sus contactos.

Mientras el resto sigue discutiendo lo de siempre, Frida recuerda que se enteraron el primer día que la sierra amaneció nevada en Madrid, dos años atrás. El mensaje le llegó a través de su pequeña red interna personal, a la que ni siquiera su mujer tenía acceso.

«Cierra todo».

«SALID».

Habitualmente es la Rusa quien toma las decisiones, quien provee de lo necesario, lo cotidiano, quien gestiona las vituallas. Aquel día en el que, crac, se les partió la vida, la familia, el futuro, Frida gritó los nombres de sus dos hijos.

«Prepáralos, cariño. —Miró a su esposa como el rayo—. Con maletas y papeles».

La Rusa fue inmediatamente soldado. Frida tecleaba buscando el centro del dolor bajo la máquina.

Los mellizos tenían entonces nueve años. Se acuerda de ellos cada segundo de cada minuto de cada hora de cada día. Con seguridad la Rusa también, pero no hablan de aquello. No se despidieron de sus hijos. Fue la Rusa quien los gestó.

No besaron sus mejillas ni los abrazaron porque así lo habían dispuesto. Estaba todo previsto: los papeles, la recogida, la ficción de normalidad, como una excursión, como ir al colegio. No saben dónde han ido a parar sus hijos, dónde viven, quién los alimenta, qué mano los arropa ni con qué buenas noches. No saben en qué idioma viven. En eso piensa a menudo ella, en qué idioma se comunicarán. Frida es comunicación. Lo único que saben con seguridad, y para ello ayudaron a crear todo el prodigioso sistema de gestión de identidades, huidas y reubicación, es que sus dos criaturas no han terminado en una casa de acogida del Estado gestionada por quién sabe qué entidad privada, drogados, durmiendo en el suelo, violentados, prostituidos.

Media hora después de que Frida dijera «Prepáralos», los niños salían por la puerta y ellas dos empezaban su traslado al lugar asignado, El Encinar. En cuanto abrieron aquella casa en una zona boscosa de segundas residencias en la sierra, una finca que había pasado a estar a su nombre y por lo tanto podría decirse que era ya de su propiedad, con piscina, pinos, una gran higuera y fotos de gentes que ellas no conocían, en cuanto la abrieron, se soltaron por fin a llorar y no pararon hasta que Frida recibió la notificación de nuevas reubicaciones urgentes.

«Si la máquina para, perdemos el suelo. Y lo que es peor, se lo robamos a otras», le dijo a su mujer. Jamás había visto a la Rusa temblar. Podía ser de rabia. Esas formas de solidaridad organizada, clandestina, la enfurecían, la llevaban hasta un límite. La Rusa era mujer de pocos límites, de amplitudes vastas.

Frida vuelve a recordarlo todo mientras piensa que lo fundamental es que no han quemado la casa del vecino. Por el momento.

34

Tengo el listado

—Tengo el listado. —Frida habla a nadie en particular, a sus teclas, a su pantalla—. No estoy segura de que esto sea una buena idea.

Ha caído la tarde con pinceladas malvas más allá de los pinos. El terreno de la finca verdea y empiezan a echar sus brotes las hortensias, la camelia se ha llenado de capullos y en los alrededores los almendros puntean los montes en blanco rosado. Podría instalarse en el ánimo de las mujeres un ansia pequeña de celebración, la misma que en las primaveras de otras vidas. Como ellas no han compartido esas primaveras, no lo van a echar de menos en lo común, y además aún no es primavera, la estación atropellada. La Rusa ha encendido el fuego, pero ninguna abre una botella de vino.

En el viejo salón, los dos ventanales dejan que el día se vaya marchando. Uno da al patio de la higuera y la piscina, y más allá, los grandes pinos que el matrimonio ha adoptado con un orgullo de madres, orgullo generacional. El otro, algo menor, da a las traseras, donde Carola sigue durmiendo en la hamaca de Guatemala. Sobre la chimenea desconchada, preside la estancia la foto mayor que un cuadro grande, como de bar de carretera, de un pueblo que ya estaba allí cuando la casa pasó a pertenecerles por designación no se sabe de quién. Nadie se ha preocupado por enterarse de qué pueblo se trata ni consta el nombre en lugar alguno. Tampoco han cambiado los sofás raídos tapizados con flores ocres y marrones, ni la gran mesa de madera donde desayunan junto a la ventana que da a la higuera. La higuera también forma ya parte de lo que son, del grupo. Han germinado las bolitas verdes en las puntas de las ramas. El único cambio que hicieron en la casa al llegar fue descolgar las fotos de seres humanos, hombres, mujeres, criaturas varias, a los que no conocían ni conocerían. Tampoco se preguntan dónde están, qué ha sido de ellos o quiénes eran. Las de El Encinar, como tantas otras agrupadas en comunidades de mujeres, han pasado a un tipo de vida cuyo principio básico, anterior al resto, superior a cualquier otro, consiste en sobrevivir. En esas condiciones, una no puede cargar con dudas o melindres, y mucho menos con la memoria de otros.

—¿Qué listado tienes, *cariña*? —pregunta Divina a Frida mientras empuja hacia su Bobita la petaca del hachís con su uña perfecta lacada con el mítico Rouge Noir de Chanel. Se mira la punta del dedo—. Esta preciosidad fue creada en 1994 por Dominique Moncourtois, que era el director artístico de Chanel, rama maquillaje. Fue Lagerfeld quien se lo pidió, para que se viera bien en las fotos blanco y negro. Adoro a Karl. Como Dominique no tenía ningún color parecido, cogió un rojo al buen tuntún y pintó encima con un rotulador negro. ¿Podéis creerlo?

Bobita cumple a la perfección con su papel de no estar.

Asiente, pero probablemente no escucha a su mayor. Bobita empieza a asentir en cuanto oye la voz de Divina y deja de hacerlo cuando se calla. Así funciona ella. El resto suspira un poco.

—Ay, hermana, te adoro —suspira también la Pacha—. ¿Cómo que qué listado? ¡El listado de nuestras víctimas!

—Pacha, por favor. —La Rusa, como hija de luchas latinoamericanas, infancia de exilios y desapariciones, educada en los mil silencios, no puede comprender la franqueza indiscreta de su compañera.

—Cariño —Frida pide con la mirada paciencia a su mujer—, Pacha tiene razón, estos hombres son, en cierto modo, nuestras víctimas. —No puede evitar que todo aquello le resulte cómico, ligeramente pueril, y sofoca una carcajada al volverse hacia la otra—. Pacha, creo que sería mejor hablar de sus víctimas que de las nuestras. ¿Me explico? —Le habla como lo haría con sus hijos. La Pacha provoca tal comportamiento—. Podemos, si quieres, y yo lo prefiero, hablar de nuestras hermanas, o así, que son *sus* víctimas. Encuentro que resulta más positivo. Ellos son los malos, ¿entiendes? No las víctimas. Llamarlos «víctimas» nos convierte a nosotras en las malas. Creo que decir «nuestras hermanas», o sea, a las que vamos a rescatar, es un término más, no sé, más como nosotras.

La Pacha asiente y encoge un poco sus hombros. El movimiento provoca un ligero temblor en sus pechos desnudos.

—¿Puede alguien explicarme qué listado, por favor? Yo aquí no me entero de nada —insiste Divina recostándose y poniendo los ojos en blanco.

—Cari, Frida tiene la lista de los compradores de muñecas niñas, *sex babies*, ya sabes —le explica su Bobita como si estuviera traduciendo algo en un parlamento sin funciones. Después se vuelve hacia Frida, y en ese volverse tampoco hay gesto—. No sé por qué las llamas hermanas si son muñecas. —Nadie parece escuchar a la mujer joven. Ladea un poco la cabeza sobre su larguísimo cuello, un cuello que reclama capitel, e insiste—: Solo son muñecas.

—Ah, pues entonces tú más que nadie debería entenderlo, muñeca —ríe Divina.

Efectivamente, la perfección de la treintañera recuerda a la de una muñeca de látex, o a una de esas modelos de los años setenta maquilladas hasta parecer maniquíes de cera o plástico duro, con el cabello negro como un casco, quizá vestidas por Paco Rabanne. Todo eso ha pasado por la cabeza de Divina, a la que las horas que pasa sobria le aburren mortalmente.

—En los años setenta yo ya estaba haciendo la revolución feminista —dice—. ¿Sabéis que Paco Rabanne era hijo de un español al que fusilaron los fascistas? Se llamaba en realidad Francisco Rabaneda y su padre era coronel republicano en la Guerra Civil. ¿A que no lo sabíais…? Ay. No sé de qué sirvió todo aquello, lo de la revolución feminista y eso, no lo de Paco Rabanne, que sirvió, ya lo creo que sirvió.

La Rusa piensa que en los años setenta del siglo xx ella acababa de llegar a España y que, un siglo después, sus hijos tendrán sesenta años. Su mujer la mira. Frida sabe que esa noche ese detalle la hará llorar.

Como a su mayor, a Bobita la situación le hastía y no tiene claro qué están haciendo allí. Ambas parecen salidas de un mundo que ya no existe, de otro mundo, procedentes de un lugar incomprensible en la finca de El Encinar, en esa situación y ese momento. La joven yergue la perfección de su largo cuerpo exacto. Viste un traje de chaqueta blanco de pantalón ancho y un brevísimo top sin tirantes sostenido por las prótesis de una cirugía correcta. Carola acaba de entrar recién levantada de una siesta larga y, al ver a Bobita, siente un escalofrío. Tras su melena blanca entra la noche.

—Carola —dice la Rusa—, Frida tiene ya el listado. Iremos tú y yo. —Se hace un silencio. La mujer mira por la ventana hacia la higuera—. Lo primero serán las brevas, los higos vienen después.

—De eso nada, monada. —Divina alza su anillo en forma de orquídea—. Yo aquí estoy más aburrida que un hongo. Voy con vosotras.

La Rusa mira a su mujer. Frida se encoge de hombros. La Pacha, que ya ha envuelto sus carnes con un poncho andino, suelta una carcajada. Carola se sienta en el sofá que ocupan Divina y Nanami, entre ambas. En fila dibujan un retrato de lo grotesco.

35

Diálogo sobre sus hijos

—Cariño, tú puedes trabajar en cualquier sitio.

La Rusa vuelve la cabeza a medias para ver si alcanza los ojos de su mujer, que la agarra por la cintura adosada a su espalda. Lleva treinta años cocinando así, con Frida agarrándola por detrás. No puede dejar que la mire a los ojos. Si se miran a los ojos, esa comunicación dejará de suceder y solo un golpe de ternura salvaje las succionará de la orilla de lo que no se enfrenta hacia el fondo, marea adentro, dolor vapuleado.

—Si montamos una red...

—Nosotras, tú y yo, no hemos montado en ninguna red, Frida.

—Vale, venga, lo entiendo, no estamos de humor, ya veo. Vuelvo a empezar. Si participamos de una red de salvamento de madres y criaturas, confiamos plenamente en dicha red y sus mecanismos. ¿Me equivoco?

—¿Podemos hablar como seres humanos, cariño, como mujeres, como madres?

—Eso hacemos. Curiosamente, haga lo que haga, no puedo dejar de ser madre, ¿o tú sí?

—Venga, Frida, déjate de hostias. Una de las dos tiene que ir con los niños. Once años son muy pocos años y me chupa un huevo LARED. Son nuestros hijos, ¡y ya han cumplido los once sin nosotras! Somos responsables de ellos. Yo hago falta aquí y tú puedes manejar el nodo desde cualquier sitio.

Frida empieza a reír despacito.

—Si te oye Divina decir que algo te chupa un huevo, *cariñaaa* mía, aquí va a arder Troya.

Ríe después con todo el cuerpo e impide a la Rusa desasirse de ella. Le besa el cuello. Ambas saben que todavía no van a solucionar ese asunto, que no es urgente. También saben que es el único tema que les incumbe profunda, esencialmente.

—Todavía no tienen las herramientas para vivir, no hemos ni empezado con ellos, cariño.

—Estén donde estén, Rusa mía, son nosotras, ¿me explico? Mamarán lo bueno y de lo malo harán escudos. Once años no son muchos, pero ¿no te parece que una década de convivencia contigo les ha dado para contagiarse de todas tus manías de sudaca apátrida?

Vuelve a reír y tararea el tango, «*que veinte años no es nada*». Separa a su mujer de los fogones, trata de bailar con ella suavemente. La Rusa la frena, la besa en los labios.

—Tengo miedo, compañera.

Es la primera vez en su vida en común que Frida la oye decir tal cosa. «Es tiempo de primeras veces», piensa. Si la Rusa tiene miedo, si lo enuncia, ella se queda sin piso bajo los pies, sin música, sin esa ficción de vida soportable que se empeña en tejer cada noche para poder andar erguida al día siguiente.

— 133 —

36

No tratar con hombres

—No sé por qué hay que teorizar todo tanto. Con no tratar con hombres es suficiente.

—Mira, Pacha, esa es la típica idea idiota. ¿Qué significa no tratar con hombres? Estoy hasta el moño de ideas idiotas.

—Pues mira tú, hermana, a mí no me parece nada idiota. Además, Frida querida, no me gusta que llames idiotas a mis ideas. Es poco respetuoso. Yo me habría ahorrado muchos disgustos si no hubiera tratado con hombres.

—¿Y tu padre?

—Sobre todo con mi padre.

—Ya, mala pregunta. ¿Y el camionero, el carnicero, los taxistas?

—Pero ¿qué estás diciendo ahora? Fíjate que eso sí que es idiota. El taxista… Hablo de relaciones, de los maridos, los jefes, los amantes… y también los hombres de la familia, claro que sí, hermana, los de la *family*.

—Habla de lo que quieras, pero mira cómo estamos

— 134 —

por culpa de esas ideas. Mira la idea de las comunidades no mixtas. Mira todo lo que está pasando.

—Ay, *cariña*, ¿tú meterías a un tío aquí? —interviene Divina.

—No, ella no lo haría. —La Rusa interrumpe la conversación entre su mujer y la Pacha—. Es verdad, Frida, no lo harías. —Frida la mira, y Carola no capta en la mirada esa clásica traza del «ya hablaremos tú y yo luego» que marcó su infancia, la relación entre sus padres, y que detesta hasta el punto de sentirla en el estómago. Divina tampoco, lo que significa que esa traza no existe. A la veterana no se le escapa ningún matiz al que pueda sacar punta, usar después para infligir un daño pequeño de crueldad tediosa.

—Lo único que estaba diciendo es que me cansan las teorías, hermanas, y que con hacer las cosas como una siente es bastante. Si a lo mejor estamos incluso de acuerdo, Frida. Con no tratar con hombres, nos ahorramos todos estos rollos.

—¿Estáis hablando del pasado, *cariñas*?

—Estamos hablando del futuro, Divina, al menos yo. Vosotras no sé, pero yo tengo dos hijos y no quiero que, cuando vuelvan, aterricen en una sociedad de viejas locas, no quiero que se sientan señalados por algo genérico que no han hecho.

—Cuando vuelvan… —Niega la Rusa con la cabeza, se levanta y se dirige despacio hacia la cocina moviendo la mano sobre su cabeza como si espantara una nube de moscas pensamiento.

—Tenéis una funesta tendencia a la melancolía, *cariñas*. Pachita, ¿te haces un porrito de los tuyos, especial para mí? —Divina consigue sobrevolar la situación, como si no fuera con ella, o porque podría ser así. Y deja caer la pie-

— 135 —

dra—. Frida, *amora*, pero ¿vosotras no estáis en busca y captura?

El desayuno marca un orden, la idea de que arranca otra jornada. El tiempo en El Encinar empieza y termina cada día. Poco a poco se han ido acostumbrando a sus sitios, que no son fijos pero sí aproximados, al ritual del pan y los huevos de la Rusa, del fregadero de Carola, de las noticias de Divina. Es habitual que la Pacha, por ejemplo, ocupe la cabecera si va desnuda. El lugar opuesto a ella, la otra cabecera, queda siempre sin ocupar, como si ya faltara alguna o todavía la estuvieran esperando. A veces, cuando la Pacha va cubierta con uno de sus sayos, ambos extremos de la mesa quedan libres y parece cundir una sensación de asueto sin padres.

La mañana que sigue a la conversación sobre los hombres ya están todas sentadas a la mesa cuando aparece Frida. Es raro, pero ninguna se ha dado por enterada. Frida siempre es la segunda en aparecer, después de la Rusa, su mujer, ambas en papel de anfitrionas. Aquel día entra cargando con algo que parece una pila de cajas, pero son fotos enmarcadas. Antes de tomar asiento, sin saludar ni mirar a ninguna de sus compañeras, coloca cuatro fotos en la cabecera de la mesa que permanece siempre vacía.

Sienta a la mesa a los mellizos recién nacidos, desnudos sobre una sábana blanca.

Sienta a la mesa a los mellizos al borde del mar, en una playa soleada, con un pantalón de playa verde pistacho el uno y bañador rojo el otro, del verano anterior al momento en el que se fueron.

Sienta a la mesa a los mellizos posando con el mismo

terno junto a sus dos madres, también en ropa de baño, evidentemente en la misma playa y puede que el mismo día.

Sienta a la mesa al matrimonio formado por ella misma y la Rusa, cada una con uno de los bebés mellizos en los brazos y cubiertos todos por una misma manta en un sillón pardo.

Frida mueve innecesariamente los marcos, como una madre que coloca el mechón de la niña con nerviosismo en la primera Navidad familiar tras la separación violenta. No los mueve para colocarlos mejor, sino para permanecer en las imágenes, en aquellos días retratados. La Rusa niega con la cabeza tan ligeramente que ni el aire mueve. Por fin, su mujer se sienta frente a Nanami y el gesto en los rostros de ambas es muy semejante, o el mismo.

—Qué monos, *cariña*.

—Mona tu puta madre.

Frida vuelve a levantarse, apenas ha permanecido medio minuto en la silla, y marcha por donde ha llegado.

Ninguna hace comentario ni movimiento.

Ninguna mira a la Rusa ni las fotografías.

Lentamente, Divina posa su mano sobre la de Nanami. Y la aprieta.

37

El puto espermatozoide

El gesto de Frida, las fotos de los hijos, el dolor expuesto a la hora en que las cosas se ordenan y se dibuja el día, han hecho añicos la serenidad en El Encinar. No es que fuera la de aquellas mujeres una convivencia falsamente cordial, ese tipo de tranquilidad tramposa que propician el campo y las personas que no son familiares y por tanto tampoco tienen demasiado que perder. Sencillamente, era muy muy frágil. No les va a servir en este caso el rollo japonés de pegar el jarrón roto con oro para que se vean las cicatrices y, en lugar de afear, embellezcan, y no esconderlo y blablablá.

Carola ve salir a la Rusa de la piscina completamente desnuda y aparta la vista. Su educación la agarrota con un pudor compacto que ya ni se plantea limar. Es *su* pudor. A esas alturas de la edad ha acabado dando la razón a su padre en aquello por lo que ella lo tachaba de clasista. Pero es el suyo un clasismo candoroso, clasismo de colegio de monjas en provincias y universidad del Opus, un clasismo confitado en pudores, no en crueldades, no en humillaciones. Aparta la vista del cuerpo grande y maduro de su amiga y se detiene en la palabra «amiga». Ha pensado «amiga» al ver a la Rusa emergiendo mojada y desnuda de la piscina, y a la vez ha sentido un escalofrío por la temperatura del agua, helada a esas alturas del año. La mezcla del escalofrío y ese «amiga» le ha despertado ganas de cubrirla con una toalla y frotarle el cuerpo como se hace con las niñas cuando salen del mar con los labios morados. El gesto de frotar con la toalla un cuerpo para hacerlo entrar en calor supone, en el código físico de Carola, un acto de proximidad extrema. También un gesto de inaudito cariño que no se permitirá, por impúdico.

La Rusa la mira, consciente de que, aunque no va a decir nada, Carola está saliendo a su encuentro.

—Vente para el sol, que estoy congelada, compañera.

A Carola todo se le hace nuevo en El Encinar entre aquellas mujeres. Que la llamen compañera, la soltura con la que la Rusa y la Pacha manejan sus cuerpos desnudos, que no sean jóvenes ni estén flacas, ni se parezcan lo más mínimo a nada que haya visto anteriormente retratado desnudo en público, el sabor de la palabra «amiga» al fondo del paladar, donde acaban subiendo los agrios. Todo.

—A mí me gustaría no haber nacido.

Carola no habla, musita protegida bajo el sol y sombra de la higuera. La Rusa sabe que cualquier gesto que realice, la menor señal de asentimiento, cortará de cuajo el relato de la mujer.

—*Mecagon* la puta calavera de aquel espermatozoide. Trescientos millones había. Siempre, desde el colegio y las clases de biología, pienso en el puto espermatozoide que llegó hasta el óvulo de mi madre. Mira que había trescientos millones en aquella eyaculación y tuvo que ser el mío el que llegara. Tuve que ser yo, o sea, yo y no otro... Quiero decir que ese espermatozoide era yo y el resto de los trescientos millones no eran yo. Ya ves qué idiotez. Con las poquísimas posibilidades que tenía de existir, existo. Qué putada.

—Nunca había pensado así.

—Yo, toda la vida. Aún me acuerdo del día en el colegio en el que nos contaron la fecundación humana. No sé si en tu colegio era igual. En el mío, que era de monjas, había tres viñetas. En la primera se veía el óvulo grande, me parecía enorme, desproporcionado, y un montón de lo que parecían renacuajos y se dirigían hacia él. En la segunda viñeta ya había un renacuajo que marchaba a la cabeza de todos. El que iba ganando, ¿entiendes? Eso ya me daba rabia. Yo no quería ganar. Porque yo me veía a mí misma en ese puto espermatozoide, ¿me explico?, sabía que era yo. En la tercera viñeta había entrado en el óvulo y aparecía con los brazos marcando bíceps como un forzudo de circo. Me acuerdo de que sonreía. ¿Existen los forzudos de circo todavía?

—No creo, compañera, no sé si existen los circos ahora.

—Sí, los circos, sí, al menos las carpas.

—No sé lo que sucede dentro. Los forzudos están en las redes.

—Recuerdo cómo taché aquel espermatozoide forzudo de mi libro de biología, con tanta rabia, tantos días, que al final era un topo azul y después se hizo un agujero.

—¡El espermatozoide forzudo del circo!

La Rusa pone demasiado entusiasmo en su respuesta y es algo histriónica. Ya no va a pasar nada más.

—*Mecagon* su puta calavera. Yo. Era yo. ¡El forzudo era yo!

38

Las Cerdas

En España estuvieron audaces a la hora de colocar la casa en la zona fronteriza entre Tarragona y Castellón. Es zona de nadie, si acaso de sucesos aterradores y realidades escabrosas. Castellón recuerda a la tortura y asesinato de las niñas en furgones abandonados, a la grabación de violaciones de críos para redes de pederastas, a políticos corruptos sin ojos y pezones de niñas rebanados en aeropuertos que jamás funcionaron como tales donde en una esquina quedó olvidada una braguita manchada de sangre. Tarragona es Cataluña, pero no tanto. El Delta del Ebro, como todos los deltas y desembocaduras, como arrozales y albuferas, es territorio fuera de la ley.

La edificación era poco más que una caseta de obra, pero quien la eligió tenía en su cabeza todo el imaginario de las películas de terror *trash*. Donde vive la pareja de ancianos que mata y después almuerza con sangre seca entre los dedos. Donde se esconde quien huye de los zombis. Donde se refugia el psicópata basura que arranca las uñas de las manos amputadas de sus cadáveres. Donde hay un sótano y cadenas herrumbrosas y herramientas viejas. Donde, cuando abres la puerta, un puñetazo hediondo te golpea y sacas un pañuelo y te cubres la nariz y la boca. Donde en el fregadero se apilan montones de platos con restos secos y alimentos en descomposición y cientos de cucarachas rubias y muchas moscas irisadas a la insuficiente luz que se filtra a través de la mugre traslúcida marrón de unos cristales rotos que alguien ha cruzado con un par de maderos.

Y así.

Ese tipo de lugar.

Ese tipo, aunque, cuando salió lo de la Cerda, también pensé en *El silencio de los corderos* y su secuela *Hannibal*. En la primera, porque podría ser la casa donde vive el asesino, Jame Gumb, apodado Búfalo Bill, con sus capullos, su sótano, sus repugnantes mariposas esfinge de la calavera africana, el pozo y la joven. Oh, lo tiene todo. Y por la cerda de la siguiente película. Ahí estaba todo. Todos los elementos, y además el molde heredado de la noticia francesa.

«Ahí está todo», pensé al ver la información en televisión.

Primero fueron los informativos, citando fuentes de la policía. «Se ha hallado una infravivienda donde cuatro mujeres convivían con seis criaturas de entre tres y doce años en condiciones infrahumanas». Todo muy infra, sí. «Carecían de luz, agua o cualquier otro suministro. Fuentes de la investigación se muestran conmovidas por el estado de los niños y las condiciones de insalubridad en las que los retenían las mujeres». Dijeron «conmovidas», ese fue el adjetivo. Lo recuerdo porque pensé en ello. «Junto a los seres humanos vivían en dicho lugar digno de pesadilla varios animales, entre ellos, una cerda de gran tamaño».

La cerda.

La cerda pudo ser el detonante, claro. Tenían una cerda y por eso usaron a esa pequeña comunidad y no a otras.

La pregunta es: ¿Tenían una cerda?

La respuesta es: Da igual.

La pregunta es: ¿Por qué hablaron de mujeres y no de madres?

La respuesta es: Da igual.

La pregunta no es.

En las imágenes que luego se reprodujeron durante días, y más tarde se usaron cada vez que la ocasión se prestaba, se veía una edificación rectangular de una planta sin encalar. Una cortina cubría el hueco donde debería estar la puerta y la única ventana aparecía sellada con un plástico cruzado por tiras de cinta americana. Afuera, una pequeña barbacoa adosada con tiro de chimenea, restos de bicicletas, algunos objetos domésticos, un par de sillones cojos, la loza rota de un fregadero. Lo recuerdo porque lo repasé varias veces. Adoro la perfección de los decorados. Había muñecas sin cabeza, piezas sucias de colores infantiles, ruedas, troncos a medio quemar y, presidiendo todo a la derecha de la casa, una cerca rodeaba una superficie de mierda de tres por tres metros.

De mierda y barro.

Nueve metros cuadrados donde la mierda perfectamente identificable se mezclaba con restos de verduras y de la que sobresalían, aquí y allá, lo que parecían juguetes de colores. Faltaban las gallinas. Eso pensé: «Faltan las gallinas picoteando la mierda».

El lugar de la cerda.

«Condiciones infrahumanas».

«Niños como salvajes».

«Mujeres violentas».

«Gritos, ruido, música y fuego».

«Niños sin escolarizar».

«Gran peligro».

«Foco de infecciones».

«Desapareció mi perro, y varios perros más de la zona».

Todo eso se oyó en el primer programa no informativo que trató el tema en televisión.

En el segundo, una contertulia de aire socialdemócrata suave dejó caer que los cerdos son capaces de comerse a un ser humano y no dejar ni rastro. Ahí estaba mi Anthony Hopkins haciendo de Hannibal a punto de ser devorado por los cerdos salvajes que una de sus víctimas había mandado entrenar a tal efecto. Ah, las imperfecciones de la perfección.

En el tercer programa de las decenas que se emitieron, a aquellas mujeres ya las llamaban «las Cerdas».

39

Puritanas en televisión

«Estamos hartas de puritanas como vosotras».

Me divirtió la primera vez que me llamaron puritana. Pensé en las niñas del colegio que nos miraban mal por subir a fumar al tejado. Nos levantábamos las faldas al sol para que se nos tostaran las piernas. Las monjas habían vendido el gran colegio en el centro de la capital a cambio de un dineral para recluirnos en una especie de granja triste a las afueras, más allá del río, rodeada de terrenos resecos, amarillos, terrenos sin posibilidad de vida animal, lagartos, si acaso escorpiones. Otras órdenes religiosas también multiplicaron sus riquezas mandando estudiantes al guano. Frente a nuestra granja de señoritingas estaban construyendo una para niños. Entonces no conocíamos la educación mixta, ni su mera posibilidad. Desde aquel otro extremo de la parcela desértica donde aseguraban que iba a florecer un nuevo barrio para la ciudad, joven y próspero, los albañiles nos gritaban obscenidades cuyo significado no comprendíamos. Las puritanas eran, claro, las niñas que condenaban abiertamente nuestra actitud y se chivaban a la jefa de estudios.

«Estamos hartas de puritanas como vosotras».

En el plató no había brillibrilli porque en esa ocasión la tertulia era política. La palabra «puritana» era nueva, al menos en ese contexto, su aparición en un ámbito popular. El uso del plural era un clásico. Cuando aparece una palabra nueva como «puritanas» o como «censoras» en el debate político, en lo público, ya no desaparecerá. Forma parte de una nueva construcción. Es cimiento. Eso se sabe. No sé qué sucede ahora.

Me gustó que me llamara puritana. A mi adolescente de tejado, pitillo y bragas vista le hizo gracia. Inmediatamente después, ya no. Después, todo era ese plural, su plural. «Nosotras» y «vosotras, las puritanas». Ahí sitúo el primer paso de las aliadas, su primera imagen bonita. Ahí perdíamos. Luego firmaron el manifiesto donde usaron el apodo. El *Manifiesto contra las Cerdas*.

—¿Te parece decente que un hombre como Weinstein lleve tiempo encerrado en prisión, él, que ha aportado a la Cultura universal más de lo que vosotras seríais capaces de destruir en siglos de aniquilación?

La palabra «aniquilación» era relevante, culta, llamaba la atención. Los siglos suponían una amenaza insoportablemente larga.

—¿Te parece que habría que descolgar los cuadros de Picasso de los museos? Dime, ¿los habría pintado si lo hubieras encerrado en una cárcel?

—¿Qué propones? ¿Centros creativos para violadores con talento?

—Sabes perfectamente que Weinstein, como tantos otros, solo hizo lo que era normal entonces, y esas mujeres sabían dónde se metían cuando entraban en la industria cinematográfica.

—¿Recuerdas cuántas veces te han violado?

—Vosotras detestáis el placer, la diversión, que la gente disfrute. Sois unas amargadas. ¿Queréis que todas vivamos como las Cerdas? Sí, eso queréis, no os gusta la belleza, envidiáis el glamour por razones evidentes.

—¿Recuerdas cuántas veces te han violado?

—Me dais lástima, pero no vais a convertir a nuestras hijas en unas amargadas, no vais a robarnos a nuestras hijas.

—Nadie quiere a tu hija, si es que la tienes.

—Con mi hija ni te metas. ¡Ni te atrevas a nombrarla! ¿Me has oído? ¿Qué te has creído, hablando de mi hija?

—No hablo de tu hija.

—Sí, sí lo haces.

—No mientas.

—Sí lo haces. Es asqueroso. Sois asquerosas. ¿Sabes qué estáis haciendo? Recuperar la censura más clásica, señalar todo lo que no os gusta y convertirlo en pecado. Mira por dónde, vosotras, que estáis tan en contra de la Iglesia, copiando los métodos de la Santa Inquisición. No vais a tocar a nuestras hijas, ¿me oyes? No las vais a convertir en unas Cerdas.

—Me cansa hablar contigo.

—Pues para eso te pagan, maja, y si no te gusta la tele, vete a una mina y aprenderás lo que es trabajar.

—No voy a seguir esta conversación.

Volvieron a la pantalla las imágenes de la casa donde decían que había una cerda. A continuación, más imágenes enlatadas de una cerda hozando en el barro y la mierda. Después me levanté y ya no volví a participar en programas televisivos, aunque me ofrecieron un concurso donde «famosas de toda ideología», así me lo dijeron, serían encerradas en un simulacro de nave espacial al modo de *Gran*

Hermano. La nave era una copia en cartón piedra de la de *Alien, el octavo pasajero*. Yo, la octava pasajera. Decliné la oferta. Necesitaba la pasta, pero venían a por mí. Eso se sabe.

40

Manifiesto contra las Cerdas

Las abajo firmantes, mujeres feministas progresistas

DECLARAMOS QUE:

Ante la intolerable culpabilización de los hombres de cualquier condición, edad, sexo o raza y su señalamiento como violentos por el mero hecho de ser hombres

Ante la intolerable traslación de lo anterior a los menores de nuestra sociedad, a los niños como culpables de forma previa y a las niñas como víctimas desde el nacimiento

Ante el intolerable señalamiento de hombres pertenecientes a los ámbitos de las artes, las letras, el pensamiento o la comunicación, así como cualquier otro hombre con presencia en el espacio público, con el consiguiente perjuicio para su economía y su ámbito familiar

Ante el intolerable ataque a la presunción de inocencia con la consiguiente merma de los derechos humanos en nuestra sociedad y el quebrantamiento de la esencia de nuestra Carta Magna

Y viendo que todo lo anterior está alcanzando niveles que,

pese a su construcción criminal, no son tomados con toda la seriedad que merecen, entre los que el secuestro de menores resulta el más alarmante,

EXIGIMOS a las autoridades públicas y su máximo representante, el Gobierno de la nación:

La actuación de las fuerzas y cuerpos de seguridad del Estado con la contundencia y la urgencia que el asunto merece

El aumento de las penas para este tipo de actuaciones, dado que forman parte del delito de odio

La retirada de cualquier presencia y/o participación de cualquiera de las mujeres popularmente conocidas como las CERDAS y caracterizadas por las actuaciones anteriormente descritas

La retirada de cualquier ayuda o apoyo de la administración pública a proyectos u obras de las mujeres conocidas como las CERDAS y caracterizadas por las actuaciones anteriormente descritas

El apartamiento de dichas mujeres, delincuentes confesas y sembradoras de odio, de los ámbitos escolares, educativos, deportivos y cualesquiera otros que impliquen trato con menores, incluyendo los espacios públicos tales como plazas y parques.

41

Sobre el *Manifiesto*

Fue el llamado *Manifiesto contra las Cerdas* el que nos puso nombre. Allí se podía leer «popularmente conocidas como las CERDAS», así, en mayúsculas. El único sustantivo que iba en mayúsculas de todo el texto era el apelativo. Nada más era relevante, aunque luego siguieron meses y meses de debates en los medios de comunicación sobre el supuesto feminismo bueno frente al otro feminismo. ¿Cuál? El de las Cerdas. Y la palabra «CERDAS» pasó a aparecer en mayúsculas en los medios de comunicación, como si fuera un acrónimo, pese a no ser las siglas de nada, por ejemplo, «Cómeme El Rabo Despacio Asquerosa Soplapollas». Era lo que acompañaba a la imagen aquella de un cuadrilátero con mierda, barro y cubos infantiles de colores donde, según aseguraban, había una cerda conviviendo con una madre o madres que habían secuestrado a sus hijos.

Todo se puede dar la vuelta. Darse la vuelta no significa correrse un poco en una u otra dirección, sino ser lo contrario. De golpe, todas éramos sospechosas de algún crimen. En el centro estaban las hijas. La misma palabra «empoderar» que pareció tiempo atrás definir algo bueno, un movimiento propicio, se convirtió en garrote. La cuestión estaba en los límites.

—Habéis pasado todos los límites.

—¿De qué límites hablas? ¿Hay límites en los derechos humanos?

Cuando sacas a relucir los derechos humanos es que ya te has dado por vencida. «Derechos humanos» no es un recurso en un debate televisivo, sino una rendición. O pura pereza, como en mi caso.

—Ya estamos con los derechos humanos en la boca. Vosotras y los derechos humanos... pero solo para las que son como vosotras, ¿no? ¿El resto no tenemos derechos humanos? Me hacéis mucha gracia a mí con vuestros derechos. ¿Y los derechos de los hombres? ¿Y los de nuestras hijas?

—Humanos, he dicho humanos. Humanos se refiere a todos los seres humanos.

Ahí es cuando la pereza ya se ha convertido en hastío y entonces el hastío mismo puede ser un arma, pero solo para salir algo airosa. Nada más.

—¡Ya! O sea, que para que tú tengas derechos humanos, mi hija tiene que estar educada por una Cerda que le va a enseñar que su padre es malo y su madre, o sea, yo, una idiota.

—Si tú lo dices...

—Las idiotas sois vosotras, en el sentido que le otorga a la palabra la Real Academia. Se os da la mano y cogéis el brazo... Pues mira, ni mano ni brazo, ahora. Porque no me irás a decir que las firmantes del *Manifiesto* somos miembros de la Conferencia Episcopal o, como decís vosotras, fascistas, ¿no?

Efectivamente, el centenar de mujeres firmantes del *Manifiesto* habían sido muy bien seleccionadas. Escritoras, editoras, galeristas, actrices, directoras de cine y teatro, periodistas, catedráticas y todo ese tipo de mujeres a las que se les supone un pensamiento progresista sencillamente porque no son unas completas ignorantes. O sea, que sabían que lo de CERDAS no era un término «popularmente conocido» y que lo que hacían con su firma era nombrar algo para que ese algo existiera. *Et voilà*, las CERDAS pasamos a existir y todo se dio la vuelta.

Mierda y barro. Juguetes infantiles de colores entre mierda y barro. Tal preciosismo en la construcción simbólica tendría que habernos echado a temblar, o a correr, o a callar.

42

Camino al avión

El ascensor baja directamente desde el salón hasta la puerta abierta de una limusina color guinda. En el interior, entre los asientos de piel crema, una cubitera de oro con hielo y dos botellas, una de vodka y otra de champán. Lo han visto en alguna película. Además, un camarero ataviado de tal forma que no quepa duda de su función.

La Niña Shelley lleva un vestido de satén azul petróleo hasta los pies atado al cuello con finos tirantes y escote desbocado que cuelga sobre sus pechos como si algo prodigioso fuera a suceder. Se ha echado sobre los hombros una manta parda de lana. Debajo lleva la espalda al aire hasta el arranque de la raja del culo. Si se quitara la manta, cualquiera podría darse cuenta de que la suya es la espalda de una escultura clásica, perfecta. Alrededor de los ojos, los restos del rímel de algún día pasado no ensucian su carita infantil, algo somnolienta.

Britney Love también va ataviada como para una gala cinematográfica, con un pantalón violeta de lentejuelas de pata de elefante y tiro tan bajísimo que debería dejar al descubierto el principio del vello púbico que no tiene. Sobre sus pechos como diminutos satélites esféricos, sendos triángulos, a saber si de un bikini de veranos pasados o diseñados para algún desfile de alta costura, le cubren solo las areolas asalmonadas. Encima, el gran abrigo de piel de camello color tabaco podría ser de su padre o de cualquier otro hombre corpulento que haya pasado por su casa. Se ha recogido su melena indomable con el cordón de una zapatilla de deporte.

Stephany Velasques sale en camisón, una prenda blanca de hilo crudo que recuerda a noches infantiles, engañosamente antigua, jugando con algo pobre, rural, basto. Carísimo. También recuerda a la foto de Alicia que tomó Lewis Carroll y que da un poco de miedo y otro poco de asco. Imitando a la Niña Shelley, se ha echado sobre los hombros lo primero que ha encontrado; en su caso, una alfombra que también podría ser un tapiz con todos los colores de la tierra seca y la tierra mojada.

Las tres avanzan con ese empeño por habitar fuera de las variaciones del tiempo y sus estaciones que caracteriza a las personas que no pisan la calle. No pisarán Nueva York, ni Seúl ni ningún aeropuerto. No pisarán suelo urbano ni sus no lugares. Han fantaseado con la idea loca de cruzar el aeropuerto internacional de Incheon al aterrizar en la capital de Corea, e inmediatamente se han dado cuenta de que bastaba con eso, con la mera idea. Saben que la realidad, la acción, siempre les resulta decepcionante, demasiado larga, aburridísima.

La limusina que las lleva hasta el pie de la escalerilla del avión privado del señor Shelley huele a hierba cortada. Pese a que podría haber usado cualquiera de las mesas plegables interiores, la Niña Shelley ha preferido extraer una bandejita de plata rectangular, alargada, de su estuche de viaje Louis Vuitton, lo único que cargan consigo. Le pide al camarero que se arrodille frente a ellas y la sostenga. No le invita a la raya. Aquel hombre ni siquiera le parece un ser humano, desde luego no de la misma especie que ellas. Piensa que quizá no lo sea.

Las tres han realizado todo el recorrido, consistente en cruzar el inmenso salón, subir al ascensor, bajar al garaje y entrar en la limusina, en fila y en silencio, circunspectas, decididas, obedeciendo a la ocurrencia de Stephany Velasques cuando ha dicho: «Parecemos la banda de una peli de Tarantino. Falta una buena *soundtrack*». Solo cuando están acomodadas, con el camarero a sus pies en funciones de mesa y esnifadas las dos primeras rayas, la Niña Shelley lanza una agudísimo grito de guerra, «Yijaaaaaa», basta con eso para que la realidad ofrezca la música adecuada, y las tres se lanzan en convulsiones de eléctrica celebración.

Vibran los cristales tintados del vehículo, el camarero permanece en su sitio sin un gesto y ellas reproducen una noche, cualquier noche pasadas las cuatro de la madrugada, tras otra gala pongamos de los Óscar, camino de la siguiente fiesta secreta.

Son las doce del mediodía y se dirigen al aeropuerto JFK, pero eso resulta irrelevante. La realidad es irrelevante.

—Santino, querido.

Britney Love baja el volumen y en el ábrete sésamo de las palabras en su voz, Santino se hace presente en asiento corrido adosado a la cabina del chófer, frente a ellas.

—Ay, Santino, querido, cuéntanos cosas de Seúl. Pero, por favor, cosas que nos interesen a nosotras, ¿entiendes?

—Siempre entiendo, Britney.

—Ya. Pero escucha bien: «Interesen. A nosotras».

En el maletero viajan dos baúles grandes e innecesarios. Uno con ropa y el otro con esos objetos denominados «accesorios». Jamás antes habían viajado con equipaje, pero han decidido que ser empresaria tiene sus servidumbres, como, por ejemplo, ordenar a Santino que prepare dos baúles con todo el contenido de los armarios de Britney Love que quepa. Indiscriminadamente. Probablemente no los abran. A las jóvenes como ellas, los hoteles las visten. Las ciudades las visten. La vida las viste. Los baúles, como el desfile y la indumentaria elegida, forman parte de los trámites cinematográficos.

Junto a los bultos, en un cofre neceser de viaje clásico de Gucci con asa superior remachado en oro, los tres Geisha.

43

En la cabina

—¿Cuánto llevamos sin dormir, Santino?

—Setenta y dos.

—OK, Santino. ¿Qué dosis?

—Qué pena, *beibi*. Me imagino todo lo que podríamos hacer aquí dentro.

—Lo haremos, muñeca. Ahora estamos en viaje de negocios.

—¿Tenemos que irnos tan lejos?

—¿Otra vez, Stephy?

—Sí, otra vez. ¿Por qué no puede hacerlo Santino, todo esto?

—Porque ahora somos empresarias.

—No creo que ser empresaria me vaya a resultar divertido.

—*Beibi*, corta ese rollo, *plis*, y tómate las pastillitas de Santino.

La cabina del avión huele a brisa del Mediterráneo en Menorca en el mes de junio. Todos los aromas que rodean a las chicas los han diseñado el señor Shelley y el doctor Love. Ellos juegan y sus juegos se convierten en realidades, deseos, dinero:

—Piensa en una axila púber.

—Hierba cortada.

—En el hueco del cuello.

—Un jardín francés.

—Un coñito.

—Tarde en el palmeral, Túnez.

—Las niñas.

—Té blanco en porcelana inglesa.

En la cabina del avión hay plantas, humedades, un pequeño estanque, nenúfares, frutas en grandes cestos. Nada es real. El agua no es agua. Los nenúfares son como Santino. La Niña Shelley y Britney Love no sienten extrañeza ante esa realidad que es su realidad. Stephany Velasques llorará si se despierta. En caso de turbulencias, nada saldría volando, excepto, si acaso, ella.

—Te necesitamos, *beibi*. Nos haces falta. Entiendes eso, ¿verdad?

Una mujer ataviada como una azafata de los años setenta del siglo XX le ajusta los cinturones sin que se despierte. Las otras dos echan una ojeada al cofre neceser de Gucci que alguien ha ajustado con bridas en otro asiento. Es un pasajero más.

Hay varias *alguien* en la nave, que viajan en el piso inferior. Todas son idénticas, de manera que parecen la misma, solo una. O ninguna.

—Vamos a nuestra proveedora, muñecassss.

—¡Somos empresarias!

—Terrofeministas empresarias, señora Niña Shelley.

—*Too long*, muñeca.

Ambas pierden el conocimiento con la vista fija en el Gucci.

44

Llega Christine

Esperaban la imagen de una mujer asiática a la manera de las modelos de loza cruel que aparecen en los vídeos de sus terminales. Quien aparece no es la imagen, ninguna imagen, sino la mujer misma en carne y hueso. Tampoco es asiática. Santino anuncia la llegada de la desconocida sin más detalles.

—Todavía no, un momentito —dice la Niña Shelley.

Han elegido para su estancia en Seúl uno de los edificios de su padre. Una torre del XVII construida a la manera de la arquitectura tradicional coreana de Joseon. Ellas no lo verán por fuera. El pabellón exterior de tejadillo abarquillado a cuatro aguas con puntas rampantes podría ser real. También todos esos almendros. No saben en qué punto de la ciudad se encuentran, e incluso podrían no estar en Seúl, pero la realidad es algo que se empeñan en respetar estrictamente, la realidad a la antigua, algo que también hace llorar a Stephany Velasques.

La Niña Shelley divide dos gramos de cocaína en seis rayas sobre una mesa baja de ébano. Las tres jóvenes cabrían encima de esa mesa con los brazos y las piernas abiertas. Así de grande, así de bestia, sin rozarse siquiera, abiertas las tres. Lo harán. Parece también un escenario, esa mesa, ahora con seis gruesas orugas pardas de cocaína comprada en Manhattan, ninguna de ellas sabe dónde. Santino sabe.

Cuando entra la mujer que no es asiática, la droga ya ha empezado a hacer su efecto y las chicas, duras, tensas, tablas, no atinan a decir nada.

—Hola, buenas noches. Soy Christine.

El olor a flor de almendro se esfuma en su presencia. Sin embargo, afuera, tras la cristalera, cientos de almendros empastan la oscuridad iluminada por una eterna luna llena. Un aroma real a humo viejo y cuero engrasado gana a las creaciones del doctor Love, a cualquier antojo, fantasía, ficción. Las tres se levantan del suelo con marcialidad, como si tuvieran que rendir cuentas, algo que jamás han hecho ante nadie.

—Shelley —afirma la recién llegada, con una leve inclinación de cabeza ante la Niña Shelley; repite el mismo gesto—, Love —ante Britney Love, y otra vez—, Velasques, si no me equivoco. —No se equivoca.

Christine se dirige a ellas en inglés con acento que podría ser de cualquier lugar del mundo. Es europea. Es blanca, caucásica y no norteamericana. Eso se nota en el acento. O sea, solo puede ser europea. Lo piensan las tres sin decírselo. Además, es completamente real, de la realidad real, y está allí en ese momento exacto. Tiene un rostro de estructura dura, pómulos altos, mandíbula marcada y ninguna cirugía. Labios finos como una raya. Quizá por eso les recuerda a un *cowboy*. No a la granjera, sino a su marido. También al forajido de la película. Lleva el cabello gris atado en una coleta a la espalda y viste un sobretodo tradicional coreano masculino color antracita cruzado a la altura del pecho con una lazada, con el cuello blanco en uve. La prenda cae sobre su cuerpo evidenciando un pecho plano.

Es su elegancia, su estricta elegancia, la que sitúa a las mujeres jóvenes en el lugar del soldado.

—Soy yo. Tengo lo que necesitáis. ¿Por qué?

—Para…

—No he preguntado para qué queréis el material. Eso ya lo sé. He preguntado por qué.

45

El porqué de los Geisha

La presencia de Christine huele a realidad sucia, imperfecta, multiplicada, a algo que las jóvenes no saben identificar porque no lo conocen. La mujer es olor y es presencia, reales. Los aromas de los lugares por los que transitan y han transitado las chicas durante toda su vida han sido primorosamente diseñados para acogerlas, rodearlas con la idea del doctor Love de que el aroma forma parte del estado de ánimo, lo modifica y lo construye; un convencimiento que aplica con no poco éxito a las *real dolls*. No es lo mismo una *mom* que una *nanny mom*. No es lo mismo una *sex doll* diseñada para hacerla sangrar que otra fabricada para una relación sexual más o menos tradicional, incluso para el amor. Las *sex baby dolls* cuentan con un catálogo de olores propios que va desde el de la bebé recién levantada de la mañana hasta ese tufo ácido de las púberes que lleva a los hombres a reventarlas irremediablemente.

—Lo queremos *para* hacer monederos infantiles exclusivos Geisha, y *porque* queremos ganar dinero.

—No. *Para* hacer monederos y *para* ganar dinero. El porqué está más abajo, mucho más al fondo. No sois tan idiotas como pretendéis. Quítate las gafas de farlopa, rubia.

—¿Hiciste tú los Geisha?

—¿*Por qué* queréis el material?

—¿*Porque* somos empresarias? ¿Hiciste tú los Geisha?

—No es por eso. Y no sois empresarias.

Se han sentado todas sobre el tatami. Britney Love se recoge la gran melena en un moño donde podrían anidar aves medianas con sus huevos, quizá las crías piando en un reclamar gusanitos. La Niña Shelley ha puesto los tres Geisha sobre una esquina de la mesa, cerca del borde, y parece ejercer de guardiana. Por eso es quien lleva la conversación, o viceversa. Las dos amigas están muy juntas, con las piernas cruzadas en postura de yoga frente a la mujer llamada Christine, sentada de rodillas sobre sus talones. Stephany Velasques ha quedado algo apartada. Ensimismada en la contemplación de los almendros, parece no prestar atención.

—Santino trae bebidas, yo quiero vodka. ¿Y usted?

—Yo no consumo. En absoluto.

La recién llegada ronda los sesenta, aunque podría ser más joven, porque el cuero de su cara parece gastado por toda una vida a la intemperie. La serenidad en la voz no es impostada. Nada en ella lo parece, ni siquiera la energía con la que le ahorra movimientos a un cansancio preñado de tristeza. No melancolía, tristeza.

—Dime, Velasques, ¿*por qué* queréis ese material?

—No quiero saberlo… *Yo* no quiero saberlo.

La mujer mira a las dos muchachas rubias.

—*Ella* lo sabe.

Entonces se levanta y con un gesto de cabeza modifica el exterior. Detrás de la cristalera, los almendros empiezan a perder lentamente sus flores, que caen como nieve sin temperatura contra el fondo de la noche indefinidamente iluminada.

46

Camiseta a rayas

Lo recuerdo todo. Si algo te funciona, no lo sueltes, no pares, no lo cambies. Picasso funcionaba porque daba un paso más. Era el anverso de las Cerdas, las Robaniños, la mierda. Era el pintor con la luz del sol a la orilla del Mediterráneo, y el Mediterráneo mismo, el pintor bajo la sombrilla, el pintor descalzo, la eterna camiseta a rayas, no la camiseta a rayas con cuello, sino la otra.

—¿Te has parado a pensar que si hubieran existido vuestras leyes, Picasso habría pasado años en la cárcel?

—Cuánto os gusta agarraros a un absurdo.

—¿Te has parado a pensar en que no tendríamos ni la mitad de su obra?

—...

—¿Qué piensas de la abstracción? Por favor, dime, ¿qué pensáis las Cerdas de su mirada sobre la realidad?

Ese bonito paseo desde el tú hasta el vosotras, la senda acostumbrada, mi aburrimiento. El asunto de Picasso las embelesaba porque trascendía la pregunta clásica sobre la posibilidad o no de desligar al autor (malo) de su obra (buena). Su Teoría Picasso pasaba a borrar de un plumazo la obra, así, a lo bestia. Borrar la posibilidad de la obra, y todo por nuestra culpa, nuestra culpa, nuestra grandísima culpa. El genio tiene sus genialidades, tú no. El genio tiene sus violencias y tú, las tuyas, cuánto peores. Y así. Se publicaron libros. Se pintaron grafitis en los muros. Ellas vestían camisetas a rayas. Rayas Picasso.

Un día mi hijo se puso una camiseta a rayas.

Poco después se largó.

Estaba harto y lo comprendí. Todos ellos empezaban a estar hartos. Mi hijo estaba harto de mí y también de los que empezaban a estar hartos y luego se organizaron y empezó el terror. Quizá si yo no hubiera desaparecido, habría vuelto a saber de él. No me cabe duda de que su existencia es y ha sido la de una buena persona, solo que yo nunca estaba allí. Mi culpa viaja conmigo, me acompañó en mi retirada del mundo aquel y aquí permanece, a mi lado, para que no olvide el punto en el que pude, pudimos equivocarnos. Lo hemos pagado demasiado caro.

Cuando salí del psiquiátrico, él ya no estaba allí. En el armario, la camiseta a rayas Picasso colgaba de una percha. Solo eso en un ropero vacío.

La opción de retirarnos parecía la mejor, sobre todo a las que éramos madres. Sin embargo, un hijo de cierta edad no tiene por qué compartirlo. Ni siquiera por qué comprenderlo. Entonces, la pregunta era: ¿gana la madre, gana la lucha o ganamos tiempo? Cualquiera de las opciones acabó resultando demasiado cara. Yo preferí pagarla sola. Eso prefiero. Llegado un momento, además, habría resultado peligroso permanecer. Había listas, estábamos en las listas.

Hoy guardo conmigo su camiseta a rayas. A veces me

la pongo. Las gentes pasan junto a mí y no me miran, no les parece nada, no hay ningún mensaje en mí ni en mi camiseta. Las gentes no recuerdan ya su significado. Los gestos, las tonterías pequeñas.

47

Veterana

Yo era entonces ya una veterana. Bebía, fumaba y me drogaba como forma de habitar lo que fuera que habitara. Lo hacía desde que tenía memoria. Era y soy madre de un hijo.

Ahora, esta desde la que escribo es mi única identidad y *es* identidad. Sin nombre. Cada minuto de cada hora de cada puto día echo de menos el olor del mar. Cojo el siguiente tren y me acerco a la costa, aspiro hondo, vuelvo a ponerme en movimiento. He vivido en un bosque de costa y eso añoro más que nada. Mi cuerpo ha obedecido a sus ciclos naturales y su carne es una realidad exacta. Soy lo que soy, fruto de la culpa y carne de culpa, identidad, existencia y culpa. Eso es. Alcohol, tabaco, sexo y química, eso era, son lo mismo. ¡Eso es!

Eso es, eso es, eso es, joder, eso era.

Multiplicar las realidades, habitarlas y, en ese acto, desidentificarte. Cuando se multiplicaron las identidades —aquí soy una, allá soy otra— se eliminó el castigo ineludible de la culpa. La culpa solo existe en tanto en cuanto tu ser no tiene escapatoria. Mi ser no había conocido todo aquello, yo era veterana, y por tanto no tiene escapatoria.

La culpa.

Eso es. De eso se trata.

Nunca supe ser madre. Llevaba cosida al coño la culpa. Estaba sola. ¿Dónde estaba la culpa de los padres? Una no es madre sola. Una no es una ameba.

Nunca nos enseñaron verdaderamente a ser solas. Ser, estar solas obedecía a la idea de «ser fuertes», o sea, capacidad, solidez, etcétera. Nunca nos lo enseñaron, pero lo ciertísimo cierto es que estábamos solas en lo más radical de la palabra «soledad». Solas de soledad culpable, solas de soledad incandescente, brasa, solas de soledad con pasado, con ese tipo de dolor, solas criando hacia la nada, solas de futuro, criando de hecho, económicamente solas, económicamente, económicamente, económicamente, solas ante la idiotez de cualquier teoría, ahí, ahí, ahí domésticamente solas. Lo doméstico, lo económico, lo teórico como agentes apabiladas de la más absoluta soledad. En cueros, en los huesos, en la noche, tiritando, inconscientes, sobre baldosa de baño, bajo banco de arrabal. Solas bajo el chorro de la ducha, sobre el cristal de la mesa, solas de fogones y congelador, de *mecagondiós* supermercado, solas de ropa sin planchar. Solas de poner música a deshoras para inventar una banda sonora que al menos convirtiera nuestra vida en algo consumible, solas de serie online.

Nada, nada, nada de todas esas malditas revoluciones supuestamente feministas, sexuales, de género, de su putísima madre se habían parado precisamente en eso, en su putísima madre.

Contrarias a la maternidad como una forma capitalista de producción, claro, ¡claro que lo era! Desde que la maternidad es maternidad lo era. ¿Qué si no? ¿Quién si no os había parido, hijas de las mil perras? Oh, la venus paleolítica. Tecnología y desidentificación.

El movimiento de las no gestantes, las comunidades de las no gestantes nos dejaron a las veteranas en tierra de nadie, lugar de paso, como un puente. Esto lo pienso ahora, entonces no teníamos tiempo. Entonces yo estaba siempre ciega. Existe un territorio y deseas, quieres o necesitas estar en otro territorio, el que queda al lado opuesto del río. El territorio a este lado del río es relevante en tanto en cuanto es el lugar en el que te encuentras. El territorio al otro lado importa porque es el que necesitas, sea por lo que sea, alcanzar. En ese estado de las cosas, una se desentiende del puente en caso de que el puente exista y comunique ambas orillas. Si el puente cumple su función de puente, pasa a convertirse en instrumento, o sea, nada. Las veteranas éramos nada, éramos el puente, mero instrumento. No obstante, nos colocaron en la base de toda aquella construcción, sobre nosotras levantaron sus teorías, quisieran, puede que ni siquiera, salvarnos o convertirnos en culpables.

Pero éramos madres. Habíamos parido. A ellas, entre otras, entre otros, entre nosotras, nosotras, nosotras levantadas sin ellos. Sin padres. Bendito sea el fruto de tu vientre, oh, virgen.

Que te den por culo, virgen de mierda, Melibea, himen remendado, criatura, idea del objeto de toda violación, idea de la sangre primera interrumpida. Idea penetrada, reventada, abandonada, responsable, fuente de toda culpa, fuente de todo mal, engendro y semilla de todas y cada una, cada una, miles de millones, de las violencias macho perpetradas.

Pero las veteranas ya habíamos parido, sabíamos verdadera, empíricamente de la gestación. Nosotras éramos origen y final.

No me llamo, soy la que no tiene nombre, soy ya muy vieja y sin embargo, qué paradoja, la única que queda. Mi memoria queda.

Aquí está.

48

Morir

Morir no parecía tan mala idea.

Mi hijo se llamaba Darío. O no.

El tipo que tortura y antes de matar guarda los miembros amputados en formol con el nombre en una etiqueta. Así.

Pasé años escribiendo su nombre, los años en que me mataba, su existencia me mataba y por eso escribía su nombre. En los muros escribía su nombre, en puertas y pantalones vaqueros, en mis muslos escribía su nombre. Moriré, pero su nombre permanecerá. Qué manera idiota de sobrevivirme. Años escribiendo su nombre. Tú lo sabes, Lucía, matándome escribía su nombre. Tú lo sabes, Ana, así escribía su nombre.

O no.

49

Madre abuela no madre

La diferencia no está entre quien da y quien pide, sino entre quien da y quien coge. Entre nosotras, el antónimo de dar es coger.

El paquistaní del colmado de cables y dispositivos electrónicos vende buñuelos de su país. Son dulces y saben a harina.

Los buñuelos de mi abuela eran salados, de bacalao, mi abuela muerta hace tanto tiempo, todo el tiempo, muerta se quedó sentada en su gran sillón de siempre, quizá pegada a él, adherida.

Los buñuelos de mi madre eran de sesos, sesos de corderito, se te deshacían en la boca de riquísimos y tiernos. Una no debe fiarse jamás de las personas a las que les dan asco los sesos, de las personas que no comen casquería. Mi madre murió tumbada en su cama, de perfil, su cuerpo anciano aún dibujaba las colinas del hombro y la cadera, el valle de la cintura. Murió sin derrumbarse porque ni un terremoto quiebra las montañas, solo los edificios y las construcciones, mi madre cordillera.

Mi abuela no fue madre. Mi madre no fue madre. Eso heredé de ellas, esa forma de no ser madre teniendo hijos.

50

Silencio caperuza

Aparecieron informes cuando se decidió, quién sabe a fin de qué, estudiar algunas cosas sucias. Aparecieron estadísticas, documentos redactados, pagados por las instituciones. Eso decían, «institucionales». ¿Para qué hacían eso? Me refiero a cuál era el propósito. ¿Para qué echar a gritar al silencio si el silencio, cuando grita, sigue siendo silencio, solo pare silencios? Esa es su cualidad.

Empezaron diciendo que el 93 por ciento de las víctimas de abusos sexuales no los denunciaban. El 93 por ciento son todas. Así de simple. Decir «93 por ciento» en lugar de decir «todas» parece menos. Qué barbaridad. La realidad parece una barbaridad en cualquier informe institucional, pero no parece «todas». Eso estaba redactado en sus estudios, pero no lo discutíamos en las televisiones porque se esfumaba justo cuando ya existía por fin.

Silencio.

Que la principal razón de que no los denunciaran, según las propias no denunciantes, era que esos abusos sexuales habían sucedido en la infancia.

Silencio.

Lo que sucedió en la infancia ahí queda socialmente, jurídicamente, políticamente violentamente, redondamente. Lo que sucedió en la infancia y en la adolescencia ha prescrito. Y, además, apesta.

Silencio.

Eso no se hablaba, eso se sabía. La prescripción de ese delito sembraba nuestros cuerpos de semillas de silencio de las que germinaban látigos y llagas, flores verdes sin fruto ni futuro. Las prescripciones de los delitos son un pacto social por el silencio.

Y el silencio mismo *es*.

Nadie se preguntaba por qué tales informaciones desaparecían en el preciso instante en que empezaban a serlo. Preguntárselo habría equivalido a romper los silencios.

Papá me hacía pis encima.

El abuelo me tocaba.

Mi hermano me violó con sus amigos. «Entrad», les dijo.

Toda niña conoce la lascivia pura, exacta, perfecta, desde una edad tiernita y azucena, la mirada sobre su cuerpo, la mirada del hombre. Después, la memoria elige sus caminos, pero todas sabemos. ¿O no sabías, Caperucita, pequeña Caperucita puta, que elegiste el bosque sabiendo lo que el bosque es? ¿No te avisó tu madre, zorra enana, tu madre sabia, no te había dicho ya una y mil veces lo del lobo con las niñas, como antes lo supo su madre y la madre de su madre y después lo sé yo?

Todas desde la Historia entera lo sabemos todo.

Ya podíais, gallinitas de corral, feministas antiviolencia, reaccionar poniendo un huevecito, inventando caperucitas feroces, nuevas caperucitas valientes atléticas, caperucitas deslenguadas, judocas karatecas.

Silencio.

Ya podíais, esforzadas gallinitas, inventarle a la niña
una nueva caperuza violeta, negra, verde, color pus
silencio,
silencio, silencio,
en lugar de mirar al lobo y, con él, a todos los lobos que
las niñas tragan, tragamos, tragarán y cuán cerca los tienen
y qué dentro llevan el bosque.

De eso no se hablaba.

51

Delinquimos

La razón por la que no delinquimos es que nos parece que resultará difícil. No nos disuade el delito en sí. Cuantísimos delitos deseamos cometer. Nos disuade el castigo, claro, pero sobre todo el convencimiento de que cometer un delito requiere pericia, destreza o una cualidad determinada, bien sea innata o adquirida por el ejercicio, o incluso herencia de familia. Existen sagas de ladrones, de traficantes, de torturadores.

—Considero imprescindibles tres saberes para habitar este mundo con cierta seguridad.

La Rusa ha hecho mermelada de arándanos y jengibre. Abre el tarro y lo coloca con indisimulado orgullo sobre la mesa del desayuno. Puede que alguna piense por un momento que va a hablarles de cocina, pero ella nunca hace tal cosa. Quienes cocinan no lo cuentan, lo cocinan.

—Atención, mujeres, estos son: hacer un puente, fabricar un cóctel molotov y disparar un arma de fuego.

Sentadas a la mesa, todas las de la casa reanudan, para hacer los honores a la mermelada, un desayuno que ya habían terminado. La mujer fija la mirada en la única que no come, Nanami, ese ser que ya ha dejado definitivamente de ser una muñeca.

—¿A los coches modernos se les puede hacer un puente? —Carola y sus preguntas prácticas—. Porque yo creo que no.

—Se les puede hacer cualquier cosa que se nos ocurra —responde la Rusa con su habitual y contundente parsimonia.

—A mí no me gustan las armas, *cariñas*, me parecen artefactos muy patriarcales —responde Divina sin despegar sus ojos del móvil. No parece prestar nunca atención. Después, a veces, recupera un tema pasado y es la única que lo recuerda con puntilla.

—Lo que quieras, Divina, lo que tú digas. A mí no me gusta estar en busca y captura, no me gusta permanecer aquí escondida, ni sé dónde se encuentran mis hijos y tampoco eso me gusta. —Mientras habla, la Rusa ve cómo una lágrima se desliza por el rostro de su mujer y, en lugar de arrepentirse, aprieta—: Porque imagino que hablamos de violencia, ¿no?

Frida interviene atorada por un llanto sin sonido:

—¿Encontráis normal que lo que más me preocupa es no saber en qué idioma están creciendo?

—Mi padre decía que el andaluz es un idioma, hermana —tercia la Pacha, desnuda bajo un poncho andino—. Yo no me preocuparía por eso.

—El mío era un hijoputa —añade Carola.

—Ya, y el mío —se suma Divina acariciando la mano nívea, sin temperatura, ni fría ni cálida, de Nanami—. Mira, el mío me apuntó con un arma cuando era una criatura, no te digo más.

—¿Estaba borracho?

—No.

—Vaya fenómeno.

—¿Habías hecho algo?

—¿Crees que esa es una pregunta, Pacha?

—Perdona.

—¿Crees que alguna cosa, lo que sea que pueda hacer una cría, justifica que su padre le ponga una pistola contra la cabeza?

—Ya, perdona, hermana. Nada. Además, ninguna pistola me gusta. Ninguna, ya lo he dicho.

Ha anochecido cuando parten de la finca calculando llegar a Madrid a las doce de la noche. Atrás quedan las disquisiciones sobre lo fácil o difícil que resulta cometer un delito, por ejemplo, un secuestro. No son necesarias, porque hay determinación. La Rusa sabe que dichas conversaciones sirven para enfriar las pasiones. No se puede delinquir con éxito pasionalmente. Hace falta método. Por eso ha elegido a Carola. Piensa que actuará con la misma minuciosidad y el mismo silencio con los que mantiene la casa en perfecto orden. Carola maneja las cosas domésticas con ánimo de registrador de la propiedad, como una labor que le es completamente ajena y en la que tiene que poner toda su atención. Las acompaña Divina, porque así lo ha decidido ella misma y no se le puede llevar la contraria; contradecir a Divina resulta una pérdida de tiempo que ya no se permiten.

La carretera serrana serpentea entre fantasmas de almendros. Atraviesan jirones de niebla como gasas desleídas por el tiempo flotando en la corriente de ningún cauce.

—«Nuestras vidas son los ríos que van a dar a la mar» —recita Divina—. Rusa, no tomes las curvas tan deprisa que me mareo.

Carola teme que la veterana vaya fumada.

El resto del trayecto discurre con el canturrear sin letra de la Rusa. Ninguna piensa en su vida anterior. Si una sola lo hiciera, tendrían que dar media vuelta, atizar los rescoldos de la chimenea y beber alcohol. Tampoco piensan, mientras la carretera va abriéndose a medida que se acercan a la capital, en esta otra existencia que se les ha impuesto. Ninguna de ellas ha elegido la clandestinidad por razones banales, no hay frivolidad, hace años que el cinismo se les murió, bien enterrado quede. Las mujeres de las comunidades clandestinas, o ni siquiera clandestinas, las mujeres que se apartan lo hacen por obligación, porque están perseguidas, para huir del acoso o sencillamente por un férreo compromiso con la decencia. A algunas las busca la Justicia y a otras, los odiadores. Una y otra cosa son lo mismo.

Las tres que, partiendo del corazón de la sierra, se dirigen a la capital de España no están nerviosas. Saben que van a delinquir, pero alguien ha convertido previamente su vida misma en un delito. Su mera existencia lo es. Por eso no les preocupa el castigo, la condena que conlleva su acto, sino el grado de dificultad.

52

Asesinato de Carola

—Atención, que ya es muy tarde. La cosa ha sucedido de la siguiente manera. El tipo estaba dentro. Frida —la Rusa mira a su mujer masticando sílabas—, *el tipo estaba dentro.*

—Yo qué quieres que le haga. A esa hora no tenía que estar ahí. Los imponderables son, como su nombre indica, imponderables.

—Y los caminos del Señor, inescrutables, no te jode. El tipo estaba dentro y ha aparecido de repente y se le ha echado encima a Divina. Eso ha pasado.

—Bueno, no ha pasado solo eso, Rusa —puntualiza Carola.

—No, no ha pasado solo eso. Ha pasado que le has dado en la cabeza porque lo estaba pidiendo a gritos. ¿Qué querías hacer?

—Indudablemente, lo que he hecho.

—¿Podéis decir ya qué coño ha pasado, Rusa, amor mío?

—El tipo ha atacado a Divina, la ha tirado al suelo con

la muñeca y todo, y entonces Carola le ha arreado en la cabeza con una botella.

—¿Qué botella?

—Ni puta idea de qué botella, una botella que había por ahí. Yo qué sé, tal vez el tipo le daba al ron.

Carola ya ha empezado a sonreír un poco.

—¿Me podéis dejar acabar? Carola le ha dado un golpe en la cabeza y lo ha dejado grogui. Se ha quedado en el suelo.

—¿Había sangre?

—Un momento, Pacha, un momentito, por favor. Divina se ha ido a la cama porque está muy afectada, ya sabéis, ha ido fumando por el camino y le ha ido dando a la botella.

—¿A qué botella?

—A la botella del tío aquel, imagino. No me he parado a pensar de dónde ha sacado la botella, como comprenderás. Yo no le comentaría nada, aunque no creo que se despierte ya, pero mejor no tratar el tema delante de ella ahora.

—¿Había sangre?

—Yo no he visto sangre. Pero vaya, le he dado con todas mis fuerzas.

—Yo tampoco.

—Y si le he abierto la cabeza, que le cosan.

—Mira que si lo has dejado *lili*, hermana, o parapléjico, o inválido total…

—Que le den, Pacha, mira lo que te digo, que le den morcilla.

—Yo una vez maté a un perro. Fue sin querer, con el coche. Era un perro grande. Fue sin querer, pero lo maté, y mira, hermana, aún se me saltan las lágrimas, animalico.

—Sus cuentas de redes siguen inmóviles. Tampoco se ha puesto en contacto con nadie. No hay llamadas a ambulancias desde su móvil ni a la policía. No hay ningún movimiento vinculado a él.

Frida habla desde detrás del ordenador. Junto a ella, sentadas a la mesa grande donde pocas horas después tomarán el desayuno, están la Rusa, Carola y la Pacha. El salón permanece en una penumbra azulada por la luz de la pantalla. Desde la chimenea ya no llega el aroma de los últimos rescoldos.

—¿A la policía? ¿Y qué quieres que les diga? ¿«Hola, soy un pederasta que llama para denunciar el robo de mi niña muñeca»?

—No sé. Tampoco hubo ninguna respuesta al envío de su disco duro. No han movido un dedo. Todo eso no sirve para nada.

—Ay, mira tú si se está desangrando ahora mismo. ¿Y si llamamos a urgencias, hermanas? Una llamada anónima, digo.

—¿Alguien quiere un revuelto? Voy a tostar pan. —La Rusa parece haber tomado sus propias decisiones.

—Yo me comería un par de huevos fritos con patatas. No sabéis el hambre que da tumbar a un tío.

—¡Toma ya!

—Apago la sesión, compañeras. Mañana será otro día.

—Ay, Carola, qué horror, como lo mío del perro. ¿Quieres contarnos cómo te sientes? ¿Te sientes mal? ¿Tienes remordimientos? Si necesitas algo, hermana, lo que sea...

—Pacha, tengo hambre, me encuentro estupendamente y, en cuanto me coma mis huevos fritos, voy a dormir como un musgo.

—Ya. Mi abuelo decía que lo que no te quita el sueño no duele, y yo qué sé, pero daño le has hecho, tenlo claro.

—Mira, mucho me equivocaría si a esta hora ese gacho no está ya conectado con sus cerdadas y ha sacado más artillería.

—Los vídeos eran lo puto peor.

—Atiza el fuego, Frida, que la Pacha se nos congela.

53

Asesinas

—*¡Cariñas! ¡¡Cariñaaaas!!* Estamos en todos los informativos.

La voz de Divina es un toque a rebato. Baja del dormitorio con su pijama de seda negro y en la bata la dragona adquiere significados ocultos. Tiene su andar algo de renovada majestad, de orgullo, porque una no puede saber lo que se le viene encima, pero sí gozar de un minuto en los medios. Tras tantos años sin aparecer en escenarios y carteles, la diosa vuelve, y de qué manera.

Cada hecho sigue al anterior. Cada paso da lugar a otros, y casi ninguno es nuestro siguiente paso.

Sentadas a la mesa, que ya es de nuevo mesa del desayuno, las mujeres de la comunidad de El Encinar escuchan los boletines informativos de las nueve, las diez, las once, las doce. En las noticias del mediodía ya las llaman «las asesinas» y se habla de que la policía anda «tras la pista de una peligrosa banda de mujeres ligadas al robo de niños».

—Ja, como siempre, de las niñas no se dice nada —se

queja Divina levantando la barbilla y ofreciéndole al mundo su perfil afilado.

Se informa de que «el empresario del sector de la moda» ha aparecido asesinado de un golpe en la base del cráneo propinado con «un objeto contundente». También de que «las fuerzas del orden» no han encontrado todavía el arma homicida. La tarde alcanza la higuera sin que ninguna pruebe bocado.

—Bueno, ya está, lo he matado yo. —Carola rompe un silencio que huele a melancolía—. Ni banda ni leches. Si pasa algo, que no pasará, ya os lo aseguro, no pasará, confesaré el crimen y asunto resuelto. Muerto está. Que le den morcilla.

—Creo que ellos preferirán una banda.

—Una banda me parece una cosa tremenda, suena tremendo, hermanas. ¿Somos una banda?

—Pues sí, Pacha, preciosa, a lo mejor tenemos que ser una banda.

Carola sale y oyen el trastear de cacharros y cubiertos en la cocina.

—Pon una sartén al fuego, que voy.

—Qué fuerte, *cariñas*, qué fuerte me parece todo esto. Nosotras en los medios. ¡Todas! He vuelto, muñecas. ¡Y de qué manera!

—Tienen las imágenes de la cámara de seguridad del chalet —comenta Frida sin apartar la vista de la pantalla. Piensa en la conversación sobre las dificultades de delinquir, pero no lo dirá.

—¿Por qué no sabíamos que había una cámara, Frida?

—No me hables en ese tono, Rusa, que tú tampoco lo sabías. No había una cámara, que a mí me conste.

—La idea chalet y la idea cámara van unidas, *cariñas*, son indisociables.

—A mí me da un poco de pena todo esto, hermanas.

—Bueno, aquí tengo las imágenes. Estáis las tres, primero entra la Rusa, con Carola al lado, y algo después… ¡Divina!, ¿qué coño llevas en la cara?

La veterana suelta una carcajada a la altura de su trayectoria vital, trata sin éxito de hablar, atorada por la risa, que contagia al resto. Acaban todas llorando a mandíbula batiente sin saber por qué. Divina se suena los mocos con un pañuelo de tela que luce sus iniciales bordadas en plata.

—Ay, perdonad. Ay, que me ahogo. ¡Es una media!

—Qué bueno, hermana, como en las pelis.

—Yo no me di ni cuenta de lo de la media. ¿Cuándo te pusiste la media? —La Rusa ya no se ríe.

—Al salir del coche. Es lo que hay que hacer. No habéis aprendido nada de la cultura popular, eso es lo que os pasa a vosotras.

—Pareces un monstruo. ¿Qué tipo de media es esa?

—Ay, una media de rejilla. —La mujer sigue ahogándose de risa—. Una de mis maravillosas medias azules de rejilla. Es que no tenía otra, no me iba a poner unos leotardos. ¿No os parece ideal? Son las de la colección Crucero de Chanel, no sé si os acordáis.

—¿De verdad estás hablando de Chanel ahora, Divina?

—Las conseguí en azul en Londres. No creo que sean originales, pero me parecieron muy para mí, ¿no? Muy yo. Ya me di cuenta de que el problema es que tienen los agujeros muy anchos. Se me salía la nariz. A esas alturas no iba a pensármelo, como imagináis. Debo de parecer una sobrasada de Mallorca.

Y más risas.

54

La Pequeña

—Sal y tráela tú, Rusa. Yo no he tenido hijos.

Carola irrumpe en el salón embistiendo y con los ojos enrojecidos. Ninguna de las mujeres ha visto nunca llorar a Carola ni ella recuerda la última vez que había llorado antes de ese momento. Cuando entra ya no llora, pero se hace el silencio de las ocasiones navaja. Afuera, un sol sin piedad castiga la pinaza seca.

—Y te aviso, os aviso a todas, que el coche está que arde, joder. Joder, joder, joder.

—*Mecagonlaputa.* —La Rusa se pone de pie de un salto—. ¡Nos olvidamos de la cría!

Cuando reaparece, carga en sus brazos a una muñeca exacta a una niña de unos seis años. También podría ser de cinco o siete. Una niña de esa edad en la que todo el cuerpo es indudablemente infantil, que no tiene ni un rasgo de pubertad a la vista, pero en la que los miembros ya se han alargado un poco, ya no muestran las redondeces propias de la primera infancia.

—¡Madre mía, hermana, es una niña! ¡Una niña pequeña!

El ser que la Rusa carga en brazos tiene rasgos ligeramente asiáticos, que también podrían ser latinos si no fuera por el color blanquísimo de algo que no es piel, su piel, pero podría serlo y lo parece. Lleva el pelo negro con un corte de tazón perfecto y está completamente desnuda. La Rusa no ha cogido jamás en brazos a una niña desnuda. Ellas solo tienen hijos. Eso piensa probablemente su mujer, Frida, al echarse la mano a la cara y taparse la boca reprimiendo algo que suena como un gemido.

—Podría haberse muerto de calor, ¡con estas temperaturas!

—Pacha, por favor, no digas idioteces. —Carola mira a la Rusa—. Lo siento. No sabía cómo agarrarla. Lo siento, Rusa, de verdad.

La mujer se ha plantado en medio del salón con la criatura en brazos y ninguna atina a reaccionar.

—Hermanas, ¿vosotras creéis que las tienen siempre desnudas?

Divina se levanta y se atusa la melena sedosa.

—Esta estaba desnudita cuando yo la cogí. Aquel puerco merece lo peor.

—Divina, creo que ya ha tenido lo peor.

La veterana se acerca a la Rusa y le coge a la criatura de los brazos.

—Yo me encargo de ella. —Mira hacia su asistenta—. Vamos, Bobita. Se instalará con nosotras. Evidentemente, todavía no tiene edad de dormir sola.

55

Imprevisible wéstern

Si echas a rodar una idea y esa idea se estrella contra la realidad y se fragmenta en dos mil trescientos cuarenta pedazos y cada uno de ellos alberga la idea, o es la idea misma, o parte de ella, y otro ser lo coge al vuelo, no esperes tener participación de ningún tipo en lo que sucederá después, gallinita de corral. Como el autor lanza su obra y en ese preciso instante deja de ser suya, así tu idea ya no te pertenece, y probablemente sus consecuencias nada tendrán que ver contigo, con lo que te gusta, con lo que querías, con lo que habías imaginado o incluso soñado sentada a la orillita del mar.

Pongamos a esa mujer de la cantina del Western, esa que, en lugar de armarse hasta las cejas, escupir en el suelo, violar a coristas y eructar, decide salir tranquilamente del lugar sin mirar atrás. O sea, decide apartarse. Pongamos a esa mujer. Ella no puede intervenir, ni siquiera prever lo que las que llegan detrás harán después de seguir su ejemplo. Quizá asista horrorizada a cómo regresan, tras haber salido de la cantina del Western, y pegan fuego al lugar con todos y todas dentro.

Eso empezó a suceder.

Murió un hombre. Lo mataron varias mujeres. Nadie conocía su identidad, ni siquiera supimos si realmente pertenecían a alguna comunidad. Había mucho ruido. Era la primera muerte. Teníamos que echar a correr, y no iba a ser corto. El mar se estaba retirando de la playa, las aves partían volando, los monos en las selvas huían de liana en liana, se hacía el silencio en campos y bosques, ese tipo de referentes de nuestras muchas ficciones. Eso éramos nosotras, mar, monas, aves, animalillas encogidas por la náusea del horror. Huir. De quién, cómo o por qué no eran preguntas útiles. Tampoco importaba.

Las gallinitas de corral querían bondades, un mundo dulce, hacer galletas de las monjas, hornear pan, tener huertitos, leer autoras intensas, ver crecer a sus despeinadas criaturas *tralarí*. Y yo con ellas. Yo estaba allí. Organizábamos protestas pacíficas en las plazas y teníamos reservados nuestros correspondientes huequitos en los mismos medios de comunicación que publicaban noticias sobre las Cerdas, que difundían las imágenes de juguetes en la mierda.

Ninguno hablaba de las *real dolls*, de sus evoluciones, de la proliferación. Homicidios, secuestros, madres asesinas, sí. La realidad es muchas realidades, y la realidad real entonces era la que salía en los medios de comunicación, como antiguamente, pero también la que se difundía en las redes. Nadie decía «bebo como un animal». Nadie celebraba sus resacas en público. Los millones de hombres que se iban de putas no lo contaban. Los vehículos de la farlopa recorrían la ciudad 24/7 pero nadie colgaba sus rayas en red. Así son las cosas. Se va construyendo una realidad edulcorada sobre la sentina. Las *real dolls* habían ido a parar al lugar de la cocaína, las noches de putas, las *pastis*, las amantes. Por el momento.

Lo miro desde aquí, desde ahora. La distancia nos lo enseña todo. Las *real dolls* solo existían en los foros macho cerrados. Eran los años veinte. Esos foros de realidad paralela estaban en bulbo. Florecerían como plantas venenosas, plantas carnívoras. Eran entonces manadas salvajes salivando en sus campos ocultos.

56

Alerta infancia

Llegué a pensar que las niñas eran reales. Cuando empezaron con las ALERTA INFANCIA, así las llamaron, yo estaba allí, el día en que apareció la primera, allí mismo, así en mayúsculas, en el plató.

—Apartaos de nuestras hijas. Apartaos de las niñas.

Ocurrió en mitad de un debate. A la izquierda de la pantalla incluyeron una banda vertical que se comía un cuarto de la imagen. ¿Quién incluye esas bandas, quién redacta los textos, quién colabora? Ponía ALERTA INFANCIA en mayúsculas sobre la fotografía de una niña de unos seis años. Me recordó a Madeleine McCann, aquella cría inglesa que desapareció en un centro de vacaciones del Algarve portugués allá por 2007. Todas las crías desaparecidas a partir de entonces parecían Madeleine, a todas les buscábamos la mancha en el iris del ojo derecho. Todas las madres, aquella mujer de gesto durísimo llamada Kate, mujer sin lágrimas ante las cámaras. «Es fría». «Ha sido ella». «No llora». «La ha matado la madre». «No hay dolor ni amor en su corazón». Los tabloides británicos tuvieron que acabar publicando las disculpas en primera plana. El corazón de una madre es un cormorán cubierto de brea.

—Apartaos de nuestras hijas. Que aparten de ellas a las Cerdas.

—¿Quiénes son las Cerdas? No sé, que aparten también a las vacas, a los burros. ¿De qué hablas?

—Vosotras sois las Cerdas.

—No sé de qué hablas. ¿Quién se acerca a vuestras hijas? ¿Para qué?

La mujer, experta en «Cerdas» por experta en comunicación, apartó los ojos de mi desidia y miró directamente a cámara.

—Hago un llamamiento a las autoridades como madre y como ciudadana asustada para que aparten a las Cerdas de nuestras hijas, de los colegios, de cualquier ámbito en el que puedan tener acceso a ellas.

Fue entonces cuando apareció la banda negra ocupando gran parte de la imagen. Nada es inocente, a la izquierda, nada es casual, con la cara de la niña que no era Madeleine McCann.

ALERTA INFANCIA
(sobre su carita, que no sonreía)
SE BUSCA
DESAPARECIDA DESDE EL 7 DE OCTUBRE
POSIBLE SECUESTRO MATERNO

Como sucede con las cosas que salen en televisión, nos acostumbramos inmediatamente. Todas. Cuando apareció aquella banda negra por primera vez, yo estaba al frente de la gilipollas que hablaba de las Cerdas. Lo vi como si ya lo hubiera visto antes, como si fuera otra más de las cintas informativas que, sobre la imagen de cualquier programa, nos informaban del estado del tráfico, de una última hora o de los contenidos de la noche. Eso, y a la vez tardé bastante en entender de qué se trataba. Ya estaba en casa cuando caí en la cuenta de que aquello no había hecho más que empezar. Durante algún tiempo, no sé si largo o corto, seguí pensando que las crías eran reales, que existían.

SEGUNDA PARTE

Paréntesis psiquiátrico

57

Detención

El caso de la mujer llamada Maruja Casal fue el primero que se hizo popular. Éramos muy torpes aún, pero en esta ocasión yo puse además la guinda. «Ha estado muy mal asesorada, pésimamente asesorada», decían entonces. Lo que querían decir era que no podían negar la evidencia de que el padre abusaba de la hija. No podían negar la evidencia de que Casal era una desgraciada que cargaba años de palizas al lomo. Pero mucho, muchísimo menos podían admitir que se resistiera a entregar a la hija al padre, oh, la sacrosanta familia, cuando lo indicaba el juez.

Ante los medios de comunicación, una se preguntaba quién había permitido que aquella pobre madre saliera de su aldea. En un hilo de voz y en su gallego cerrado, repetía: «*Non raptei a ninguén, fago todo polo ben da miña nena*», rodeada por una docena de micros detrás de los que bestezuelas con hambre de miserias y vestidas de domingo en martes no iban a permitir que una paleta desdichada les robara su cuota de protagonismo en la cadena de turno.

—¿Qué le hacía el padre a la niña, según usted, señora Casal?

—¿Por qué tardó tanto en denunciarlo, señora Casal?

—¿Desde qué edad abusaba de la niña, según usted, señora Casal?

—Señora Casal, ¿por qué no hizo nada antes?

—¿Cree usted, señora Casal, que cada una tiene derecho a aplicar su propia ley, en contra de lo que dicen los jueces?

—¿Le da miedo la cárcel, señora Casal?

El uso del «señora» y el apellido permitía a los periodistas disfrazar cualquier barbaridad con un burdo traje del respeto, hienas vestidas de primera comunión. Uno más de los trucos repugnantes de la profesión. Si alguien te trata de señora con un micrófono en la mano, cierra la boca y echa andar a paso ligero, sin detenerte por nada ni nadie, hasta el retrete del primer bar que te quede en el camino. Así funciona.

Había visto la comparecencia de aquella mujer delante de los medios el día anterior, interrumpida porque su acompañante se la llevó en medio de una crisis de nervios, y cuando me enteré de que se iba a repetir decidí acercarme. No me confesé que sabía a lo que iba, pero me vestí como en los momentos de rescate: botas camperas, vaqueros negros, chupa de cuero, gafas de sol, dos gramos en el bolsillo cerillero, y una petaca con ginebra en el del interior de la cazadora. Toda intervención tiene su ceremonia, cada guerrero viste sus plumas y a mi edad necesitaba gasolina. Solo conocíamos el cine. Cuando llegué, la banda de carroñeros ya rodeaba a la mujer. Los fui apartando sin violencia, pero firme. Eran de los míos, polluelos crueles que luego me cruzaría en los estudios de la productora, pichones peleando a ver cuál de ellos lograba arrancarle a la infeliz un trozo mayor de pulmón. En el centro de aquella col hedionda, la mariposilla gallega trataba de hablar, pero el llanto no se lo permitía. Llegué hasta donde temblaba la mujer. Oí algún insulto, imprecaciones, quejas. Todos aquellos perros me conocían. La agarré por el brazo y tiré de ella.

—Camina y no pares. Sígueme, Maruja. Camina rápido.

Aquella madre de todos los dolores obedeció, por la confusión y porque no había hecho otra cosa en su vida más que obedecer. La protesta inicial de los periodistas se convirtió en gritos y alguna carrera.

—No te pares, ¿me oyes? Sígueme. Sígueme y no los mires.

Entramos en el primer bar que encontramos, una típica tasca mugrienta del centro de la capital con barra de falso granito y taburetes desportillados, pocas mesas. Saludé y pedí un par de cañas sin detenerme, camino del baño. Miré a la mujer porque esperaba oírle decir: «Yo no quiero una caña». No solo quería esa caña, sino que su rostro empezaba a iluminarse ligeramente, poquito a poco. El miedo coloca una capa mate sobre la piel. El terror la vuelve oscura de ceniza. Era terror lo que Maruja Casal, aldeana gallega, madre de la niña de doce años cuyo padre llevaba abusando de ella nadie sabía cuántos, era terror lo que la paralizaba rodeada por las hienas de los medios.

Cuando la empujé dentro de uno de los retretes, la mujer había dejado de llorar y me miraba con curiosidad evidente. Pobre de ella, y qué perra inconsciente yo. Estábamos allí y me di cuenta de que no tenía ningún plan, que solo había salido para que los buitres no le picotearan el hígado a aquella mujer obstinada que en su aldea había osado desobedecer al juez pero que en la capital se había convertido en un animalillo sin voluntad.

—Si no te molesta, me voy a hacer una raya —dije a horcajadas sobre la tapa del váter—. Si te molesta, también.

Tracé dos rayas gruesas sobre la cisterna, me las metí y saqué la petaca para echarme un trago antes de pensar qué hacía con la «señora Casal». Fue entonces cuando golpearon la puerta y se oyó una voz de hombre:

—¡Salid de ahí de una puta vez!

Pegaba contra la madera con la mano abierta. Fue eso lo que me cabreó, la mano abierta, sabía yo demasiado de manos abiertas. Eso o que no me dejara pensar un momento, o que la mujer empezara a temblar de nuevo y se le llenaran los ojos de lágrimas. Fuera por lo que fuera, abrí la puerta de golpe con la petaca metálica en la mano y la estampé contra la cara del tipo aquel, que resultó no ser un periodista, sino un policía nacional.

Así fue como acabé por primera vez en un manicomio, el pabellón psiquiátrico del Hospital público de San Carlos.

El agente salió sangrando por la nariz, empujando a Maruja Casal bañada en lágrimas hacia el coche que esperaba afuera.

Yo salí esposada, agarrada del brazo por su compañero.

Todas las televisiones del país grabaron y emitieron aquel bonito instante.

Muy mal asesorada, en efecto.

58

Ingreso

Así que a mí me pillaron durante el asunto de la mujer llamada Maruja Casal. ¿Por qué decidieron un psiquiátrico en lugar de la consabida detención? No lo sé. Esas cosas no se saben muy bien, entonces pensé que tenía que ver con mis adicciones. Dijeron que yo suponía un peligro para la sociedad y para mí misma. La doctora que me recibió en el Hospital público de San Carlos se empeñó en convencerme de que lo hacía por mi bien y que aquel era un «ingreso voluntario».

—¿Tiene usted a alguien que se haga cargo de sus hijos?

Pensé en Darío y en su forma de crecer como un árbol solitario. También pensé que ya no era aquel arbusto enmarañado que parecía ir a echarse a rodar en cualquier momento por entre los descampados, tal vez cruzar alguna ronda de circunvalación y seguir la estela del camión de las bebidas. Ya era un tronco recio y, a su manera, frondoso. Sentí una pena sincera por lo que le había hurtado de mí misma durante tantos años. Quizá toda su infancia, la adolescencia. Se me ocurrió que esa era la razón por la que la psiquiatra nombraba a los hijos, así en general, para atizar la culpa.

—Mi hijo no necesita que nadie se haga cargo de él.

—Pero aquí leo que es menor.

—Depende de lo que usted considere menor. Está en edad de trabajar según las normas de nuestra sociedad.

La psiquiatra miraba alternativamente mi jersey de pico azul marino y mis vaqueros. Toda la ropa me quedaba grande. Los pantalones tenían un gran roto en forma de raja horizontal desflecada en la rodilla derecha. Hasta aquel momento no me había parado a pensar que no es lo mismo comprar unos vaqueros rotos que vestir unos vaqueros que se han roto por el uso. La diferencia radica en que tú lo sabes. Las psiquiatras saben que tú lo sabes. Aquella que me recibió en mi primer ingreso lo sabía e iba pasando su mirada por el roto de mi pantalón como quien acaricia con la uña una herida tierna. Mi jersey empezó a ser el jersey más viejo del mundo, y de pronto me vi mirándome los zapatos, comprobando si los llevaba limpios. Eso me hizo pensar en mi padre, era irremediable, y entonces ya estaba todo perdido.

—¿Cuál es su nivel de consumo actual?

—¿Consumo de qué?

Mi pregunta era a esas alturas puro juego del cocainómano que acaba de perder su casa en la última apuesta de la timba pero no quiere salir del tugurio. Ah, los úteros de la noche.

—Mire —me di cuenta de que había logrado cabrearla en serio—, usted se encuentra aquí por agresión a un agente de la Policía Nacional. No me voy a extender. Es evidente que su estado de agitación responde al consumo de estupefacientes. Además de la evidencia del alcohol. No tengo tiempo que perder, así que no me lo haga perder usted. ¿Firmará su ingreso voluntario en el centro de salud?

La simple mención a la salud, la palabra misma, esas cinco letras, me pareció una agresión por su parte.

—No, no lo haré.

—Bajo su responsabilidad. Sepa que su vida representa un peligro para la sociedad y para usted misma, y así lo hago constar.

Hizo una pausa. No había dejado en ningún momento de escribir mientras repasaba mi aspecto. Entonces lo hizo. Dejó el bolígrafo sobre la mesa y me miró a los ojos sin intensidad, lo mismo podría haber mirado una baldosa del suelo. Consiguió pisarme cualquier resto de autoestima y fui pajarillo en zona industrial. Las psiquiatras saben hacerlo.

—Y lo que es peor, usted representa un peligro para la vida de su propio hijo.

Pensé: «Zorra, eres una puta zorra de mierda con pinta de no haberte corrido en la última década». Lo pensé, y esa idea, o su expresión, el hecho de que se me ocurriera tal cochambre me hizo sonreír. Podría haberme reído, pero sabía que no me iba a hacer ningún bien. La zorra se dio cuenta.

—Bajo su responsabilidad —repitió y escribió algo que supuse que eran aquellas tres palabras. La responsabilidad era justo lo que yo andaba tapando con el polvo de mi bolsillo derecho y no evité la tentación de apoyar sobre él la mano—. De todas formas, antes de marcharse deberá pasar por Urgencias para hacerse unas pruebas, análisis y un par de electros.

—Muchas gracias, doctora —dije introduciendo el dedo en el bolsillo cerillero de los vaqueros.

Me metí todo lo que me cupo de la bolsita en el primer baño del hospital con el que me crucé de camino a las pruebas y tiré el resto por el váter. Pensé en mi hijo y en mi padre. Con el tiempo me enteré de que aquella mujer había notado que yo mostraba «un aspecto, en general, desaseado». De todo el proceso, aquello fue lo que más me molestó y lo que, pasados los años, recuerdo con más claridad.

59

La mujer mínima

La primera ola de violencia fue la institucional. Denuncias anónimas, actuaciones de oficio, órdenes de arresto, juicios, condenas y encierros. Luego, el silencio. Los terribles años del silencio.

Tras el *Manifiesto contra las Cerdas*, cada programa tenía su aliada, cada aliada tenía su canal, el resto éramos simple y llana delincuencia, secuestradoras, asesinas en potencia.

—¿Vais a defender a unas mujeres que no escolarizan a sus hijos?

—No seré yo...

—Vosotras, las defensoras de lo público, valientes farsantes.

—No me faltes al respeto.

—Pues mira, lo repito: sois unas farsantes y, además, las responsables de que cada vez más madres secuestren a sus hijos.

—No hables de mí en plural.

—Las estáis matando.

—¿De qué carajo hablas?

—A las niñas. Las estáis matando en vida. No tienen atención educativa ni sanitaria.

—¿Quién te ha dicho eso? ¿Quién lo afirma?

—Serán delincuentes, o enfermas mentales. No hay otra. Eso estáis haciendo con nuestras hijas.

—¿Con las tuyas?

—Con todos.

Algunas dieron con sus huesos en la cárcel. Otras tuvimos menos suerte.

Me ingresaron en el pabellón psiquiátrico del Hospital público de San Carlos una noche en la que mi cabeza estaba atiborrada de algodones sucios, puta química, sedación electrificante. Tardé una semana en ser consciente de mi cuerpo, del paso del tiempo y de dónde estaba. Una semana, al menos eso me dijeron. A saber.

—La doctora Wiki, la llamamos, pero esto que te digo se destruirá en los próximos tres, dos, uno... ¡BUM! Destruido está. Ella puso en marcha el sistema. Despierta, titi, porque no tenemos mucho tiempo que perder.

Quien susurraba inclinando hacia mí su carita morena se sentaba a mi lado en la mesa del comedor común y era una miniatura perfecta de mujer de cuarenta años. En mi infancia tenía un cuento cuya princesa Zoraida era igualita a ella. En mi infancia su cara era mi ideal de belleza. Se tocó la oreja bajo la oscura melena lacia. Después extrajo de allí un aparato que parecía un riñón de goma en miniatura, el exvoto del riñón de un niño.

—Especialmente diseñado por mí. —Aquella mujer diminuta alzó la voz para que todos la oyeran—: ¡Nos controlan! Nos están controlando a través de las ondas de los aparatos. Todo, todo, móviles, ordenadores, televisores. ¡Todo nos observa!

Se puso en pie. Desde luego no alcanzaba el metro y medio de altura, todo lo más, metro cuarenta, y sin embargo despedía una sensación de poder cuya belleza nos convertía en torpes, cuerpos innecesariamente grandes.

—¡Todo da noticia de nosotros! ¡Nos vigilan, colegas! —gritó.

Al instante, dos guardias de seguridad la obligaron a sentarse. Apareció una enfermera con pastillas y un minúsculo vasito de plástico blanco con agua. En la sala cundió el murmullo previo a las algaradas, un tipo al que se le caía la baba gritó: «¡Vamos a morir todos!», otros golpeaban las mesas con los cubiertos, tuve la sensación de que habían visto muchas películas. Todo se aprende, hasta los modos del motín, en la pantalla. La minimujer se echó las pastillas a la boca, bebió y sacó la lengua. Poco a poco se hizo el silencio y las cosas y las personas volvieron a estar como tan solo tres minutos antes.

—Diseñados por mí —me dijo dando toquecitos a los pequeños riñones con el índice—. Estos tapones cubren el pabellón auditivo completo.

Hablaba en voz muy alta, teatralmente. Me pregunté cuál sería su patología, si había entrado sana, como yo, si allí acabarían dejando mi cabeza tan destartalada como la suya. Después volvió a inclinarse hasta casi rozar mi mejilla con la nariz y susurró:

—La doctora Wiki era una crack, y por eso desapareció, pero antes dejó montado el sistema. Ya sabes, LARED. —No, yo no sabía—. Bueno, no montado, porque LARED siempre se está montando, hay miles de terminales ocupadas en eso en todo el mundo, nunca acaba de estar completo, tú ya formarás parte ahora de las listas de las internadas, unas salen, otras entran, entran, salen, salen, entran... Dejamos rastro. Cada vez sus métodos, los de ellos, son más sofisticados. Lo vamos a necesitar mucho, titi.

Mi cabeza iba tomando conciencia de sí misma: «Yo no estoy loca, tengo que repetírmelo. No quiero acabar como la mujer miniatura».

Ella se perdía en disquisiciones sobre redes, tecnologías, conexiones. Debió de darse cuenta de mis cábalas, porque calló, me miró y era otra, sus ojos eran también otros, de repente un lugar donde acomodarse. Hablaba solo para mí y su voz era la de una mujer normal, cercana y serena, con un fondo divertido.

—Ya lo sé. No me mires así. Acabas de aterrizar en esta basura. No creo que te tengan más de un mes si no te inventas algo pronto, y créeme que te necesitamos aquí. Lo de las ondas, el control y los tapones de los oídos —se tocó de nuevo la oreja— ya está cogido, como ves. Tendrás que inventarte otra cosita.

La menudísima sacó del puño de su manga doblada las dos pastillas que no se había tragado y rio. Entonces sentí el calor, físicamente pude sentir el calor de su carcajada como si me lanzara un abrazo al borde del mar sobre la arena tibia. Ante mí, en la mesa, una bandeja de plástico con judías verdes y patata hervida, una pechuga de pollo reseca y un yogur de coco.

Vomité.

—¡Nos vigilan a todos! —gritó ella en pie.

60

María B.

Una vez les echas carne fresca a las bestias, no esperes que se conformen con berzas. Había que alimentar a las bestias y no admitían nada menor que una cerda y las madres cuyos hijos viven junto a la cerda capaz de devorarlos y triturar sus huesecitos y que ni rastro quede de ellos, idea francamente conveniente para colocar junto a la idea de las «madres secuestradoras» y, en definitiva, asesinas de niños.

No fue el caso de María B.

«Detienen a una mujer cuya hija ha desaparecido».

«Detenida la líder de una banda de ladronas de niños».

«¿Qué fue de la hija de María B.?».

Por supuesto, María B. tampoco vivía en la Casa de la Cerda, ni en ninguna otra comunidad de entonces. Sencillamente, un día decidió no llevar a su hija junto al padre cuando le tocaba turno en el régimen de visitas. Da igual cuánta violencia, violaciones, golpes precedían a tal gesto. Eso ya no tenía relevancia. Para ellos no existía. Lo que no se cuenta no existe, etcétera, y los medios no contaban nada de todo aquello. La parte de los padres no estaba narrada. Solo las mujeres, las secuestradoras, las asesinas, las Cerdas. Nosotras su silencio lo dábamos por hecho.

La pillaron, alguien la pilló.

¿Quién la pilló?

Le quitaron a la cría para llevarla, en teoría, a una casa de acogida. Esas cosas sucedían en medio del desconcierto de las madres. De pronto llegaba alguien a casa, habitualmente una pareja de policías, podían ser más, bastantes más. Llegaban a las horas en las que nadie llega, antes de desayunar o después de cenar, mostraban unos documentos, se llevaban a la niña, gritos, llantos. La policía siempre estaba presente. La policía ayudaba a despegar los cuerpos de la hija y de la madre.

«Adiós, mi niña, no te preocupes, pequeña, me visto corriendo y voy a por ti».

¿Adónde? Si es la policía la que se lleva a tu hija, el primer impulso es correr a denunciarlo ¿a la policía? Pero los impulsos son exactamente eso y van acompañados de la doma, así que María B. denunció aquello en la comisaría. Denunció a nadie. El padre denunció a María B. La policía la detuvo. Los medios echaron a rodar la noticia de la desaparición de la niña.

Y las imágenes, que no eran de la niña.

Ni de María B.

Las imágenes eran de la Casa de la Cerda. Cubos infantiles de colores entre la mierda de cerda.

«María B. podría haber vendido a su hija a una red de tráfico de hijas robadas».

«No se puede analizar el comportamiento de estas mujeres ya que no responden a patrones socialmente conocidos o aceptables».

«La sociedad se enfrenta al problema de la salud mental de las madres».

«En el caso de María B. probablemente nos encontramos más ante una patología que ante un tipo de delincuencia o crimen organizado».

Sin embargo, sí empezábamos a estarlo. Nuestra organización en red que al principio celebraba las bondades de apartarse de la violencia macho, el patriarcado y todos esos candores, con los mismos mimbres empezó a desviar a mujeres y criaturas hacia lugares e identidades no rastreables. Eso hacían ellas. De eso trataba LARED.

Que el rastro no exista o dejar rastro: dos caras de la misma moneda.

Cuando arrebataron a la hija de María B. —¿quién lo hizo?— todo aquel movimiento estaba en sus inicios. Aun así, ella acudió a la policía. Creía en la Justicia.

«Yo confío en la Justicia de mi país», declaró ante los medios de comunicación, rodeada por una nube de micrófonos y hienas ante la puerta de los juzgados.

Fue lo último que dijo.

María B. María Be punto. Ningún nombre más parecido al no nombre, al no ser. Una maría sin apellidos, sin atributos. ¿Qué es una maría sino el genérico de cualquier mujer? María B. pasamos a ser todas, de repente. Una maría sin voz, además.

Y allí estábamos María B., la mujer diminuta y yo en el mismo pabellón.

El psiquiátrico del Hospital público San Carlos no tenía salida al exterior. No tenía jardines, ni patios, ni recintos de esparcimiento, ni fuentes ni nada de todo eso que aparecía en las películas y novelas. Allí no había ningún experimento que velara por la mejora de los tratamientos psiquiátricos. Aquel era un lugar sin contemplaciones, donde sencillamente se encerraba a hombres y mujeres mayores de edad a la espera de que fueran derivados a alguna institución penitenciaria o que se les pasara la crisis de turno o siguiendo algún protocolo institucional. «Protocolo institucional» se llama a las actuaciones del poder contra lo que no le gusta pero no acaba de resultar ilegal.

María B., la pequeñísima mujer y yo estábamos allí después de que se nos hubiera aplicado el mismo protocolo, que englobaba «actividades subversivas, desapariciones no resueltas, construcción de realidades paralelas o peligro para la propia integridad o la de terceros». Así se decía. Así lo repetían los medios de comunicación decorado con las imágenes de juguetes naufragando en mierda de cerda.

María B. había dejado de hablar el mismo día que supo de la desaparición de su hija, tras pasar por la comisaría y atender a las televisiones.

«Yo confío en la Justicia de mi país» fueron sus últimas palabras.

A partir de entonces, su lenguaje fue el código, su voz, LARED y sus cuerdas vocales, los dedos.

61

Pis

La niña se lo dijo. Tenía tres años. Entonces ella no reaccionó. Por qué no reaccionó, no lo sabe. Cuánto tardó en hacerlo, no lo recuerda.

Hay palabras que pasan a través de ti como un afilado carámbano y a su paso hielan la herida que acaban de abrir, que es como quemar la herida, cauterizarla, pero no está cauterizada, está helada, y corres el riesgo de que un día llegue a penetrarla una pizca de calor, aunque también puede que no, pero cabe que sí, y entonces se deshiele esa herida sin cicatrizar, y el carámbano sea rayo y las palabras sean.

Sean.

Sean porque nunca dejaron de ser.

Sean porque siempre estuvieron allí.

Sean como revive el diablo criogenizado, como si un demonio hubiera quedado congelado en plena glaciación.

Las palabras.

—Mamá, papá me hace pis encima.

62

En el psiquiátrico

en el análisis de sangre varios tubos no dije nada
  pensé «cuando vean lo que mi sangre arrastra
  yo no estaré allí para que me miren»
        pasó lo mismo con el análisis de orina y lamenté
        haber tirado todo por el váter
            «los váteres son el mejor amigo
            de la mujer, pensé
                  quería quedarme allá adentro
                  con mi bote caliente de pis
en el electrocardiograma dije «mi corazón va muy deprisa
  no les digo nada que no vean mi corazón es una
  máquina ahora ya sin gasolina»
a la joven del electroencefalograma le pedí un analgésico le
  hablé de La naranja mecánica le dije Burgess y le dije
  Makoki
su mirada debería haberme alertado su mirada
  de caimana Diana se come un ratón vivo
  no Diana cazadora Diana de la serie V
el horror tiene muchas caras dicen pero no son una cara
  detrás de otra no son rostros de demonios

«el horror es un poliedro», pensé con una cara continua que
     sucede todo el rato en varios sitios todos los sitios
     por muchas vueltas que le des
en los pabellones psiquiátricos de la Sanidad pública muchas
     cosas y en contra de lo que debería o podría parecer
     o decir alguien no se olvida nada
cosas como que es posible que una cría se abra una vena
     con la cerda de un cepillo de dientes
la paciencia allí es un arma para toda sangre
«yo no es que sea nueva me derivan del psiquiátrico de
     pediatría porque ya he cumplido los dieciocho»
en el pasillo una cabeza con el pelo sobre la cara una cabeza
     sin rostro que es solo pelo vuelve a golpearse
          tomb

               tomb

                    tomb contra la estrella de sangre que
                    va dejando en la pared
«no te comas la cal de la pared que la caca se pone muy
     dura no te va a gustar que te saquen la caca»
la mujer catatónica se quedó así sin previo aviso «estaba
     normal y un día amaneció así»
su hija le acaricia una mano amarilla cuyo latido habita
     en una dimensión paralela
«nos crio sola la pobre veinte horas al día trabajaba para
     que fuéramos a la universidad yo soy ingeniera
todo sola
     la pobre»
por la noche la mujer catatónica realiza un extraño gesto
     con la comisura derecha de la boca y parece reír de
     miedo
«mi padre le había dado muy mala vida
               a la pobre»

en el pabellón psiquiátrico del Hospital público de San
Carlos hay tres mujeres por cada hombre ingresado
a todas allí les han dado muy mala vida en uno u otro
momento

o generalmente siempre
«tiene ansiedad es su problema la ansiedad las crisis»
cuando la mujer de las crisis se arranca el pelo hay que
estar muy al loro para que no se lo trague

63

Yo se la chupo

—Yo se la chupo.

El método era el siguiente. La mujer a la que pasamos a llamar, quién sabe a cuál de todas aquellas prodigiosas cabezas se le ocurrió, Tremenda Diminuta le comía la polla al encargado de la vigilancia nocturna mientras María B. y yo nos colábamos en la pecera destinada a enfermeras y limpiaculos, hasta el ordenador central de planta del pabellón psiquiátrico. Allí, María B. entraba en un trance tecnológico del que había que sacarla utilizando a menudo una violencia suave. Si alguna de las internas permanecía despierta o con ganas de intervenir, recibía su pastillita. El fondo de pastillitas de la Tremenda Diminuta no tenía fin, como sus capacidades organizativas y su entrega a la causa.

—Vosotras, tranquilas, que yo me encargo de este.

De todas formas, los internos estaban siempre drogados, sobre todo por la noche. A la hora de la cena pasaba la perra de las pastillitas y nos miraba la boca, una a una, uno a uno, a todos sin excepción. Yo aprendí a abrir la boca con la pastillita sin tragar desde el primer día. Yo quería salir de ahí más que ninguna otra cosa en el mundo desde el minuto en que me metieron y se cerraron tras de mí las dos puertas de seguridad. Pero hay primeras veces devastadoras, no primeras veces de iniciación sino de siniestro total, y la mía fue una y ya no me fui.

ANITA se muestra muy cariñosa y receptiva a la que vez que colaboradora, a diferencia de lo sucedido con otros profesionales que informaron de no poderla explorar. Es fundamental incidir en este punto, pues la poca práctica con menores, los entornos no propicios y las prisas en la valoración hacen que Anita responda con ansiedad y estrés, además de un miedo elevado típico de una niña de tan corta edad. Unos simples muñecos no van a «despistar» a Anita de su miedo y de lo que intimida a un niño en un ambiente tan aversivo como una consulta de urgencias o un despacho médico forense.

Sin embargo, sí que resulta aún más curioso que nadie saque conclusiones de la frecuencia de «vulvitis» y «eritemas en la vagina», cosa que, como profesional y como padre, veo absolutamente incomprensible.

¿Anita puede ser perfectamente valorada?, pues claro que sí, como queda perfectamente reflejado en los vídeos que aporto, siempre y cuando nos tomemos las cosas con la suficiente preparación para comprender que una niña de cuatro años no puede responder en situaciones de ansiedad de la misma forma que un adulto.

Por eso no me fui. Por eso permanecía María B. allí dentro, y no lloraba. Temblaba como una membrana, como un tejido con fiebre alta, mientras redirigía los informes que iban llegándole. Ella era un nodo central de reidentificación y apartamientos. Ella era importante. O sea, no era ella de las que daban los pasos finales, sino de las que clasificaban. No sabía los nombres de aquellas que después trataban con las madres y las criaturas. Tampoco conocía el origen exacto de lo que le llegaba. Era LARED, un punto fundamental en ella, una de tantas, tantísimas.

Todos los documentos procedían de instancias judiciales, policiales o de instituciones públicas de salud. Todos, por una razón u otra, habían sido archivados o desestimados. María B. clasificaba vidas, nombres, historiales, familias, documentos, clasificaba violaciones, palizas, informes, asesinatos.

Y no lloraba.

Hay mujeres que no lloran ante el horror sencillamente porque no hay tiempo. Esas son las mías. De eso se trataba. Su no llorar no respondía a la parálisis que provoca el espanto, sino a la acción inmediata, a la respuesta. Oh, los sentimientos, sí, encandilarse con los sentimientos, pero no hay tiempo, muchas veces no hay tiempo y entonces eso que debía haber brotado se empoza. Pero tampoco hay tiempo para preocuparse por eso, ya vendrá luego la roca, ya seremos piedra. Esto no lo pensé entonces.

El padre de Anita niega, según la información que se me comparte, la probabilidad o existencia de los abusos sexuales/ maltratos y, mucho más, la presunta autoría.

En el caso de Anita, la herida en la zona perineal diagnosticada por el servicio de urgencias del Hospital General de Castellón el día 13/10/21 con eritema inespecífico en pared vaginal, así como equimosis en glúteo izquierdo. En informe de fecha 3/4/22, suciedad en la zona del introito vaginal, con diagnóstico de vulvitis. En informe de fecha 25/2/2023 se habla del estado de ansiedad de la niña, con miedos o terrores nocturnos, que debería, cuando menos, hacernos pensar que puede existir algún agente externo que pueda estar incidiendo negativamente en la salud física y mental de una niña de tan corta edad.

Los hallazgos físicos nos pueden estar marcando, especialmente la vulvitis, la probable existencia de un abuso sexual y/o malos tratos, pero, como suele pasar en la valoración de profesionales que no han realizado una entrevista clínica con los niños afectados, es frecuente que se tienda a creer más al adulto que al menor, negando sin más la existencia o la alta probabilidad de una conducta perseguible y entendiendo que un niño puede fabricar una mentira de ese calibre sin ser detectado.

Como respuesta a la pregunta formulada en este apartado del informe se concluye: Anita podría ser un claro ejemplo de malos tratos vicarios, pese a que en la misma no se observen a simple vista más que buena educación, cortesía y un correcto trabajo de su madre a nivel emocional, no mostrándose desde luego influida ni con «lavado de cerebro» como se observa en otros casos.

Durante las horas del día, horas laborables en el exterior del pabellón, lentísimas horas trufadas de pastillitas dentro, María B. era un ficus en el extremo del salón común. Pese a llevar encerrada mucho más tiempo del que permitía el reglamento, como la mayoría de las detenidas, y al contrario de lo que les sucedía al resto de las internas, no había dejado de adelgazar. Era un empeño y era una estrategia. El ingreso psiquiátrico incluía la obligación de ingerir todos los alimentos de desayuno, comida, merienda y cena. Hasta la última miga, hasta el último grumo de grasa. Si no comías o si los expulsabas, te enchufaban una sonda nasogástrica de alimentación a la que le conectaban hediondas bolsas de papilla parda. Pese a saberlo, después de cada comida, María B. se dirigía con elegante parsimonia a su habitación y vomitaba todo lo ingerido. Todo excepto el desayuno: malta con leche, tres galletas y una pieza de fruta pocha. Después volvía a sentarse, digna como una baronesa en posguerra, con su cuello enhiesto, la cabeza perfectamente recta, aquellos ojos asombrados y redondos, más enormes a medida que iba adelgazando, negros, ojos de personaje de Tim Burton, como la cabeza también redonda, la boquita exacta, redonda, la melena lacia y negra. Todo sobre un esqueleto desapercibido bajo el pijama azul celeste de la institución.

María B. no hablaba y vomitaba como parte de la misma estrategia, como la Tremenda Diminuta se ponía sus tapones contra las ondas del exterior. Para permanecer allí.

En el caso de Anita resultó fundamental, para las conclusiones del informe, estar atentos a su comportamiento para darnos cuenta de si podría sospecharse la existencia de una mentira en su relato. Al hacerle preguntas adaptadas a su edad, cosa fundamental que debemos tener en cuenta, la verdad aparece en su mente y si estuviera mintiendo debería desactivarlo en un proceso muy complejo y deliberado.

En este caso, su corta edad impediría la elaboración de una mentira de este tipo con tal cantidad de respuestas no verbales, comportamientos de miedo, vergüenza y evitación.

Respecto a la valoración del testimonio emitido por la niña, se puede concluir que es totalmente veraz y sin atisbo de mentiras, además de mostrar una total credibilidad a lo narrado y detectado en su comunicación no verbal, sin encontrarse ningún tipo de sospechas sobre manipulación de la madre.

A menudo pensaba en el esfuerzo que debía de costarle no llorar durante tantas horas inmóvil, sus horas de ficus. No hablé con ella sobre el asunto, pero imagino que una no puede dejar de pensar en ello ni un solo segundo. Si tu hija está en manos de su padre —«mamá, papá me hace pis encima»— por orden judicial; si tú has declarado públicamente: «Confío en la Justicia»; si tu equivocación es del tamaño del infierno entero, imagino que cada segundo del día es una lucha sin cuartel por no arañarte la cara a alaridos salvajes, hacerte sangre, sacarte los ojos. Lo de María B. podía ser contención sobrehumana, o capacidad adquirida de abstracción absoluta, o las pastillitas. Fuera lo que fuera, desaparecía a las once de la noche, cuando apagaban las luces, cerraban las puertas de los dormitorios y quedaba únicamente el guarda de turno iluminado por los pilotos naranjas del pasillo, que le daban a la escena un toque de obra pública en carretera.

NOTA

Envío documentación y vídeos. La madre se llama Nayara. Denunció a su ex por abusar sexualmente de su hija. Las agresiones sexuales del padre a la niña no fueron investigadas por el juzgado, que archivó la causa. La Audiencia de Castellón revisó la causa y exige al juzgado que haga su trabajo e investigue.

La hija permanece con el padre. La madre, en busca y captura.

64

Informe médico y fotos

Para la elaboración del presente informe pericial nos hemos basado en los aspectos que a continuación se detallan:

Los materiales que nos han sido cedidos, los cuales se componen de cinco imágenes facilitadas por la madre de la agredida, dos de detalle de la vagina, una del ano y otras dos del perineo.

Asimismo, se ha recibido en formato de imagen, posteriormente compilados en dos documentos digitalizados en PDF, los informes del médico forense de Almería con fecha del 11 de septiembre de 2021, y del informe clínico de urgencias de los Servicios Sanitarios de Almería, con fecha del 9 de septiembre de 2021.

Finalmente, han sido facilitadas copias de los informes periciales psicológicos y de comunicación gestual elaborados como apoyo a la investigación.

ANTECEDENTES

Se sospecha que la niña pudo haber sido agredida durante las visitas pactadas en el domicilio de su padre, en el que reside este, un hermanastro de trece años y la abuela de la supuestamente agredida. Existen antecedentes tanto de agresiones a la menor como de violencia de género, así como posibles evidencias de abusos sexuales.

El objetivo del presente informe es el de reconocer y valorar la herida superficial en el espacio que recorre entre la vagina y el ano que presenta la menor Yésica García García con objeto de establecer de qué manera se pudo realizar, tanto en forma como en alcance de daños.

Me situé detrás de María B. y leía con ella, por encima de su cabeza. En ningún momento pensé que la Tremenda Diminuta se la estaba chupando al guardia. Llamábamos a la sala de enfermeras «la pecera» porque era de cristal, un habitáculo cuadrado transparente situado en el centro del pabellón. Dentro, la cordura y el orden. Nosotras fuera, porque éramos lo contrario. La pecera conseguía que nos tuvieran a la vista en cualquier momento, no había ángulo del lugar que quedara oculto, salvo los dormitorios, donde no se podía acceder si no era el tuyo. También formalizaba una sensación falsa de que ellas y nosotras ocupábamos el mismo espacio. Afuera había dos aparatos de televisión colgados del techo, enfrentados, encendidos durante todo el día, cada uno con su propia programación. Dentro, el ordenador reinaba como objeto total de deseo. Una vez te quitan el móvil y cualquier contacto con el exterior que no sean concursos televisivos o canales de videoclips, la idea de internet te pega el alma contra cualquier cristal que albergue una máquina conectada, no importa que se hayan quedado con tu sujetador, los cordones de las zapatillas, cualquier ornamento, las horquillas: solo la conexión es importante. Cualquier cosa vale para conseguirla.

Aquel día, mi primer día, que la pequeña mujer dijo «yo se la chupo», entré con María B. a la pecera sin preguntarle a nadie. Estaba con ellas. Ella ni me miró. Dentro olía a papel y un poso de alcoholes que me desperezó a la bestia. La pecera era un cubo en medio de un espacio mayor también cuadrado en torno al que se ordenaban las habitaciones, de manera que esa misma pecera servía para dibujar un pasillo. Los internos y las internas vivían dando vueltas alrededor del cubo por aquel falso corredor, caminando en uno u otro sentido, siempre que no estaban comiendo o dormitando. A esas horas de la noche, los pilotos naranjas apenas llegaban a iluminar el suelo bajo en el que brillaban, así que con el ordenador pareció encenderse una luz. Pensé en naves espaciales y en submarinos. También en lugares donde ha habido un incendio.

Era mi estreno e imagino que María B., o las dos mujeres, o quién sabe quiénes, habían decidido incorporarme a LARED, a lo que sea que hicieran. Iluminada solo por la pantalla, parecía más que nunca un personaje dibujado, una novia cadáver. De su cabello emanaba un ligero aroma de acetona. Se apartó y me ofreció la silla.

RESULTADOS

3.1. Análisis del informe del forense y del informe del Servicio de Salud.

Además de las imágenes facilitadas por la madre de la agredida, ha sido facilitado el informe del médico forense de Almería, en el que figura la siguiente información, vinculada con la posible agresión sexual:

- A la exploración genital presenta eritema en zona de vagina, el himen no se ve claro.
- Tiene hematoma lineal en glúteo izquierdo.

– No se observan signos evidentes de violencia sobre la anatomía corporal más allá de la equimosis en el glúteo izquierdo.

3.2. Análisis y tratamiento de las imágenes aportadas por la madre de la agredida. Las imágenes empleadas para el presente informe pericial han sido tratadas con el fin de mejorar su calidad y visualización. Este tratamiento ha constado, únicamente, de una corrección de la luz y el contraste de las mismas, proporcionando, de esta manera, una mayor visibilidad de las zonas afectadas.

Bajo el párrafo apareció la imagen de los genitales y el ano abiertos de una niña muy pequeña. Exactamente, una niña de dos años. Solté un gemido. Cerré los ojos.

Cerré los ojos más.

Cerré los ojos y la boca.

Cerré la boca más y no podía cerrar el alma aunque el alma me imploró clausura.

Pensé en lo que en lenguaje cinematográfico llaman «primerísimos planos», cómo en la carrera el profesor de audiovisual y cine nos explicaba los primerísimos planos con imágenes de películas pornográficas.

«Mamá, mamá, ¡mamá!», pensé.

Me sorprendió pensar esa palabra, no en mi madre exactamente, sino en la palabra «mamá».

En la imagen, la mano de una mujer adulta con las uñas perfectamente cuidadas pintadas de granate había separado levemente los labios mayores de vulva infantil para que la cámara captara lo que yo tenía delante. Y lo que yo tenía delante era una niña tumbada bocarriba con las rodillas dobladas y las piernas abiertas, una criatura de la que solo veía aquel primerísimo plano de vulva, perineo y ano. Con el tiempo me acostumbré al trío del horror: vulva, ano y perineo. Todo enrojecido. Yo no tenía hijas. Jamás había visto los genitales abiertos de una niña. Quería llorar. Veía mis propias manos con las uñas mordidas temblando sobre el teclado. María B. me dio un toque suave en el hombro derecho para que continuara. Solo por ella continué, y no quería hacerlo.

«Necesito una raya ahora mismo, necesito una copa, tiene que haber alcohol por alguno de estos armarios, estas perras seguro que beben ginebra», pensé.

La primera imagen a destacar es la Figura 1, instantánea tomada a la parte frontal y peritoneal de la sujeto. Respecto a la irritación de la vulva, se observa el mismo patrón que en el ano, fricción de menor intensidad ya que no genera ampolla, pero sí circunda marcadamente su superficie (esta es señalada por una flecha azul en la Figura 2). Cabe destacar que, respecto a la apertura del himen, a la edad de dos años debe tener una apertura máxima de 4 mm. Si tenemos en cuenta el tamaño de la última falange del dedo de la persona que lo mantiene abierto, se estima que tiene una apertura de alrededor de 2 cm.

Presenta asimismo restos de fluido vaginal seco, compatible con su uso fisiológico para limpieza y desinfección de la zona afectada como respuesta del cuerpo a la irritación, lo cual deriva en el mal olor que cita la madre de la víctima.

Para hacer una referencia clara, se han colocado flechas de medida en la Figura 2. El tamaño esperado para el himen de la víctima sería el tamaño del final de la yema del dedo que se ve en la imagen, es decir, cerca de 4 mm. En rojo, se puede ver la diferencia de apertura con respecto a esta referencia, que la supera hasta tres veces.

Es importante destacar que esta apertura no se debe al agarre que se muestra en la foto, ya que es una apertura longitudinal y no horizontal, además de que no se muestra estirado. En la Figura 3 se puede evidenciar mejor esto.

En las siguientes fotos, que el informe llamaba «Figura 2» y «Figura 3», el facultativo había dibujado unas líneas rematadas por sendas flechitas. Una pequeñísima línea roja señalaba la abertura de acceso a la vagina que debe tener una niña de dos años. Una mucho mayor, muchísimo, insoportablemente mayor, la que tenía la cría fotografiada.

«No pienses en el dedo», recé.

«No pienses en la mano de su padre», recé.

«No pienses en el dedo de la mano de su padre entrando en esa niña, en la puta vagina de esa niña», recé.

Recé por que hubiera alcohol en algún lugar o que la pequeñísima mujer tuviera pastillitas suficientes.

Santa María de las Rayas Dobles, Santo Cristo de la Ginebra sin Hielo, dadme fuerzas, venid a mí.

Mamá, mamá, mamá. ¡Mamá!

La flecha azul señalaba una ampolla alargada y macilenta que iba desde el borde de la vagina hasta el ano. En los informes se aprende a usar habitualmente la palabra «perineo».

Respecto al perineo, también en la Figura 1 observamos una línea de irritación, el citado eritema, en el que presenta una morfología longitudinal a lo largo del mismo y que muestra una ampolla que circunda su zona. Presenta una caracterización compatible con fricción sobre una zona seca, no lubricada, en la que al rozarla de manera continua con otra superficie provoca una irritación y un aumento del calor en dicha zona, generando la referida ampolla pero no heridas de corte o quemaduras.

Asimismo, se observa una irritación alrededor del ano, con menor intensidad que en la perianal, compatible igualmente por fricción en superficie seca. Respecto a la cavidad anal, presenta una apertura que la literatura científica estima para un puberto (entre doce y quince años), siendo significativamente mayor de lo esperado en una niña de dos años, tomando una vez más como referencia la última sección del dedo del adulto que la acompaña, tal como se ve en la Figura 6.

No miré más fotos. Se puede pasar por encima de una imagen, tenerla delante y no verla. Sé que se puede porque yo lo hice. No me di cuenta de cuándo empecé a llorar. Eran lágrimas sin llanto, como si no estuviera llorando, como si no fuera una acción sino que yo misma me lloraba, me vertía, era algo que estaba sucediendo en mí.

Sí leí.

Leí que el ano de aquella niña de dos años tenía la abertura que tienen los anos de los niños de quince.

¿Qué hace un hombre en los genitales de una niña de dos años para dejar tales «erosiones» y una ampolla? ¿Con qué lo hace? ¿Con los dedos? ¿Con el pene? ¿Frota el pene dentro de esa vulva? ¿Cómo? ¿Dónde lo hacen? ¿Utiliza objetos? ¿Llora la niña? Haga lo que sea que haga, debe de resultar doloroso hasta el punto de dejar una ampolla, una enorme ampolla comparada con el cuerpo de la cría. ¿Llora la niña? ¿Llora? ¿Llora o no?

Que alguien me responda: ¿llora o no llora la niña?

¿Cómo la calla? ¿Le tapa la boca? ¿Con qué se la tapa? ¿Por qué nadie oye a la niña? ¿No quedan rastros de ese llanto, los ojos irritados, ese tipo de cosas? ¿Come después la niña? ¿Cómo mira a su padre? ¿Se sienta e ingiere alimentos como si nada hubiera sucedido?

CONCLUSIONES

El eritema se puede dividir en tres secciones para un mejor análisis. La zona vaginal se encuentra irritada y presenta un himen mucho más abierto de lo que cabe esperar en una niña de dos años, al igual que ocurre en la zona anal. En ambas zonas se presentan morfologías de lesión por fricción sin lubricación.

La zona perianal también se encuentra dañada superficialmente por fricción, con unos daños mayores que en las regiones citadas anteriormente, generando una ampolla como resultado.

Todo ello resulta en que estas heridas son compatibles con un posible abuso sexual, ya que las heridas se han realizado mediante fricción y tanto las cavidades anal como vaginal presentan una dilatación permanente mayor a la esperada.

Cuando me desperté al día siguiente no recordaba haber ido hasta mi habitación ni haberme metido en la cama. No quería salir. Ni de la habitación, ni de la cama, ni de mi cuerpo ni de mi nuevo dolor purulento.

65

Resaca y daño

Una participa en todas las cosas que suceden a su alrededor, por acción u omisión. Todo lo que existe puede conocerse. Pensar lo contrario es escurrir el bulto. Había repetido afirmaciones como esas desde que recordaba. Yo pasaba por ser una activista de primera. Se me suponían muchas cosas, yo misma me las suponía. Una asevera, teoriza, suelta soflamas. Confeti de vida regalada, flor de inconsciencia.

Cuando salí por fin de la cama tras mi primera sesión de horrores, esa idea empezaba a martirizarme. Había pasado todos los años de mi vida adulta en medios de comunicación. ¿Por qué nunca me llegó una información como la que había leído la noche anterior? Necesitaba con urgencia telefonear a algunos colegas y preguntarles sobre aquello. Allí dentro, telefonear era una idea de otra vida. Quería pensar que quizá los informes como el que había leído sí llegaban a las redacciones y se escondían, se desechaban de la misma manera que se archivaban en los tribunales. O quizá no llegaban en absoluto. De que sucediera una cosa o la otra dependía mi grado de responsabilidad en aquel momento, pensé. En ambos la tenía. Bajo la ducha volví a llorar de un asco agrio hacia mí misma. Sin compasión ni posibilidad de drogas. Estaba acostumbrada a fabricarme disfraces, pero no había careta que tapara lo que había visto.

Salí a la zona común a la hora del desayuno, como era preceptivo, y lamenté que me hubieran asignado la misma mesa que a la Tremenda Diminuta. La vi desde lejos, haciendo el gesto de taparse los oídos, y por primera vez pensé en que le había hecho una felación al de seguridad para que María B. me metiera en el estómago de la bestia. Del estómago de la bestia no se sale, lo supe.

Ahí estaban las madres «ladronas de niños», en el estómago de la bestia.

Ahí, «las Cerdas» y sus casas en bosques con corrales de mierda y juguetes infantiles.

Ahí, en el estómago de la bestia, todas las fotos falsas de niñas secuestradas.

Ahí, todas nosotras. En el puto estómago de la bestia. En digestión.

Pero aquella mujer había apartado al vigilante de la manera más efectiva. Pospuse la idea de imaginarla, supe que debía hacerlo.

Yo había creído manejar los datos, entender lo que estaba sucediendo, pero hasta la noche anterior, hasta sentarme delante del ordenador y mirar a la llamada «Figura 1», la ampolla con forma de riñón, la «erosión», la niña de dos años, el ano del tamaño de quince, la mano de la madre —¿quién tomó aquellas imágenes?—, hasta entonces todo había sido mera abstracción. Farsante. «Eres una farsante», pensé, y me senté a la mesa sin mirar a la mujer en miniatura.

—¡Nos vigilan!

Gritó como una forma de comunicarse conmigo, para romper los trapos de repugnancia que me cubrían desde la noche anterior y que sentía aún en la boca y más adentro. La miré. Sus ojos me estaban esperando. No había en su gesto ni rastro de las disculpas que yo suponía. Muy al contrario, me guiñó un ojo y volvió a gritar:

—¡Nos están vigilando!

—Eres una hija de la gran puta —alcancé a susurrarle antes de que la enfermera llegara a nuestra mesa.

—Abre la boca y estate tranquila —le dijo.

La sanitaria le metió una pastillita y ella mostró obediente la lengua. Un momento después me metió la pastilla debajo de las galletas y volvió a hacerme un guiño.

—No somos nosotras las hijas de puta, titi —puntualizó en voz alta con la vista fija en el techo—. Bienvenida. Ya te dije que todas somos necesarias.

En la pecera, cuatro enfermeras iban de aquí para allá como palomitas en su jaula, cucurrucucú. Parecían más ajetreadas de lo habitual, o quizá yo nunca me había fijado en ellas. Me pareció normal que aquello que habíamos leído, visto, imaginado la noche anterior y mi conmoción hubieran dejado una nube de invisibles moscas de cadáver atrapadas allí. Por eso no había paz aquel día en el cuerpo de las perras, por eso parecían palomitas.

«Seguramente he tenido resacas más duras que la de hoy, pero no las recuerdo».

66

Vídeos

VÍDEO 1. (Nombre: BRIANA 1). Duración: 1,30 minutos.
El presente vídeo no tiene otra función que mostrar el grado de complicidad que logró BRIANA con el firmante, al objeto de comprobar que se puede llegar a realizar una exploración si se planea de forma adecuada y nos adaptamos a su pensamiento y lenguaje.

La cría del vídeo se llamaba Briana y era una niña de carita morena y enormes ojos negros. Tenía ese tipo de piel austral o de niña en vacaciones de verano, ya hacia principios de septiembre, tostada de soles sobre soles. Mirada clara. Al contemplarla pensé en una olivilla, pero luego me recordó más a una chocolatina, un bombón de chocolate con leche de esos que llevan una almendrita en el interior. Llevaba el pelo ondulado y castaño recogido en dos moñetes altos, a derecha e izquierda, de los que se le escapaban algunos mechones rebeldes rizados y sin peso. La naricita pequeña y larga se arrugaba con gracia sobre una boca de labios finos. Gesticulaba con soltura.

Llevaba un vestido blanco de verano sin mangas, con volantes en los hombros, decorado aquí y allá con diminutas flores rojas. Tenía el cuello largo, estaba delgada y se podían apreciar bajo los ojos unas ojeras oscuras que teñían de gravedad sus gestos. Era una niña guapa y pensé que iba a ser una guapa mujer. No quise pensar más acerca de ese asunto, de su futuro ni su ser adulta.

VÍDEO 2. (Nombre: BRIANA 2). Duración: 27 segundos.

TERAPEUTA: Necesito que me contestes a una cosa, Briana, ¿mamá es buena o es mala?

BRIANA: Buena.

TERAPEUTA: ¿Y papá es bueno o es malo?

BRIANA: Malo.

TERAPEUTA: ¿Y qué hace para ser malo?

BRIANA: Tortas papá.

VÍDEO 3. (Nombre: BRIANA 3). Duración: 46 segundos.

TERAPEUTA: ¿Cómo te da papá las tortas?

BRIANA: Las da papá (*señalándose el glúteo con la mano*).

TERAPEUTA: ¿En el culete?

BRIANA: Sí.

TERAPEUTA: ¿Y te hace pupa o daño?

BRIANA: Sí (*cambiando el gesto a tristeza*).

TERAPEUTA: Oye, y además de tortas, ¿te ha dado con alguna otra cosa?

BRIANA: Sí.

TERAPEUTA: ¿Con qué?

BRIANA: Tortas papá.

TERAPEUTA: Pero ¿con qué?, ¿solo con la mano?

BRIANA: (*Dice algo ininteligible y se golpea un poco los genitales*).

Cuando hablaba de lo que no le gustaba, Briana se mordía con fuerza el labio inferior, se lo metía entero en la boca adelantando la mandíbula y parecía una pequeña púgil. Después fruncía el ceño, levantaba el inicio de las cejas entrecerrando los ojos, encogía el cuello, estiraba los brazos sobre la mesa y parecía estar oyendo una metralleta o una traca de petardos o una explosión que no cesa. No era el gesto de alguien que oye un sonido fuerte, sino de alguien que no deja de oírlo.

> **VÍDEO 4.** (Nombre: BRIANA 4). Duración: 4,08 minutos.
> TERAPEUTA: ¿Quién te toca la vulva? (*así la identifica la niña*).
> BRIANA: Papi.
> TERAPEUTA: ¿Papi te toca la vulva?
> BRIANA: Sí.
> TERAPEUTA: ¿Y te hace daño?
> BRIANA: Sí papel (*señalando a una etiqueta del muñeco utilizado*).
> TERAPEUTA: ¿Y te duele cuando te toca la vulva?
> BRIANA: Ajaaaa.
> TERAPEUTA: ¿Qué te hace papá para ser malo?
> BRIANA: (*Hace un gesto de pegar con la mano en los genitales*).
> TERAPEUTA: ¿Quién te da tortas a ti?
> BRIANA: Papi.
> TERAPEUTA: Papi te da tortas, pero ¿muchas?
> BRIANA: Sí.
> TERAPEUTA: ¿Y hace daño?
> BRIANA: Sí.

Cuando no entendía lo que se le preguntaba o le costaba responder, Briana guiñaba un poco el ojo izquierdo, arrugaba la naricilla y levantaba el labio superior como quien se pregunta o siente un poco de asco, dejando al descubierto sus dientes de ratona. A veces señalaba partes del cuerpo humano en el dibujo después de mirarlo un rato y al levantar la vista despedía un aire de disculpas, como si estuviera pidiendo perdón por haber metido el dedo en el tarro de la miel. Otras veces, cuando hablaba de lo que le gustaba comer, sonreía e iluminaba su rostro, se redondeaba. Los pómulos volvían a ocupar su carnecita y yo quería salir a matar.

> VÍDEO 5. (Nombre: BRIANA 5). Duración: 31 segundos.
> TERAPEUTA: ¿Y en alguna ocasión, además de pegarte con la mano, te pega con otra cosa?
> BRIANA: Sí.
> TERAPEUTA: ¿Con qué?
> BRIANA: Con cinto.
> TERAPEUTA: ¿Qué es eso?
> BRIANA: Cinto.
> MADRE: ¿Con qué te da?
> BRIANA: Con cinto.
> MADRE: ¿Con el cinto?
> BRIANA: Sí.

Cada una sabe lo que significa salir a matar. Cuando yo quería salir a matar, pensaba en salir a matarme, y efectivamente salía a matarme. En aquella época, de no haber estado encerrada y vigilada tras dos puertas de alta seguridad, habría podido estar matándome durante varias semanas, o meses. Tenía ya mis capacidades muy desarrolladas. Sin embargo, sitúo en aquel momento, dentro de la pecera, de noche y tras ver el vídeo donde Briana acababa de pegarse en los genitales, la primera vez que pensé en la posibilidad de hacer daño a otro. También haber pensado que necesitaba estar sobria, fuerte y con todas mis facultades afiladas para hacerlo bien.

En aquellos tiempos solíamos decir entre nosotras, medio en broma medio en serio, que era mejor contratar a un sicario que actuar por nosotras mismas en caso de pasar al ataque. Por ejemplo, cuando un hombre se presentaba cada mañana a la puerta de la casa de su exmujer a la que había golpeado habitualmente, porque decía «tener derecho» a ver a su hija o a su hijo o a toda su camada. Decíamos que pagar era la mejor solución, no por no mancharnos las manos, sino porque nuestra impericia podía llevarnos a errar. ¿A errar en qué? Daba igual, eso no lo pensábamos.

CONCLUSIONES

A la vista de la entrevista con Briana, no se puede concluir con precisión qué es lo que ocurrió, pero sí que está ocurriendo algo grave que llena de miedo a la niña respecto a la figura de su padre. Briana siente un miedo atroz a estar con el padre, coincidiendo mi entrevista con lo que ya también informa el Instituto de Formación profesional en Ciencias Forenses. Un miedo que le provoca reacciones fisiológicas como hacerse pis encima, no dormir bien por la noche o alteraciones en su forma de jugar (ha empezado a pintar pizarras y hojas con trazos que denotan temor y ansiedad).

A la vista de todo el material obrante aportado al firmante, Briana encuentra en su madre la figura referente y su lugar de seguridad-protección, mientras que solo referirse al padre supone lanzar sus miedos más intensos, tan preocupantes en una niña de cuatro años.

Briana puede no haber utilizado palabras ni frases determinantes para explicar lo que le hace su padre por su corta edad, pero su comunicación no verbal y sus cambios de comportamiento hacen a todas luces verosímiles las presuntas sospechas. Su gestualidad denota terror. El miedo resulta en Briana urgente y claro, además de un nivel aterrador. Cada día que pudiera quedarse el padre con la niña, aumentarían sin duda sus daños psicológicos que, al día de hoy, seguramente, ya estarán presentes.

A modo de conclusión, el firmante expone que la presencia del padre en la vida de Briana es, hoy por hoy, todo un riesgo claro, existiendo suficientes razones para proseguir en la investigación de los presuntos malos tratos y abusos sexuales.

Zarandeé a María B. para despegarla de la pantalla. En pocos minutos despuntaba el alba y nosotras teníamos que amanecer en la cama. De ello dependía que pudiéramos seguir con lo que estábamos haciendo. Se sacudió mis manos de los hombros con un movimiento brusco y en su mirada me lanzó la violencia-púa de una bestia sin futuro.

—El caso está archivado. Nadie ha investigado. La madre acaba de entrar en prisión.

Fue la primera vez que oí su voz. El aire de sus pulmones raspaba las cuerdas vocales arrastrando un desierto.

67

Desgarro

Hay primeras veces para todo y un psiquiátrico es el lugar idóneo para empezar la mejor colección.

No siempre podíamos acceder a la pecera. Esas noches en dique seco, antes de retirarnos, si te acercabas lo suficiente, podías oír a María B. gruñir como las leonas en los documentales del Serengueti. Era un gruñido grave, líquido, profundo y apenas perceptible, pero era. Sonaba como si algo espeso estuviera hirviendo en su interior, blubgrrb, blubgrrb, blubgrrb. Yo lo había podido percibir durante los días que llevábamos sin actividad nocturna. Paradójicamente, su aspecto había mejorado. María B. dormía si no tenía conexión, lo que borraba en parte su aspecto cadáver, le sacaba los ojos de las cuencas y, aunque no llegaba a ganar color en el rostro, perdía ojeras. Parecía un poco sana. La Tremenda Diminuta siempre se reía cuando decía: «Pareces un poco sana», y añadía: «Habrá que ponerle remedio». A María B. eso, sumado a su particular rugido de fondo, le daba un aspecto especialmente amenazante. Dormía por lo mismo que no lloraba, para estar a punto.

Yo tenía prisa por volver a la pecera para escuchar de nuevo su voz, y para hablar con ella. No sabía exactamente qué quería hablar con María B. que no hubiera ya comentado con la Tremenda Diminuta. En las tediosas tardes de nada más que televisiones y pacientes dando vueltas a la pecera, me había puesto al día de todo lo que necesitaba conocer.

Se había creado una red de informantes sobre casos de «madres secuestradoras», LARED, o sea, mujeres que no entregaban a sus criaturas a los padres cuando estos abusaban de ellas (de las madres, de las criaturas o de la familia entera). O sea, desobedecían la orden judicial. O sea, cometían delito. Desde que María B. se había puesto a los mandos allí junto a la mujer en miniatura, ambas habían participado en medio centenar de apartamientos. Así los llamaban: apartamientos. Me pareció un término tan acertado que acabé asumiendo la idea de «apartarnos» como expresión para describir lo que teníamos que hacer, lo que algunas ya estaban haciendo voluntariamente, incluso sin que mediaran criaturas o abusos. Los «apartamientos» eran un paso más. Ahí participaba LARED, miles de mujeres perfecta, minuciosamente organizadas.

La Tremenda Diminuta insistía en que LARED se había empezado a crear desde allí, desde el mismísimo pabellón psiquiátrico del Hospital público de San Carlos. No tenía por qué dudar de su palabra. Toda gesta necesita su mítica, y aquella resultaba inmejorable: una madre encerrada en un psiquiátrico después de «secuestrar» a su hija víctima de abusos sexuales monta una red para dar nuevas identidades a madres y criaturas en la misma situación y sacarlas del país.

La maquinaria estaba montada y funcionaba.

Millares de nodos, cientos de miles de conexiones.

Con el tiempo, se llegó a «apartar» a miles de mujeres y criaturas. Cuando la madre estaba presa o encerrada en alguna institución como la nuestra, el apartamiento requería de métodos ligeramente violentos y más peligrosos, pero habitualmente se conseguía sacar con cierta facilidad a los niños y derivarlos hacia el exterior, a familias de LARED. Funcionaba, y dónde se hubiera parido la primera pieza me traía sin cuidado.

Probablemente mi interés por hablar con María B. residía en que era una de ellas, una de las que no pudo entrar en LARED, una «madre secuestradora» a la que habían conseguido encerrar. Su hija, además, permanecía con el padre. Mientras siguiera pareciendo una loca, no acabaría en la cárcel. Quería entender por qué, igual que tantas otras, no había cogido a su hija y se había largado a Brasil o a cualquier otro lugar donde la naturaleza o el gobierno local resultaran disuasorios. Todas ellas parecían «confiar en la Justicia». También quería saber por qué no había utilizado LARED para arrancar a su propia hija de las zarpas de su exmarido. Pensaba en mi hijo a menudo. Lo echaba de menos y ya había pocas posibilidades de volver a verlo, ninguna esperanza de un abrazo largo, uno sin respirar siquiera.

Aquella tarde, un brillo de ferocidad en los ojos de María B. dejaba claro que habría acción.

—Hoy te toca a ti hacer la noche, compañera —me dijo la Tremenda Diminuta sentándose a su lado.

—¿Qué quiere decir que me toca a mí hacer la noche? ¿Qué es «hacer la noche»?

—Ay, titi, pues exactamente eso. Hacer la noche, hacer la calle, hacer lo que yo hago…

— 246 —

—Ni de coña.

—Mira, titi, ya sé que las señoras sois muy señoras y que tú eres la más entre las más, pero aquí o chupamos pollas todas o se quiebra la red.

Nos interrumpió una ristra de carcajadas estruendosas, masculinas, impostadas. Las tres miramos hacia el lugar, a pocos metros, donde se reía el paciente llamado Jacobo, un pijo rubio, cuarentón y bronceado, que entraba y salía por desórdenes graves derivados de su adicción principalmente a la metanfetamina, pero también a cualquier otra sustancia que le quedara a mano. Yo no podía mirarlo sin que me apeteciera meterme un gramo de un solo par de tiros gruesos. Aquel Jacobo medía dos metros y andaba tambaleándose, apoyándose en las sillas para no caer, con un moco largo colgando de la nariz o una baba parda pendulante como la de los perros a los que les cuelga la saliva densa. Todo teatro. Sabíamos que era puro teatro para no acabar en juicios y asuntos penitenciarios. Simulaba no tenerse en pie, dejaba que le colgara el moco, fingía ciertos delirios y permanecía unos días a modo de desintoxicación. Luego salía, y seis o siete semanas después estaba de vuelta.

—¿Me chupas la picha, *beibi*? —dijo dirigiéndose a mí con la mano en el paquete. Pensé que se le iba a salir la polla. Los pantalones del pijama sanitario resultan muy traicioneros.

Su alboroto había conseguido frenar el flujo de pululantes de pasillo y se iban aproximando hacia donde estábamos nosotras.

—Eso no se dice.

—No, eso no se dice, eres un marrano.

—Sí, cochino, marrano.

—Mi marido era igual.

—Y el mío.

—Nos ha *jodío* mayo, y el mío también.

Las tres mujeres que hablaban estaban ingresadas por crisis de ansiedad. Parecían la misma mujer a tres edades distintas, en los cuarenta, los sesenta y los setenta años, y daban vueltas a la pecera cada tarde cogidas del brazo, ocupando todo el espacio y dificultando el tránsito de los demás pacientes, lo que conseguía que habitualmente llevaran una recua de locos pegada al culo. Las tres habían hecho cosas que *merecían* encierro en el psiquiátrico. Solo sabíamos que una de ellas, la septuagenaria, había cogido toda su ropa y la de su marido, más todas las sábanas y toallas de casa, y había hecho una gran hoguera en mitad de la avenida suburbial en la que residían. Bien por ella. Allí quien más quien menos era flor de suburbio. La gente rica no acaba en un psiquiátrico de la Pública, excepto personajes como aquel Jacobo, a quien le merecía la pena. Era un juego. A ratos, todo parecía un poco un juego de niños retrasados allí dentro. Después pasaba algo, una cría de las de desórdenes alimentarios se cortaba la ingle con un plástico mordido hasta dejarlo en filo, o un hombre desdoblado mordía el vaso y se abría la boca, y el horror recorría el pabellón erizándole el lomo. Pero no aquella tarde.

Me puse de pie. No debí hacerlo, y era consciente de ello, pero tampoco quería hacer la noche. ¿Lo hice para no hacer la noche? ¿Lo hice aun consciente de las consecuencias? Lo hice.

Me levanté y enfrenté a Jacobo hasta quedar a un palmo de su pecho. Mi cabeza le llegaba al hombro. Se me pasó por la mente que con un pequeño esfuerzo podía llegarle al cuello con los dientes y quedar colgada allí hasta el desgarro. Opté por un clásico, y le agarré los huevos. Noté que no llevaba calzoncillos. Mejor para mí. Le agarré los huevos por debajo de la polla y tiré de ellos con toda la fuerza de que fui capaz a la vez que los retorcía.

Hubo desgarro.

Desgarro, golpe, cinchas de atar a la cama, pastillas, inmovilización, no recuerdo cuántos días.

Aquella noche no hice la noche.

A la mierda la sororidad.

68

A los manicomios

Empezó entonces mi periplo enloquecido. No chupé aquella polla. No hice la noche. A cambio, pasé meses recorriendo manicomios, pabellones psiquiátricos, sanatorios mentales, casas de reposo, centros de urgencias. Me metían, salía, y me volvían a meter sin tiempo siquiera de asumir la realidad exterior. Me dejaba hacer. Una vez pasas por una institución psiquiátrica y sucede en ti ese tiempo en el que la realidad real desaparece y habitas en el mundo gomoso de los tranquilizantes sin contexto, las no mentes ajenas, noches de peceras sin final, jamás regresas del todo.

No había valorado en su justa medida, en su potencia total, la red de apartamientos, LARED, sus conexiones, las capacidades de los miles de mujeres organizadas. Pura soberbia. En mi descargo, pienso: «Era mi primer manicomio». Pero era impericia, idiotez, falta de fondo.

Mientras conviví con María B. y la Tremenda Diminuta en el San Carlos, pensé en ellas como parte de un juego, asumí un papel en el relato de su actuación. Si estaban allí esas mujeres era porque algo habían hecho. Mierda de doma. Pensaba que a mí me habían metido por haberle roto la nariz a un policía de un golpe de petaca tras haberme llevado a una «madre secuestradora» sin más plan que meterme el siguiente gramo y hacerme la muy heroína. Eso pensaba yo al principio.

Después dudé un poco.

Más tarde dudé muy seriamente de todo.

Ahora no me cabe duda de que durante un tiempo, no sé si largo o corto, ellas, LARED, manejaron mis pasos y fui útil en lo que me necesitaron. Y que aquello resultó bueno en sentido lato, bueno en lo común. Por qué y cuándo me eligieron a mí, no tengo idea ni resulta ya importante. Me dejé hacer y aquí estoy.

69

Las marrones en Murcia

Las marrones bailaban bachata en el pabellón de Murcia
desde la tele bajaba la vibración
*   el blanquito idiota*
les miraba el culo con el dedo metido en la nariz
los culos de las marrones sus rotundos culos
neumáticos perfección de la especie
*   ganaban*
a las pastillas y a las tardes tortuga y al veneno
de los algodones de los botes de masticar
y a los brazos de las terneras tremebundas

*   pero ah sus cabezas*
las cabezas de las marrones eran otra cosa
*   hermana*
allí los montes las selvas los suburbios humedales
enteros estrategias históricas
disciplinas del nada que perder
*   ejércitos*
las cabezas de las marrones juntaban capitales continente

donde agonizaba la blanca lascivia de la saliva turbia
blanquísimo desprecio conocían secuestros seculares

marrones organismos perfectos contra los que estrellarse
y se rompían blancos como lo que eran
nada
de nada
*   de nadísima nada.*

70

La bebé en Girona

mi bebé tiene ahora once añitos con ocho se la llevaron
pero parecía más bebé porque siempre era pequeñita ahora
no puedo verla quizá cuando me saquen que no sé cuándo
me sacarán o ni eso porque tengo orden para no verla parecía más pequeña porque es muy menuda quién sabe lo mismo parece ahora mayor los niños cambian muy deprisa y a
veces crecen de golpe
　　sí
　　de
　　golpe
　　sí
　　lo que sucedió es que el papá la tocaba la tocaba siempre las compañeras me dicen que no diga que la tocaba
pero a mí no me salen palabras más feas nosotras no hemos
sido de palabras feas la tocaba y punto y usted ya me entiende que la tocaba siempre ellos me preguntaron ¿cuánto
es siempre? me preguntaron eso me preguntaron los muy
putos que cuánto era
　　¿se lo puede creer?

para hacerme sufrir lo hicieron

pues siempre es siempre siempre sale el sol por la mañana ya ve siempre aunque esté nublado que decía una canción
de los curas siempre se mueve el mar siempre se acuerda una
de su mamá siempre destrozaba los muebles de casa y le
daba a todo a las mesas tiraba lo de los estantes lo de los armarios de la cocina lo de comer y los vasos y los platos

todo

siempre

siempre bien mamado el cabrón rompió la virgencita
que me envió mi mamá decía que la virgencita tenía la plata
dentro que yo escondía la plata pero ¿qué plata iba a escon-
der? si él no ponía nada de lo suyo y lo mío se iba entero en
el departamento y la comida y la bebé lo suyo en tragos y
en las otras cosas creía que iba a encontrar para la blanca
dentro de la virgencita porque cuando se le terminaba la
blanca no conocía a nadie y él la blanca tenía que no era
suya sino que tenía que venderla pero ni modo si la virgencita no tenía ni agujero por donde meterle la plata ni la
blanca ni un dedo

al cabrón del papá le gustaban

las cosas con agujero

le gustaban mire lo que le digo que me da hasta la risa y
dios me perdone los agujeros de la nariz los agujeros de las
hembras los agujeros de la bebé no voy a ser suavita con
estas cosas le gustaban decía que la bebé ya parecía puta y
como puta la trató esa es la mera verdad así mismo con las
películas de las putas decía así vas a aprender que con ocho
ya le parecía que le salían las tetitas decía que ya las estaba
viendo tetitas de puta y venga con las películas

y una aguanta lo que aguanta

hasta que ya no aguanta más aguanta una

hasta que ya no aguanta más

una aguanta

así no le sacude fuerte al menos no la rompe o qué sé yo no la mata a la bebé pensaba yo desde el piso porque yo siempre estaba ya en el piso tirada con la golpiza en el piso con lo de las películas que primero era los viernes y los sábados y luego ya todos los días que parece que cuando empezó ya no podía parar ya yo lo conocía ya no iba a parar porque era como la blanca y como todo más siempre más como las golpizas primero me golpeaba a mí hasta el piso a las patadas remataba a las patadas hasta que ya no podía levantarme y me había roto un hueso o varios huesos o me despertaba y me había quedado allí tirada en el piso no sé cuánto tiempo y ya estaba el papá con la bebé y las películas

si no sabía nada el cabrón ni cerrar el grifo sabía que tenía que ir yo detrás de él cerrándole los grifos ni la puerta de casa cerraba a veces nada de nada de nada sabía pero la máquina sí sabía

se compró una máquina

la llamaba la máquina así la llamaba

era una computadora pero cuando el cabrón decía la máquina daba miedo claro que daba miedo una máquina que una piensa en una computadora para aprender ahora mi bebé no tendrá ni computadora ni nada en la casa aquella que está dios sabe yo no puedo saberlo pero qué va a tener computadora con lo que cuesta

la máquina

y una aguanta lo que aguanta

hasta que ya no aguanta más aguanta una

dijo que compraba la computadora para la niña el muy puto para el futuro para estudiar estaba contento me dio un beso y para que me diera un beso tenía que estar muy mamado y muy contento aquel día estaba y yo que soy idiota pensé que quizá una siempre piensa que quizá si no pensaras que quizá te quitarías de en medio pero pensé que quizá porque una es tonta como fue tonta mi mamá no era día de aniversario de la niña ni de nadie cuando trajo la máquina ni día de los niños ni Santa ni nada solo era un día puto que ya el mismo sábado siguiente prendió la máquina y yo ya estaba en el piso la prendió y puso a la bebé sobre sus rodillas y dijo mira al muy cabrón se le iba la mamadera a puros golpes contra mis carnes mira le dijo a la bebé y ya yo supe lo que era solo de oírlo ya yo sabía y grité muy fuerte ¿ve estos dos dientes que me faltan no? ¿los ve? pues no los ve porque me calló la boca de una patada que me saltó los dientes acá no nos dejan usar las prótesis los ruidos de los hombres y las mujeres en fornicación oía clarito pero que ya no me hacía ni falta que una sabe todo y una lo sabe todo también siempre antes inclusive que pase

y una aguanta lo que aguanta

hasta que ya no aguanta más aguanta una

que cuando el papá trajo la máquina la máquina no podía ser para nada bueno qué iba a ser para lo bueno y nada más entrar dijo que era para la niña y se reía nada más poner el pie en el departamento lo dijo y una ya sabía para qué ahora ya no me callo nada y me dicen las compañeras que yo no tengo culpa que bastante hacía con lo del piso y lo de los dientes y las costillas que aún tengo rotas y aún me duelen como demonios pero la señora juez dijo que sí tenía culpa y yo la verdad no se lo diga a las compañeras que se me ponen muy bravas pero yo la verdad es que sí me noto la culpa pero pensé así no le atiza que ya le había roto un brazo que aún no tenía dos añitos mi bebé y le atizaba fuerte y un día le apagó un cigarrillo en el muslo en la sala

estaban viendo la tele los dos sentados en el sofá grande ella
con su pantaloncito corto y una camiseta aún me acuerdo
una camiseta que le mandaron de allá sus tías y la abuela
tenía pues como cuatro la bebé cuando el papá le apagó el
cigarrillo en su muslito como si lo apagara en el cenicero
así sin más la bebé gritaba y gritaba y allí mismo aquella
vez fue cuando le dijo la primera «tú vas a ser muy puta»
no creo que tuviera cumplidos cinco añitos olía a asado la
piel de la bebé y su carnecita olía a asado hasta esas cosas
aguanta una y dios me perdone pero aguantas porque qué
vas a hacer acá sino aguantar y ver si la cosa endereza pero
luego llegó la máquina y un día los vi desde el piso que no
sabía yo cuánto rato llevaba en el piso con la luz apagada y
solo la luz de la máquina no sabía si llevaba minutos o días
y el papá estaba desnudo del todo

    y la bebé también

    y una aguanta lo que aguanta

    hasta que ya no aguanta más aguanta una

    y así es cómo hice lo que hice que ni tanto ya le digo
que más querría haberle hecho

    y así cómo acabé acá encerrada

71

Canción de las mamarronas
(Valencia)

nos llaman las mamarronas
somos las mamarronas
nos llaman lo que somos
somos lo que decimos
               ser
las mamarronas
               somos
y matamos

               toda esperanza

72

Poema de Betty lámpara
(Badajoz)

Betty se sienta en la baldosa y se abraza las piernas para
  convertirse en lámpara
Betty es la lámpara arguellada en un rastrillo de la
  beneficencia
la esfinge en el desierto de su suburbio sin hormonas
la emperatriz que no envejece porque ya es su propia
  momia
es la belleza de dientes amarillos y turbante azul cobalto,
  piel de cuero tabaco

A mí no me sacan de acá mujer que no me sacan ya más
yo no soy hembra, no les parece y no saben adónde
no soy varón, no les parece y no saben adónde
yo soy la lámpara entre pastillas de la doctora muerte que
  roba mis hormonas
hasta que se decida a quién vender mis huesos
                 cómo será ese trueque

y llora sus hormonas mientras canta somewhere over the
rainbow
con la voz exacta de Judy Garland y quizá sea
la mismísima Judy niña desgraciada convertida en
lámpara de manicomio

73

Soñar con matar

Empecé a soñar con matar, matar a hombres y matar la tristeza de las mujeres, su resignación. O lo que yo creí al principio que era resignación. Como una perra despreciable había manejado la culpa. Las mujeres somos buenas gestoras de la culpa ajena, juezas de mierda. No hay juicio más cruel que el de las ya condenadas. Así nacemos, condenadas, y eso nos hace crudelísimas. Las había culpado de la resignación y soñaba con matar a hombres, pero también con matar a mujeres.

Con matar.

Matar.

Eso y no otra cosa.

Empecé a no tomar las pastillas. No tomaba las pastillas en absoluto. La Tremenda Diminuta me había enseñado algo que se sabía en todos los manicomios, a no tomar las pastillas cuando te las meten en la boca y tomarlas cuando decides tú. Había pasado ya por centros psiquiátricos de Madrid, Murcia, Girona, Badajoz, Valencia… Siempre sucede igual. Son pequeños signos de autonomía. Esa mínima autonomía te permite sobrevivir con un mínimo control mental, mínimo, sí. Como soñar con matar morosamente, deleitarme con ello, imaginar formas de hacer daño, trazar estrategias.

El deseo de matar haciendo daño, infligir sufrimiento y gozar con ello era algo nuevo.

Las mujeres con su no respuesta y su mansedumbre me habían parecido vacas o tortugas u hojas en el barro, me parecían idiotas. Ah, pero esas mujeres habían vivido, habían resistido y sabían muchísimo más de lo que yo podría llegar a saber, de lo que yo sé ahora. Ellas habían padecido en sus carnes, en las carnes de sus hijas y sus hijos, el castigo de la denuncia, a causa de la denuncia, tras el castigo por ser. La autonomía de no tomarse las pastillas, la autonomía de sonreír al decidir tomarlas y dejarse ir en la baba del algodón envenenado, la autonomía de no responder, de no ayudar a la otra aparentemente. La suya era una solidaridad escondida, no manifiesta, un no hacer alarde, ser listas. Tardé muchos vídeos, muchos expedientes archivados, muchas fotografías vulva-ano-perineo en darme cuenta de eso.

Pero al final yo no guardaba las pastillas para después, para darme un atracón o resistir el mordisco de las fieras. Dejé de tomarlas absolutamente, de la misma manera que decidí dejar de consumir cualquier otra sustancia distinta al alimento y el agua.

Era el daño.

Cuando te meten dentro, tarde o temprano acabas enfrentando tu propio daño, aunque creas que es por la petaca en la jeta del pasma, por las demás, porque cumples una misión. Demasiadas horas sin mayor distracción que el ruido de las televisiones y los mocos que les cuelgan. Todos los manicomios comparten dos rasgos comunes: las televisiones y los mocos. Como entretenimiento tienen un recorrido corto. Así que allí estaba mi daño, mi dolor añejo de la infancia, el recuerdo de una mano macho, la aguja de lo que se olvida nunca para siempre. Tomé mis decisiones.

En cuanto salí definitivamente, constaté que ya existía —¿desde cuándo así, de esa manera?— un número indeterminado de realidades superpuestas. La realidad de los medios no era la misma que la realidad de la casa donde gestaba la *mom* de alquiler. La realidad animal de los seres humanos, la carne y la sangre, no era la misma que la de la habitación donde la *doll baby* era sodomizada cada noche, ni esa se parecía a la del hotel donde se mutilaba a la *sex doll* o a la del cubículo donde sencillamente una mujer paría y veía al macho atizar al fruto de su vientre.

Las realidades superpuestas formaban ya entonces, como ahora, una realidad completa. Estaba la realidad real, la que considerábamos histórica, la de siempre, física, la de las cosas que suceden. Y estaba la otra realidad, que había aparecido sin ruido pero no para sustituir, no lo hacía, era una realidad que se acumulaba. Se había empezado a vivir en un mundo donde las realidades convivían una encima de otra, todas amontonadas. Esas mujeres en las salas de los psiquiátricos sabían de las *nanny moms*, sabían de las *babies* y las *sex dolls*, sabían de eso que llamaban inteligencia artificial, sabían de la servidumbre virtual, sabían...

y ¿qué suponía que lo supieran?

¿Qué había cambiado en sus vidas?

¿Que había modificado en su mundo?

Todo y nada.

Tuve que poner un pie fuera de las instituciones psiquiátricas, lo que parecía un siglo después de aquel primer ingreso con María B. y la Tremenda Diminuta, para darme cuenta de hasta qué punto todo cambia de golpe. Sin embargo, la existencia de cualquier cosa, mundo, realidad, depende de que se narre, de que también exista su versión pública, el relato. Mientras estuve clasificando para LARED en la pecera del psiquiátrico del Hospital público San Carlos, me prometía cada noche que al salir regresaría a las redacciones de periódicos y televisiones, a los lugares donde había desarrollado décadas de trabajo periodístico, para dar luz pública a todo aquello. Después de dar tumbos por demasiados sanatorios mentales, había comprendido que lo visto y conocido no existía fuera de esos lugares. Lo que no se narra no existe, y nadie iba a contarlo, por la simple razón de que jamás lo habían hecho. De la misma forma que el relato de las «madres secuestradoras» carecía del correspondiente relato de un padre, cualquier padre.

Alguien era responsable de que yo no fuera la misma, y no se trataba de la mera realidad de los encierros, que también. Me sentí depositaria. Entonces soñé con matar y estaba despierta.

74

Todas caperucitas

La abuela de Caperucita, la madre de Caperucita y la propia Caperucita roja. Tres mujeres. Tres hembras.
El bosque
y en el bosque, el lobo.
Las tres saben que en el bosque está el lobo. Toda Caperucita tiene su bosque. Todo bosque tiene su lobo. Mundo y macho.
Tendrás tu bosque, tendrás tu lobo
(ah, pequeñita, puta, tú tendrás lo tuyo).
La abuela de Caperucita roja también fue un día niña y tuvo a su vez una abuela a la que visitar y una madre que la alertaba, un bosque y su correspondiente lobo. Y lo mismo cuando Caperucita era la abuela de la abuela. Y así desde el inicio de los tiempos.
Todas sabemos lo del lobo. Todas hemos sido avisadas ay, mamá, mamá.
Y Caperucita
vuelve, como siempre,
a entrar en el bosque.

¡Mamá!

El cuento lo escribió el lobo. Eso sucede.
Y no, Caperucita no se salva.

75

Entonces desaparecí

A veces cometes el error de preguntarte: «¿Cómo hemos llegado a esto?». Es la pregunta del idiota: «¿Cómo no lo vimos venir?». Estaba asumido. Una al lobo lo lleva en las entrañas, cargas con él desde que naces, como la mierda del pecado original.

Salí de mi vuelta al pabellón psiquiátrico del Hospital público de San Carlos una mañana de verano en la que ya nadie fumaba, que parecía otra época. Y puede que lo fuera. Mi sensación era la misma que la de quienes abandonan la cárcel tras pasar años en ella. También como cuando bajas de una atracción de feria o de un avión tras un vuelo transoceánico. Cambia el peso del cuerpo, el espacio que ocupa. Cambia el mundo en que suceden las cosas, nuestro interior respecto al exterior, y eso se nota, y también cambia el exterior, que se detiene o incluso empieza a existir de cero.

Me habían devuelto al pabellón psiquiátrico de mi primer ingreso para pasar solo una semana. Una última semana. Lo sentí como la clausura de algo. Allí ya no estaban

María B. ni la Tremenda Diminuta, ni ninguno de los pacientes de entonces, ni siquiera el pijo Jacobo y su moco colgante. En la pecera no había ordenador. El guarda de seguridad era distinto y no me pareció que nadie le chupara la polla, nadie hiciera la noche ni nada de nada. El silencio nocturno era total, narcótico. Solo permanecía igual el tráfico de pastillas, la pequeña autonomía de la desobediencia.

Salí sin nostalgia. Me habían devuelto la bolsa de plástico con mi ropa y lo que se conoce como «efectos personales». Faltaba lo único que yo necesitaba en ese momento. Habría salido a la calle en pelotas con tal de hacerlo fumando, pero alguien se había quedado con mi paquete de cigarrillos. No llevaba dinero, así que en cuanto puse el pie en la avenida empecé a buscar algún fumador. A esas alturas de la ciudad, Madrid aguantaba casi desierta la canícula. Solo los taxis varados en la plaza de Cristo Rey. Leí la placa con el nombre «Cristo Rey» y sentí que lo veía en blanco y negro. En mi infancia no existía la televisión con colores, solo en blanco y negro. Anduve largo rato sin cruzarme con nadie antes de parar a la primera transeúnte al azar y preguntar. Me miró con un gesto de asco aprendido. «No fumo». Nadie fumaba. Las cosas que definen un mundo son del tamaño de un cigarrillo rubio.

Entonces decidí desaparecer. Chau. Adiós. Soy otra y ya no soy. Además de las *pastis*, los manicomios me habían dejado el tiempo para pensar.

Mejor no ser.

Desaparición. Apartamiento.

Ser todas y ninguna. Casi todo lo entendí entonces. Ah, el tiempo.

Más todo el horror.

«¿Sabe de lo de la cuarta vértebra? —me había preguntado tiempo atrás la mujer a la que las marrones llamaban la Peruana—. Golpeas ahí sin errar. Justamente ahí. Es importante no errar. Golpeas ahí y les tienen que limpiar el culo para el resto de su vida. Golpe y paralizado de cuello *pa* abajo. *Pa* siempre. Y con la cabeza en perfecto funcionamiento *pa* darse cuenta de que se está cagando encima, de que lo tienen que limpiar, de que apesta. ¿Y sabe lo mejor? Que no lo mata. Que ahí no hay homicidio. Por eso estoy aquí».

Se aprende tanto en los loqueros como en las películas. Nada es ficción. Todas sabemos. Todas aprendemos. Pero lo sabíamos de antes.

«La base es tener la plata *pa* que otro lo haga —decía la Peruana—. Por no errar... Pero la plata una la consigue, ya sabe usted, rapidito se consigue».

Entendí el entrenamiento ahíta de sabidurías pequeñas, letales sabidurías, y del atroz dolor común de las mujeres.

No marché sola. Éramos nadie.

Tan lejos, nadie.

Ellas vinieron conmigo.

TERCERA PARTE

El final de todo esto

76

Gil

—No puedes dudar. Si vas a dispararle a un niño, no puedes vacilar.

Al tipo le gustaba explicar que en las guerras se arma a los niños porque ellos no dudan cuando te tienen a tiro, y en cambio tú, con seguridad, vacilarás. Incluso drogado. Gil lo consideraba un síntoma de debilidad.

—El niño no dudará, y tú sí. Ahí estriba el problema, de ahí viene el peligro, de que tú dudarás porque es un niño. Ese es tu punto débil.

Gil había recorrido como reportero Oriente Próximo y África central en los inicios de su carrera. Se dice que si alguien sigue de reportero de guerra pasados los treinta es que sufre un problema serio. O una patología. Gil volvió justo antes de cumplirlos, lo que en su caso no significaba nada. Tenía mi edad, pero mi imagen de mí misma era diez años menor que la del hombre frente a mí. Quizá consistía en ese empeño viejo en parecer «un señor». La idea de un señor frente a la idea de un hombre. Volvió a finales del siglo XX y lo más parecido que encontró a aquel sabor metálico de las guerras ajenas fue el periodismo criminal. Un cretino listo.

—Lo más interesante de la muerte no es morir, ni siquiera vivir es lo más interesante. Lo más interesante de la muerte es matar.

Aquel día llovía como llueve en Madrid. Llovía pardo.

Tip, top.

Basurita.

Me ofreció un whisky norteamericano tipo bourbon. Esa clase de tipo era. Bourbon. No me ofreció hielo. Negué con la cabeza.

—Puedo ofrecerte ginebra, ron venezolano, vodka… ¿Te preparo un martini, querida?

—No bebo, Gil.

Arqueó las cejas con el vaso grueso de cristal tallado, también de su tipo, en la mano. Ninguno de los dos hizo más comentarios al respecto. Gil era lo que se supone un hombre atildado. Parecía a punto de salir a recoger un premio, o a entregarlo, o de caza. Me fijé en que los gemelos eran de oro y me molestó que me recordaran a mi padre.

El hotel donde vivía no tenía recepción porque ya no era un hotel. En su momento había sido el más alto de Madrid, uno de los cuatro rascacielos paletos con los que la capital española mostraba su erección de manadita insuficiente. Treinta pisos de altura. Los hoteles de lujo empezaban ya entonces a cumplir su actual función como residencia de hombres con posibles y sin necesidad de espacio. Hombres solos. En lo que fue la recepción había máquinas de bebidas frías y de bebidas calientes, máquinas de comidas frías, de platos preparados, de utensilios electrónicos y dispositivos, máquinas de entrega directa de paquetería y un enorme armatoste antiguo que despachaba cubitos de hielo. Parecía una pieza de coleccionista, me sentí muy unida a esa máquina en cuanto la vi. Era lo único que iba a tener algo que ver conmigo, con mi mundo. Una máquina grande de Amazon cumplía las funciones de *delivery* de *sex dolls*. Pero la mía era la del hielo.

Las paredes y la moqueta de los pasillos eran verdes. Habían decorado los largos techos de los corredores con verdes pinturas de hojas de hiedra. No sé qué trataba de transmitir el diseñador de todo aquello, supongo que algo relacionado con la verde idea de «lo natural», pero el resultado daba miedo.

«No quiero estar aquí»,

«no quiero ver a Gil»,

«no quiero hablar con él», pensé.

—Mucho tiempo sin vernos, preciosidad.

Esa voz de mierda con golilla. Acercó su índice a mi mejilla, pero no llegó a rozarla. Su dedo era de loza blanca, cuero mi cara. Ah, la intemperie, la selva, cuero asiático. Me pareció un niño que acerca el dedo a un hongo venenoso o a un lagarto grande o a cualquier otra cosa y al final no se atreve. Algo que le repele o le da miedo, o ambas cosas a la vez.

—Nos hemos hecho mayores.

Sonreía como las hienas de los dibujos animados de cuando mi hijo era pequeño. No me cupo duda de que le repugnaba el contacto conmigo. Entonces me sentí mayor de una forma evidente, evidentemente gastada, no deteriorada sino amasada por el uso de los días, me sentí así de un modo ni culpable ni vergonzoso, siendo muy consciente de que se esperaba eso de mí. No era el paso del tiempo. Sencillamente, yo era otra. Radicalmente otra.

—La policía de aquí tiene cientos, me atrevo a decir que miles de casos de putitas rotas.

Los hombres como Gil llaman «putitas» a las muñecas sexuales, *sex dolls*. Dicen «me atrevo a decir».

El cubículo rectangular era amplio, seguramente lo eran todas las habitaciones en ese tipo de hoteles. Había conseguido que conservara su aire de paso, impersonal, pese a tener las paredes forradas con páginas de sus publicaciones. Reconocí varias. En otras épocas había seguido con placer malsano las atrocidades sobre las que solía escribir Gil. Casos de cuerpos mutilados, criaturas asesinadas, pederastias en familia, sótanos, secuestros, torturas, una galería de los horrores que no conseguía manchar la pulcra estancia con escritorio y amplio ventanal a la sierra. Supuse que tras las puertas correderas forradas de cuero inglés estaba el dormitorio. No quise suponer nada de lo que ocurría dentro, porque la mera idea de Gil follando me daba arcadas.

La lluvia que golpeaba el cristal iba dejando una tierrita ocre y luego lavándola al caer, una y otra vez, así todo el rato.

—En este hotel no vive ni una sola mujer, ni una sola familia… —Fingía reflexionar en voz alta.

Me vino a la cabeza un viaje a Venecia con mis padres, un hotel que era lo contrario de aquello. Me di cuenta de que ya casi nunca me acordaba de la infancia. Ese efecto provocaba Gil en mí.

Tip top

agua sucia de Madrid.

—Piensa en eso, preciosidad —me dijo como si emergiera de algún lugar sin luz.

Imaginé los treinta pisos como una gigantesca colmena de machos. Afuera, las aliadas, las camisetas a rayas, las del *Manifiesto contra las Cerdas*, sus oficinas, sus tacitas de café, sus microondas en el *office*. De todo aquello hacía un mundo tras mi partida. Había vuelto y se me atragantaba el regreso.

Tip top

top

gotas de mierda en polvo.

—Imagínate cuántas zorritas de goma caliente puede haber en este edificio. —Ensanchó la sonrisa, creció la hiena—. Hay exactamente cuatrocientas setenta y cuatro habitaciones y todas están ocupadas. Más de cuatrocientos setenta y cuatro hombres. Los *incels* a veces comparten habitación con otros *incels*. Qué bichos raros.

Tip top

top top

barro, barro.

—¿Para qué crees tú que esos bichos raros se compran una putita exacta a un pibón playero o a una peluquera de barrio?

Se rellenó el vaso. Hacía más de veinte años que conocía a Gil y pensé que estaba exactamente igual que entonces, pero con un halo de decadencia que parecía no afectar exactamente a su cuerpo, un muñeco de cera de sí mismo. Se oyó pasar por delante de la puerta una conversación masculina, en el pasillo, y una risotada. Me los imaginé con sus *dolls*.

Top top

top

top top

sentina.

—¿Crees de verdad que las usan para follar? En fin, para lo que tú consideras follar…?

Acabó el whisky que le quedaba en el vaso de un trago

teatral. Seguramente se sentía en ese momento un galán duro de película masculina. «Vamos, preciosidad, que hace demasiado que nos conocemos...».

Top top

top top top

top top top top top.

—No hay semana en la que no aparezcan restos de muñecas en los contenedores.

Gil no tenía por qué llegar a los contenedores. En ese tipo de residencias se recogían las basuras en las puertas. Pensé que las personas morbosas acaban teniendo éxito, creo que porque dan asco y también infunden terror.

Top

top top.

—No hay semana en la que no aparezcan los de la pintura a repasar alguna habitación. Somos muchos. Y después, esa idea de que sangren, de los líquidos, los fluidos dentro de las putitas... Esa malísima idea.

Tip

tip top.

77

Hematomas

La primera *doll* capaz de mostrar hematomas no apareció en los catálogos de Amazon con ese nombre, pero apareció. En ningún lugar se anunció la nueva versión de las muñecas con circulación sanguínea. Sanguínea es un decir. Nadie se interesó por la composición de aquello que les circulaba dentro. Las necesidades tenían que ser cubiertas, y esa necesidad se llamaba «hematoma». Ningún medio de comunicación se refirió a tales avances, no apareció en las noticias un reportaje sobre las nuevas *sex dolls* a las que les salen moraduras si las golpeas, que sangran si las hieres. Los avances del mercado suceden a necesidades reales. Golpear a una *doll* y que no suceda nada debía de resultarles frustrante.

Imaginé al ínclito Tolochko golpeando a su Margo sin conseguir nada de nada, golpeándola hasta romperla. Volví a repasar las características de la silicona de su *esposa*. *Necesitó* romperla. Eso sí lo dijeron los medios. En el *Daily Star*: «*The pair enjoyed mere weeks of married life before Margo tragically broke before Christmas*». No fue muy original en esto el culturista kazajo. «Antes de Navidad» son fechas bastante habituales para que los hombres *rompan* a sus mujeres, lo eran y nada indica que dejen de serlo. Algunas de esas mujeres se pueden reparar, otras ya no. Tolochko tuvo que *romperla*, signifique eso lo que signifique, para llegar a sentir lo que necesitaba. Pero la muñeca entonces tuvo que repararse —así lo publicaron, «repararse»—. Reparar una *sex doll* como Margo no debía de resultar barato allá por 2020. Y sobre todo, insisto, la frustración de ver que, tras los golpes, nada. Así que llegaron los hematomas.

Eso sí, fuera lo que fuera aquel remedo de sangre, manchaba las habitaciones de los *incels*, molestaba a Gil. Todo acaba resultando comprensible, consiste en proponérselo.

78

Agresiva

Las cosas sucedían a la vez en todas partes. Así era y así sigue siendo. ¿Disrupción o sencillamente propaganda? Quién sabe. ¿Construcción o destrucción?

Disrupción.

Construcción.

Destrucción.

La sensación de que todo era nuevo, de golpe otra cosa. Menos los alimañas, los alimañas nunca cambian. A la tercera comunidad de mujeres atacada en un solo mes, se hizo evidente que los alimañas habían entrado en el gallinero, alimañas hambrientos y sedientos de sangre. Sed secular. No serían las delicadas gallinitas de corral, todo sororidad, todo concordia, quienes mataran al alimaña, eso estaba claro. Ah, pero yo también tenía hambre. Y una bestia dentro que alimentar. No había viajado varios miles de kilómetros y regresado a esa tierra apestosa de España para jugar al corro de la patata.

—Tienes letra de desquiciada, querida.

—Y tú, cara de psicópata, Gil. ¿Qué tienes para mí?

—Pues ahora que lo dices, tu aspecto tampoco parece el de una persona muy equilibrada. Estás... no sé, estás muy distinta, como si...

—Me importa un huevo tu opinión sobre mi aspecto. ¿Qué tienes para mí?

—Según lo que me des a cambio.

—O sea, que tienes algo, puto. Así me gusta más.

—No pareces la misma. Te veo tremendamente agresiva.

—Estoy agresiva.

—Eres agresiva.

¿Era agresiva? Lo era, desde luego, en la medida en que en ese momento sentía unas ganas irreprimibles de agarrar la cabeza del periodista con las dos manos y estrellarla de un golpe seco contra el canto del armario botellero, y después dejar que se desplomase y patearle con la puntera de la bota los dientes, la boca una y otra y otrísimas veces hasta que no le quedaran labios. ¿Era agresiva? Más bien violenta. Es diferente. Y estaba lo de mi bestia.

—Hace tiempo que no me siento culpable de lo que deseo.

—¿Qué deseas, querida?

—Deja de llamarme querida. ¿Te has enterado de lo de los monederos de piel de cojones?

—Estáis locas.

—Pues deseo que con los tuyos hagan la parte del cierre.

—Sal de mi casa.

—No pierdas el humor, Gil, *querido*. Además, esto no es una casa. Esto es un hotel de toda la vida de dios.

—En serio, estáis locas. Os van a hacer picadillo. ¿Estás tú en la movida esa de los monederos?

—Puede que sí. O puede que no.

—¡No jodas! Cuéntame.

—No jodo. Cuéntame tú.

Todo el mundo ha visto siempre demasiadas películas. La diferencia entre todo el mundo y algunas mujeres es que nosotras nos atrevíamos con el papel que debería habernos tocado. Yo particularmente me había entregado a él en cuerpo y alma. Echar mano del cine, ser personaje, ayuda a no dramatizar, esquematiza. Todo había resultado demasiado intenso en la realidad real, en los manicomios, entre las madres y sus criaturas. La decisión de largarnos a la otra punta del mundo nos descubrió que encima del desnudo nos podíamos poner cualquier ropaje. Dejamos en el primer suelo que pisamos la muda de mujeres dolientes. Pasamos a la acción. Teníamos ganas de marcha.

—Vuelvo mañana, que tengo prisa. En el piso quince, puerta H, tienes una razón, Gil. Ayer entraron en la comunidad de Isola della Scala, en el Véneto, la tercera en lo que va de mes, junto a Verona. No lo verás en las noticias. Han desaparecido diez adultas y trece criaturas. El paso de los hombres por allí ha dejado un recuento…

—Conozco el recuento, preciosa, no me subestimes.

—Lo conoces y lo vas a oír: doce amputaciones, de las cuales seis manos, cuatro pies y dos dedos. Seis cabelleras. Ocho pezones clavados en los árboles. Que sepamos por ahora.

—Me has puesto mal cuerpo. Te lo tomas todo demasiado a pecho.

—Acuérdate, Gil: piso quince, puerta H. Vuelvo mañana.

Demasiadas películas y muy tarde para arrepentirme de estar divirtiéndome.

79

Piso 15, puerta H

Hay que saber qué buscas exactamente y apartar el resto. Estaban entrando en las comunidades. Teníamos algo de tiempo hasta que aquellos salvajes difundieran sus hazañas entre los seres del inframundo en el que habitaban online. Su realidad. La *otra*, una realidad cada vez mayor, mejor urdida, más feroz. En cuanto lo hicieran, estaría todo perdido. Nuestros rastreos por las redes nos indicaban que aún no había movimientos. Las manadas por supuesto debían de estar registrando sus gestas en las comunidades de mujeres, sus atrocidades, pero aún no compartían las grabaciones entre sus compinches de cloaca. Aquellos vertederos de foros macho recibían varios millones de visitantes diarios del mundo entero. En la superficie, en la realidad de los medios, la realidad real, eso no iba a aparecer hasta que no tuvieran más remedio que hablar de ello, y según cómo, ni aun entonces. Así funcionaba.

El «regalo» no era mío. Me había enterado del plan contra el *incel* de la habitación-piso 15H a través de LA-RED y me hizo gracia la coincidencia. Sencillamente le di la vuelta a mi favor. Era la primera vez que me enteraba de una emasculación fuera de los límites de los burdeles asiáticos. No niego que me hizo ilusión ver que el ejemplo cundía.

Sabíamos que descuartizaban a las *moms*, a las *sex dolls* e incluso a las *nannies*, que las violaban mientras les sacaban los ojos y después vertían el semen en las cuencas, por ejemplo, bestialidades de ese tipo. No eran leyendas urbanas porque no resultaba necesario. La realidad superaba las leyendas. La comunidad de Isola della Scala era recóndita y demasiado reciente como para haber sido «descubierta» por los *incels* del lugar. Mediaba un señalamiento, el mínimo humo de una señal. Y había un patrón.

Diez mujeres adultas y una docena de criaturas habían desaparecido, lo que no quería decir secuestro ni asesinato. Solo que habían *desaparecido*, o sea que nos habíamos ocupado de ellas una vez perpetrado el ataque de los alimañas. «Doce amputaciones, de las cuales seis manos, cuatros pies y dos dedos. Seis cabelleras. Ocho pezones clavados en los árboles», le había dicho a Gil. Todo detalle tiene su propio detalle. A la mujer llamada Marieta G. le habían cortado las dos manos, le habían rebanado los pezones y le habían arrancado el cuero cabelludo. Esos hijos de la gran puta se creían Buffalo Bill. Me los imaginaba con toda su parafernalia del wéstern, incluso uniformados, como aquel tipo con los cuernos de búfalo entrando en el Congreso americano. Me los imaginaba. Se habían ensañado con ella. Sabían que era el vínculo, la mujer en torno a la que pivotaba aquella comunidad. Había además dos parejas de madres, cada una con un par de criaturas. A ellas también les habían hecho perrerías varias. Habían cortado un pie a cada una de las adultas. Otro patrón que se repetía. Una versión libre del tradicional «atada a la pata de la cama». Todas las mujeres y criaturas procedían de apartamientos recientes. Solo aquella Marieta llevaba tiempo en Isola. El resto había llegado en el último año, reidentificadas y recolocadas allí por LARED. A las dos crías mayores, adolescentes de quince y catorce años, les habían cortado un dedo a cada una. Eso también empezaba a responder a prácticas habituales. ¿Qué es habitual? Por ejemplo, que en cuatro ataques a sendas comunidades de mujeres en solo un mes se les cortaran cabelleras a las adultas, se les rebanara un solo pie, se amputara un dedo a las adolescentes. Por ejemplo, que los pezones rebanados se clavaran en los árboles. Habían encontrado ocho, pero nosotras sabíamos que eran cinco las mujeres a las que se los habían amputado. Así que quedaban dos pezones por encontrar, a no ser que algún tarado se los hubiera comido, algo que a esas alturas yo no descartaba. Ese tipo de cosas estaba sucediendo. Tratar de entender la atrocidad te bestializa. No lo hice, pero estaba claro que entre todos los ataques existía una comunicación, que aquellos alimañas estaban organizados y trabajaban en red. No era un chalado en busca de su esposa huida, de su hija robada.

Tras el paso de los machos, LARED se hacía cargo del desastre, inmediatamente, con todas dispuestas, pero cada vez quedaba la cicatriz y el arañazo de una duda. Las mujeres de Isola della Scala solo tenían en común con las de la comunidad atacada en Penmarch que habían sido desviadas hacia aquellos lugares recientemente. A aquellas mujeres y criaturas no les dieron tiempo de conocer la paz. A la responsable de la comunidad de la Bretaña francesa, llamada Laia T., también le habían cortado las dos manos, le habían rebanado los pezones y le habían arrancado el cuero cabelludo, como a Marieta G.

Patrones del horror.

Pavorosas normas.

Venganza macho.

Necesitábamos encontrar el centro de los alimañas, aquel patrón que empezaba a cundir en un zamparse gallinitas, para eso había volado miles de kilómetros, para colocar la venganza en el eje de su motor. Una cosa es que los hombres empiecen a atacar en varios sitios al mismo tiempo. Otra muy diferente, los pezones en los árboles. Eso no se les ocurre a varias manadas distintas, por muy salvajes que sean. Sacar los ojos, sí, cortar las manos, quizá, incluso rebanar los pezones, pero no los árboles ni las cabelleras. Estaban haciéndoles lo mismo que hacían con las *dolls*, exactamente igual, pero nadie clavaba los pezones de las *dolls* en ningún sitio, hostias. Necesitaba localizar a ese zorro, la manada-zorro de gallinero. Sin embargo, casi tanto como eso, quería responder al daño con su propio palo, alimentar a la bestia, y no precisamente con mi carne.

«No es venganza, es respuesta», me dije mentalmente.

«Y si es venganza, ¿qué?», me respondí.

Gil era mi hombre para todo, y sí, tenía algo para él. Para empezar, el escroto del *incel* de la 15H, a dos minutos de su habitación-apartamento en aquella nauseabunda colmena de machos.

80

Niño con la cabeza de *mom*

«Un niño aparece en el colegio con la cabeza de una *nanny mom*», decía el titular de la noticia. El subtítulo añadía que también llevaba una mano de la muñeca en la mochila. Y más: «No son los primeros restos de muñecas que aparecen abandonados».

Aquellos tipos estaban muy enfermos. El bueno de Tolochko ya nos había enseñado que se podía romper una muñeca de silicona compacta, dura, altamente resistente, y sustituirla por el culo de un pollo. Pero aquellos hijos de mil hienas eran otra cosa. No estaban majaras, eran pura rabia, odio duro organizado, furia ebria, ciega. Sobre todo, eran muchos, cada vez más. Habían pasado alrededor de tres años desde que los medios informaran de la boda del culturista con su Margo, retrasada por culpa de la pandemia de 2020, y dos décadas desde que la madre de M.R.M. acuchillara a su muñeca hinchable, genuinamente hinchable, mientras «veían la televisión».

En ese *ver la televisión*, en ese *casarse*, las muñecas eran mujeres en la forma de tratamiento de los medios de comunicación, se les atribuían cualidades humanas. Incluso el juguete de plástico pintado que aquella mujer pinchó en Sevilla era susceptible de *ver*. No ocurrió lo mismo cuando tuvieron que referirse a la primera descuartizada. La descuartizada ya no era «mujer».

«Restos de muñecas», se leía en la nota enviada por las agencias de noticias. A esas alturas, ya nadie las llamaba «muñecas», y mucho menos a una *nanny mom*, si acaso a una pieza básica para servicios supuestamente sexuales. «Restos de muñecas». El crío aseguraba haberlos encontrado en una papelera de su barrio. No estaban envueltos ni ocultos. Los rescató y se los metió en la mochila, probablemente para alardear ante sus compañeros.

En los programas de televisión aparecieron sus padres, que no tenían pinta de poder permitirse una *nanny mom*, ni siquiera de haberse planteado la gestación de una *mom* de alquiler. «No se ha asustado, pero el Ayuntamiento debería ocuparse de que no haya restos por las calles», declaró el padre. Dijo «restos», «restos por las calles». Después apareció el director del colegio. Explicó con aire pedagógico que en su centro se enseñaba al alumnado —eso dijo, «alumnado»— «las diferencias entre un ser humano y un objeto», y de ahí «la buena respuesta del menor».

¿«Buena respuesta» significaba coger la reproducción de la cabeza de una joven decapitada y de una de sus manos cortada y llevarlas al cole a modo de trofeo?

«No son los primeros restos de muñecas que aparecen abandonados».

«Ocuparse de que no haya restos por las calles».

Lloraba cuando me pregunté si aquella muñeca se había sentado a *ver* la televisión, como la de M. R. M. O si estaba *casada*, era una esposa. Quizá incluso era una de esas muñecas embarazadas que se habían puesto de moda. No una gestante, sino un simulacro de embarazada para follarla.

De las *babies* no se hablaba. Ni mención. Que se hablara de los «restos» daba una idea de hasta qué punto era habitual. Ya no dolía, formaba parte.

Lloré entonces y he llorado muchas más veces.

Cuando por fin pude gritar, estaba delante de una tienda de electrodomésticos.

81

Noche de la cerda

Hacia medianoche, Frida ve cruzar a Bobita hacia el cuarto junto a la cocina en el que han instalado a Nanami. Después vuelve a pasar ante la puerta del salón con la criatura en los brazos. Bobita es alta, incluso más que Divina. Les saca una cabeza a todas. Es la más alta de las mujeres de la comunidad de El Encinar. Son las más delgadas, Divina y ella, obsesivamente flacas, y, con treinta recién cumplidos, la chica es la más joven. La extraña, en definitiva. Si alguna de las veteranas se pregunta por la relación que existe entre ellas, no lo comentan.

La joven se detiene en el quicio. Frida ha instalado el portátil en la mesa donde algunas horas después, en ese ritual diario contra la angustia, desayunarán todas de nuevo. Se ha puesto una chaqueta de lana parda sobre el pijama para evitar la humedad de la noche serrana, y sigue trabajando en las redes. Ambas, Bobita y Frida, visten pijamas masculinos que son los dos polos opuestos de algo, los extremos. La *hacker* veterana lleva un pantalón granate de felpa y una camiseta de manga larga a conjunto del mismo color donde se lee parte de la expresión «*Good night*». Bobita lleva un pijama de corte masculino de seda color avellana ribeteado en negro de pantalón suelto y chaqueta de botones y solapa con el que podría posar en una alfombra roja. En sus brazos, Nanami vuelve a parecer un juguete.

—Divina me ha pedido que la instale en la habitación con nosotras.

Frida se baja las gafas hasta la punta de la nariz, la mira por encima de la montura y asiente. No sonríe. Tampoco vuelve a sus teclas, a la espera de que la otra desaparezca. Pero la joven no se decide a irse. Con el pijama de seda, el corte de pelo charlestón y su aspecto perfecto, a Frida le vienen a la cabeza historias ambientadas en los años veinte del siglo XX, caprichosas amantes de gángsteres, fulanas yonquis, tiroteos y botellas de whisky americano. Se da cuenta de que Bobita quiere añadir algo y quizá está buscando las palabras adecuadas. La mira con más curiosidad que impaciencia, como el principio de una película en la que no tienes demasiada confianza.

—No la llevo para nada sexual —dice por fin la joven con la mano sobre el pelo de Nanami.

El pelo de Nanami y el de la joven son el mismo pelo, piensa Frida, solo que el de la muñeca, un palmo más largo. El mismo flequillo, el mismo marrón oscuro casi negro que brilla incluso en ese momento sin más luz que la de una lámpara pequeña en el interior de un gran salón a oscuras. Al darse cuenta de que las ha visto como madre e hija, siente un escalofrío.

Es por no pensar en lo que acaba de oír.

Por des-escucharlo.

—Vete, por favor.

—Quería decir que...

—Que te vayas. —La veterana responde como quien da un bofetón, pero sin saber a quién—. Buenas noches.

No sabe a quién da el bofetón ni tampoco a quién da las buenas noches. Podría llegar a la conclusión de que el golpe lo recibe ella misma y las buenas noches, Nanami, que, en los dos minutos que ha durado todo, ha pasado de ser una criatura a solo una muñeca y de nuevo a una niña adolescente, y ya mejor será no darle más vueltas, o así lo cree Frida enjugándose la primera lágrima de la noche.

82

Cabeza de cerda

Frida sigue llorando sobre el teclado cuando oye los pies descalzos de la Pacha sobre la baldosa. Suenan siempre como si fueran planos y estuvieran mojados, chas, chas, chas. Mira por la ventana, a su derecha, y comprueba que puede distinguir con nitidez verde las hojas de la higuera. Hay luna llena. «Los colores de la luna son metálicos», piensa.

—Eres lo contrario al metal —le dice a la cabeza de la Pacha que asoma por el marco de la puerta del salón.

—Ay, hermana, es hora ya de que te vayas a la cama.

Nunca pensó que el abrazo de una mujer desnuda diferente a su Rusa le fuera a resultar natural. Cuando la Pacha la abraza, Frida mete la cabeza entre sus grandes tetas y llora con un gemido agudo que sube de la garganta y parece no pasar por la boca, como la cuerda de un violín allá en el fondo, toda ella instrumento de la pena. Así permanecen hasta que nota su cara resbalar sobre la piel empapada del pecho de la otra. Siente vergüenza y, de pronto, en uno de esos vértigos traidores del espíritu, la ve como a una extraña. Todas las mujeres con las que convive en El Encinar se lo parecen en ese instante. Además, no le gusta cómo huele la Pacha, acaba de notarlo, le molesta el olor de la piel cerca de la axila, y pasa de la tristeza a la rabia contra sí misma. Siente una extrañeza sin límite. Es lo que sucede en esos instantes cuando nos preguntamos «¿qué hago aquí?». Rechazamos preguntarnos «¿quién coño soy?» porque nos parece pueril. Así nos han domado. Resulta más fácil cuestionarnos el lugar, ese «¿qué hago aquí?», y entonces se nos llena el tiempo de casas en el campo, playas, proyectos de huertos, anuncios inmobiliarios. Frida no puede preguntarse sobre el sitio que habita por razones obvias, y traslada su extrañeza a las cuatro mujeres que acompañan a su matrimonio en estos tiempos de sierra y daño, que pasan a ser cuatro extrañas: la Pacha, Carola y Divina y su Bobita.

Se levanta y va a la cocina sin haber dicho palabra, seguida por la mujer en cueros. Allí, antes de que la Pacha salga al exterior, la detiene, agarra un paño y le seca el escote y las tetas con mimo familiar. Le vienen a la cabeza su madre y las interminables tardes de cocina, mujeres sentadas a la puerta de la casa en el pueblo de su infancia. Piensa que vivir era infinitamente más sencillo entonces.

—Algo estamos haciendo mal, compañera —dice.

Se vuelve hacia el salón, deja la puerta de la cocina abierta al exterior. Ve caminar a la Pacha, las nalgas prietas, la espalda fuerte, los muslos carnosos, sonríe y es consciente de su inestabilidad emocional. Ahora mismo podría llorar de amor hacia esa mujer que hace solo un momento le ha provocado un rechazo desconocido. La noche se ha puesto vegetal. Lo que la ha atormentado hasta un momento antes queda lavado.

Entonces todo se rompe como si le quitaran el tapón a la realidad, dispuesta a irse por el desagüe de lo oscuro.

Entonces Frida, en el momento de poner un pie en el salón, oye un grito que parece salido del infierno de la tortura, del lugar más siniestro del alma, de la película donde desollaban a las mujeres colgándolas de los pies sobre cubos de restos.

Entonces se paraliza, no reacciona, no quiere hacerlo.

Entonces, otro grito más largo, igual de estremecedor, un grito que no acaba y, en su no acabar, resulta inhumano.

Frida siente pasar detrás de ella a Carola como una exhalación cruzando la cocina hacia el exterior, donde se suponía que la Pacha debía estar ya aullando. Pero no aúlla. La Pacha no aúlla. La Pacha grita como un animal en sacrificio.

Cuando la Rusa la zarandea, ya se oyen afuera la voz de Carola y el llanto de la mujer desnuda.

—Frida, ¿qué pasa? ¿Qué coño ha pasado?

Pero ella se niega a reaccionar, no quiere. La Rusa deja a su mujer allí donde la ha alcanzado el primer alarido y se lanza al exterior. En ese momento, Divina y su Bobita bajan por la escalera abrazadas como dos pajarillos retratando el desamparo. Sin dejar la puerta de la cocina, Divina ve a sus tres compañeras de espaldas, con la mirada fija en la piscina, allá afuera.

—¿Qué está pasando, *cariñas*? —grita a la noche clara sin entrar en ella.

La luna llena ilumina la superficie de la piscina como para ver que el azul del agua parece negro. Es un negro grana, una gran balsa teñida de sangre en medio de la que flota una enorme cabeza porcina. La cabeza cortada de un cerdo. Flota con el hocico hacia arriba y su tamaño convierte la piscina en un juguete macabro. Así de grande parece. Así de grande es.

—¡Traed una manta para la Pacha, joder! —grita Carola.

Una sabe cuándo no va a moverse nadie de donde está, por más que la razón insista en lo contrario.

83

Gabrielle y Merseidis

La mujer se llama Gabrielle y parece una diosa incaica. La espesa melena, negra como un continente, como las decisiones brillantes y finales, le llega hasta cubrirle las nalgas por detrás. Por delante, cae en dos cortinas azabache por las que de vez en cuando se abre paso un pezón de chocolate sin leche. Nada más que su propio cabello le cubre el torso.

—Ustedes podrán conseguir un centenar de piezas de piel de huevos al mes. Todos serán de macho blanco. El cuero les llegará ya tratado para la producción industrial. O manual, o para lo que sea, por mí como si se lo quieren comer, me importa un carajo, rubitas.

Solo han viajado la Niña Shelley y Britney Love. Stephany Velasques ha decidido pasar el mayor tiempo posible dormida, algo que celebran. La visita de Christine la perturbó hasta tal punto que ni siquiera llora. No toma cocaína, apenas bebe leche.

—¿No quieres vivir, Stephany? ¿Es eso?

—No es eso. Es que sé que vivo.

—¿No lo sabías?

—No lo pensaba. Ahora lo sé. Lo sé mucho.

—Pero ¿quieres morirte?

—Querría no saberlo tanto.

Han tenido que viajar a Bangkok, «aldea de la ciruela silvestre». Desde que eligieron ir a Seúl decidieron que todo sucedía en Seúl. Así funcionan sus cabezas. Decidieron Seúl porque les gusta la película *Old Boy*. Así, de esa manera toman las decisiones. Pero Christine y Gabrielle tienen su cuartel general en Bangkok. Allí es de donde extraen su materia prima. Materia animal.

En cuanto Christine y las mujeres que la acompañaban descubrieron esa rama de la artesanía llevada a cabo por las muchachas locales no les cupo duda de cuál era su lugar. En la otra punta del mundo, si el mundo era Europa, se estaban dando los siguientes pasos. En Corea, las jóvenes llevaban algunos años practicando su particular huelga de relaciones sexuales y gestación. «Los cuatro noes», lo llamaron: ni citas, ni sexo, ni boda ni hijos. La noticia se publicó en los medios del mundo entero y, sin embargo, pasó desapercibida. No para las mujeres de LARED. No para Christine y Gabrielle.

Lo publicó Hawon Jung en el *New York Times* en enero de 2023:

> En 2022, una encuesta reveló que hay más mujeres que hombres —el 65 por ciento frente al 48 por ciento— que no quieren tener hijos. Están redoblando su apuesta al evitar directamente el matrimonio (y sus consabidas presiones). El otro término con el que se conoce en Corea del Sur la huelga de natalidad es «huelga matrimonial».
>
> [...]

Ahora, aproximadamente la mitad de las 228 ciudades, condados y distritos del país corren el riesgo de perder tantos habitantes que podrían desaparecer. Las guarderías y los jardines de infancia se están convirtiendo en residencias de mayores. Se cierran clínicas de obstetricia y ginecología y se abren funerarias. En la escuela primaria de Seoksan, en el área rural del condado de Gunwi, han pasado de tener 700 alumnos a tener 4. La última vez que lo visité, los niños ni siquiera podían formar un equipo de fútbol.

[...]

El presidente Yoon Suk-yeol, elegido el año pasado, ha dicho que el feminismo tiene la culpa de impedir las «relaciones sanas» entre los hombres y las mujeres. Pero lo ha entendido al revés: la igualdad de género es la solución al descenso de las tasas de natalidad. Muchas de las coreanas que rehúyen las citas, el matrimonio y el parto están hartas del sexismo generalizado, y furiosas por una cultura de chovinismo violento. Su reticencia a ser «máquinas de hacer bebés», como leí en una de las pancartas de protesta, es una forma de represalia. «La huelga de natalidad es la venganza de las mujeres contra una sociedad que nos impone unas cargas imposibles y que no nos respeta», dijo Jiny Kim, de 30 años, oficinista en Seúl que mantiene la intención de no tener hijos.

Para ver hay que mirar. Cuando Christine y las mujeres salidas de España, las de LARED y los apartamientos, el grupo de las de los manicomios, descubrieron la industria artesanal de la vecina Tailandia, decidieron que aquel sería su destino. De los loqueros a los burdeles infantiles. De traficar con pastillitas a sumarse al tráfico de escrotos. Le vieron la lógica.

Gabrielle las estaba esperando a pie de pista.

—Yo manejo, rubitas. Suban. Les presento a Merseidis. Señala un enorme Mercedes de los años setenta que parece una obra de arte contemporáneo.

—Merseidis tiene cincuenta y cinco añitos y la amo. ¡La amo! Perteneció al canciller Kiesinger (no confundir con Kissinger), el torturador, niñas, que ustedes no saben nada. Kurt Georg Kiesinger, otro facha, pero este era nazi. Un día, una mujer llamada Beate Klarsfeld, que era elegante, era una señora, lo abofeteó llamándole nazi. Busquen en sus celulares, ignorantes, no esperen que yo les transmita la historia. Merseidis no podía permanecer allí, había que sacarla, como comprenderán. Busquen a Klarsfeld, pero no es de las mías. Es otra cosa, por Merseidis lo hago.

Gabrielle pasa la mano por el chasis del automóvil como quien acaricia una yegua pura sangre. El interior de Merseidis huele a piel, un aroma tan penetrante y orgánico que aturde a las chicas. La Niña Shelley se toca la nariz mirando a su amiga, que asiente. Huele a piel humana, pero no de la que han ido a buscar, sino la piel de Gabrielle, que tiene toques agrios de leche y también dulces, algo como la canela sobre un fondo de especias inclasificables, les parece, o a humedades. Si lo conocieran, si su vida hubiera tenido exteriores, sabrían que en realidad huele a limo antiguo por la noche antes de la tormenta, nenúfares, aceite de coco y a ese olor a cebolla picante que emana de la axila.

—Todas tenemos debilidades particulares. La nuestra es que se haga justicia. Ah, ya sé, pero no todas tenemos la misma idea de lo que es la justicia, ni siquiera de su definición. Lo que sí sabemos todas es cuándo no se hace justicia en absoluto.

—Nosotras somos ahora empresarias de la justicia.

—Ustedes son un par de idiotas.

La Niña Shelley y Britney Love pasarían por dos turistas riquísimas y rubísimas procedentes de cualquier punto blanco del mapa, con sus camisolas impolutas de hilo inmaculado y tanto, tantísimo cabello rubio. Viajan detrás. Gabrielle, al volante, bien podría ser la choferesa de las dos niñas consentidas. El hecho de que conduzca impide a las chicas colocarla en escalafón jerárquico alguno. Como latinoamericana, suponen que debería pertenecer al servicio. A qué servicio, lo ignoran. Como choferesa, también. Sin embargo, es evidente que esta figura hace años que no acata disciplina alguna, si es que alguna vez lo hizo.

—¿Adónde vamos? —pregunta la Niña.

—A mi casa, niñas, vamos a mi casa. No tengan miedo, no comemos rubias. Se nos indigestan. Nos producen ventosidades.

La mujer no ríe. Nada en su gesto o entonación indica que haya hecho un chiste.

84

Abuelito el Juan

El primer *man* que me violó fue mi bisabuelo. Tuvieron ustedes suerte. Donde yo nací se paría pronto, se vivía acumulando generaciones bajo el mismo techo y una perdía la cuenta de cuántos *manes* vivían allí. El primer *man* que me violó fue mi bisabuelo y eso le costó la vida. Mi abuelo el Juan lo mató. El nombre de mi bisabuelo no lo recuerdo, porque no volvió a mentarse en casa. Mi abuelito el Juan le rebanó el cuello mientras estaba durmiendo. Mi mamá me abrazó entonces, lloró, le dio las gracias a su papá, mi abuelito el Juan, y limpió la sangre. Yo lo recuerdo más de oídas, porque entonces andaba por los cinco años o así. Me acuerdo mejor de lo que nos costó quitar la sangre, que era como si hubieran vaciado a un buey, más que de lo de mi bisabuelo. Y de que mi madre se arrodilló y le besó las manos a su papá, mi abuelo el Juan, aún manchadas por la sangre, y después no se limpió los labios. De cuando me violó mi abuelito el Juan sí lo recuerdo, porque yo ya tenía como diez años y ya entendí que, si le contaba a mi madre, la mataba de un disgusto, su papá querido, su papá parricida ella creyó que para salvarnos de la verga del viejo. A mi abuelito el Juan lo maté yo, pero tuvieron que pasar algunos años más de tragar lefa y aguantarlo en el culo. Le rebané el cuello, igualito que él había hecho con su papá.

85

Lágrimas de cocodrila

Dondequiera que estén, parece la selva. El edificio es una gran caja de madera y vidrio en mitad de la jungla. La Niña Shelley y Britney Love son dos manchas blanquecinas, parecen amarillear sacadas de una vieja fotografía danesa entre el ajetreo colorido y chillón del vivir en el lugar. No han preguntado dónde están, se han dejado conducir por Gabrielle, que no aparenta ser mujer de respuesta fácil. Han salido de la capital, recorrido un camino que de pronto ya no era tal y llegado a una enorme puerta en medio de un claro entre la fronda espesa. Es una puerta de hierro forjado de unos seis metros de alto, una puerta excesiva y versallesca, como para dar acceso a los jardines de algún parque o palacio europeo, puerta austrohúngara incluso. Pero es solo una puerta. Es decir, no es la apertura de una verja o de una valla o una cerca. Es una enorme puerta de jardines de palacio sin palacio ni jardines, plantada en medio de la selva y con media docena de macacos jugueteando entre los barrotes pintados de negro y un escudo dorado refulgiendo en lo más alto.

Al llegar a ese punto, Gabrielle les ha dicho: «Bienvenidas a La Casa». Tampoco esta vez han preguntado. Después, acariciando el salpicadero del vehículo con gesto evidentemente voluptuoso: «Buen trabajo, Merseidis, siempre un placer viajar contigo». Entonces ha descendido del coche, ha ido hasta la gran puerta y la ha abierto. Ha abierto una puerta que es solo una puerta, casi un objeto clavado en la tierra, una escultura, algo que evidentemente ha perdido su función y probablemente esconde algún significado simbólico en el que ellas no repararán. Podrían haber pasado por la derecha de la puerta o por la izquierda, podrían haberla rodeado, pero Gabrielle ha salido y con esmerada ceremonia la ha abierto. Frente a ellas, un sendero apenas trazado entre lo salvaje. Ha regresado al coche y, al hacerlo, las chicas han notado el cambio de las cosas vistas.

Gabrielle es otra.

Ellas son otras.

La realidad, que es realidad rabiosamente real, es otra.

Ahí, el cuerpo de Gabrielle desnudo de cintura para arriba, sus pies descalzos, su espesísima melena en cortina sobre las tetas han adquirido su ser *natural*. Y ellas, lo contrario.

Cuando el coche llamado Merseidis ha cruzado el umbral, las chicas han vuelto la cabeza a tiempo de ver cómo un grupo de criaturas cerraba la puerta atolondradamente y echaba a correr detrás del vehículo. Ninguno de aquellos seres diminutos y estrafalarios tendría más de seis o siete años. Algunos iban desnudos; otros, en cambio, ataviados como odaliscas de *Las mil y una noches*.

El alboroto de las criaturas se confunde ante sus ojos con el griterío de los monos. La Niña Shelley y Britney Love, sentadas junto a la entrada de la casa-caja de madera

— 306 —

y vidrio, esperan a que algo suceda, porque no saben qué están esperando.

—Es muy loco todo esto, BeLove.

—Sí, muy loco.

Las criaturas, que al principio las han tocado como si fueran apariciones, han perdido pronto cualquier interés por ellas y han desaparecido. Desde donde atienden al caminar de mujeres, niñas, niños y animales, se sienten pasar desapercibidas. Han visto un pequeño rebaño de cabras marrones con testuz blanca que las han mirado con ese gesto taimado que las cabras tienen; también han pasado varios gatos y muchos macacos. Han oído a lo lejos algo que les ha parecido el barrito de un elefante, pero han evitado mirarse para confirmarlo.

—¿Tienes miedo?

—No. ¿Por qué? No tengo miedo, ni nada, pero no me parece el lugar donde guardar la piel que buscamos. No me lo imaginaba así.

—Yo tampoco.

—¿Tampoco tienes miedo o tampoco te lo imaginabas así?

De pronto, un movimiento en las hojas bajas que quedan a unos veinte pasos de donde están hace que la Niña Shelley se levante y señale hacia allá con la boca abierta y ese gesto de las criaturas en el zoo ante la aparición repentina del hipopótamo en la charca. Pero no es un hipopótamo lo que ve, sino un cocodrilo. Ambas pensaban que los cocodrilos solo existían en la ficción o para la fabricación de complementos.

—Las cocodrilas lloran salado. Ellos dicen: «Oh, qué lágrimas falsas, las lágrimas de cocodrila. Oh, mira cómo llora la cocodrila para conseguir sus propósitos».

La mujer que se dirige a ellas con voz de laguna serena es flaca, tiene aspecto de haber peleado en algún ring o haber sobrevivido a un tsunami, flaca y dura sin gimnasio, puro nervio. Tiene los ojos redondos, la cara redonda y la boca redonda. Parece un personaje de Tim Burton. Eso pensarían la Niña Shelley y Britney Love si hubieran visto *Frankenweenie*, porque en realidad conocen las imágenes de Burton, pero no saben de qué.

—Es una cocodrila siamesa. Hay más. Decimos que son hermanas. Por qué no hermanas, ¿verdad?

—¿Eres actriz? —Britney Love hace esa pregunta sin pensarlo, sin saber por qué. La pregunta se le cae.

La mujer *timburtoniana* pasa pisando sin peso la tierra cuya fragancia despierta todos los apetitos que el cuerpo esconde. Se encamina hacia la cocodrila y ellas la siguen unos pasos por detrás.

—No lo creo —responde—. Me llamo María B.

La cabeza de la cocodrila siamesa está decorada de mariposas, enormes mariposas de alas lanceoladas, mariposas de alitas redondas, mariposas del color de las calabazas y otras cuyas alas blancas con nervaduras negras parecen de ceniza, mariposas como cerezas pequeñas, enormes mariposas como flores de mostaza, mariposas pardas con alas que parecen abarquillarse. La reptil se asemeja a una abuela loca con flores en la cabeza, con flores y frutas, una vieja desafiando la ferocidad de su edad y la repugnancia que la vejez provoca cuando se decora sin recato.

María B. acerca la mano y a las jóvenes no les parece extraño porque no conocen los mundos de la Tierra ni la idea de la mordedura. Con la proximidad de su mano, las mariposas levantan un segundo el vuelo para después volver sobre los párpados y el morro largo, duro, ancestral. Cuando nada has visto más que tu propio ombligo fotografiado en miles de instantáneas que podrían ser la misma, una cocodrila siamesa coronada de mariposas no difiere demasiado de la mesa preparada para el desayuno en la finca de una sierra de España.

—Las mariposas están ahí porque tienen sed de sal. —María B. se levanta, echa a andar hacia la casa y las muchachas la siguen de nuevo—. Las lágrimas de la cocodrila son saladas. Las mariposas se las beben. Eso son las lágrimas de cocodrila: alimento de mariposas. El resto, ideas de los idiotas.

86

Penmarch sin criaturas

Solo necesitaba que Gil me echara una mano para ver de dónde salían las ideas, cuál era el origen del patrón. Las causas nos parecían claras: todo avance recibe su castigo. Aún no se hablaba públicamente de nuestras responsabilidades. El descenso de la natalidad se achacaba a una difusa idea de crisis económica. Pero ya no faltaba nada. Recordé mi viaje a Penmarch, en la Bretaña francesa, tras el ataque allí a la comunidad de mujeres. Había pasado ya mi primera noche en el pueblo cuando me atreví a preguntar:

—¿Por qué no hay niños aquí?

La mañana barría las rocas con el mismo viento de cuando los cristianos llegaron a esas costas, memoria de la pulsión de muerte.

—No es normal tanto frío a estas alturas —dijo una de las mujeres de la asociación local de lo que fuera, llamada Catherine. Me pregunté a qué alturas, si alturas del calendario o alturas de la costa. Su marido la apoyó negando con la cabeza.

Él conducía hacia la Chapelle de la Joie, joya local que

se empeñaron en que yo viera, lugar donde ellos situaban lo sagrado, «el respeto por la vida». Entonces fue cuando pregunté por los niños.

—Sí hay niños aquí, hay muchos niños. Hoy es día de colegio, ¿no? —respondió él.

Recuerdo haber notado una ligerísima incomodidad en la voz del hombre, pero llegamos a la Chapelle, que daba al oleaje, y se olvidaban las cosas urgentes allí. Era una iglesia construida en piedra, en mitad de la arena, mirando solo al Atlántico azul oscuro y no a los hombres, con el Atlántico fiel y no los fieles, una iglesia extraña. Al bajar del coche las algas que arrastraba el viento nos envolvieron en una fragancia de yodo. Sentí un escalofrío, imaginé a las mujeres corriendo, supe que nadie las había prevenido, que si alguien tuvo conocimiento del ataque, calló. Esas cosas quedan flotando y dejan vibrando en el aire un algo que no huele.

Al día siguiente volví a preguntarle al hombre por qué no había niños en la zona. Era una pregunta creo que por molestar. Nadie sabía nada nunca acerca de las comunidades de mujeres, en general; mucho menos de las comunidades atacadas. La idea de los atacantes parecía pura fantasía. Sin embargo, tanto en mi visita a Penmarch como en el Véneto, las respuestas no eran negativas. Sencillamente no había respuestas. Y enseguida entendía que no iba a sacar nada de aquellas personas, habitantes de unas tierras donde se puede ignorar a un grupo de mujeres que viven en comunidad algo apartadas, que tienen criaturas, que eligen alimentos y adquieren productos para la higiene. Ignorar cabelleras, pezones, amputaciones. Se podía hacer y se hacía.

Volví a preguntarle y me acordé de que la Chapelle de

la Joie no tiene puerta principal, que la fachada frontal no tiene puerta, pero, de buenas a primeras, resulta tan extraño todo que ni se para una a pensarlo.

—¿Está seguro de que hay niños aquí?

El hombre me acusó con la mirada, no sé de qué me acusaba, pero lo hizo.

—Perdone, pero llevo ya cerca de cuarenta y ocho horas y no he visto a ninguna criatura —insistí sin más intención que la de volver a meterle el dedo en el culo.

Miró hacia el mar, comentó algo sobre los pescadores y las mujeres de los pescadores, algo sobre cuestiones económicas, y luego insistió en lo suyo:

—Es por el colegio.

Creo que él también cayó en la cuenta de que era sábado, y que lo hizo precisamente por eso. Era como si me dijera: «¿No quieres darte cuenta ya de que pienso callarme o mentirte de manera flagrante para que te vayas, para que asumas mi desprecio?».

No volví a visitar ninguno de los lugares donde se había atacado a una comunidad. Quienes tenían que actuar, actuaban. Para eso estaba LARED. Las rescataban, las curaban en la medida de lo posible, las volvían a resituar. Alguna moría, y ni siquiera de esas muertes quedaba registro. No dejaban rastro alguno. Nada. La organización y la pulcritud eran estrictas. Se trataba de sobrevivir.

87

Plantas

Ahora, pasados ya cerca de veinte años desde aquel viaje, hay plantas por todas partes. Ya lo dije, son lo contrario de las criaturas. Se dejó de criar. En los primeros años veinte, las mujeres fueron dejando de gestar sin hacer ruido, las jóvenes ni se lo planteaban. Visto desde aquí y ahora, el silencio sobre aquello da algo de risa. ¿Cómo no darse cuenta, cómo pretender esconderle a una sociedad su falta de recambio? Sin embargo, aquel 30 de enero de 2023, el *New York Times* publicó el texto de Hawon Jung sobre lo que sucedía en Corea. No lo publicó un medio local, ni uno minoritario. En España también escribieron sobre ello, en *El País*. En fin, son dos ejemplos suficientes. Me refiero a que no se calló lo que estaba sucediendo, como ocurría con tantos otros asuntos, bien lo sabíamos nosotras. Se publicó. Cabe pues colegir que no se quiso atender a tal información. Que la sociedad renunció a prestarle atención.

Entonces, en 2023, ya se hablaba incluso de la falta de criaturas.

Del *New York Times*:

La crisis demográfica de Corea del Sur habría sido inconcebible tiempo atrás: en la década de 1960, las mujeres tenían 6 hijos en promedio. Pero, en aras del desarrollo económico, el Estado llevó a cabo una campaña agresiva de control de la natalidad. En unos 20 años, las mujeres estaban teniendo menos hijos de la media necesaria —2,1— para la repoblación, una cifra que no ha hecho sino descender. Los últimos datos disponibles de la agencia estadística de Corea del Sur sitúan la tasa de fertilidad en 0,81 para 2021; en el tercer trimestre de 2022 era del 0,79.

En efecto, los últimos gobiernos se han alarmado ante una tasa que parece acercarse a cero. A lo largo de 16 años, se han invertido 280.000 millones de wones (210 millones de dólares) en programas de fomento de la procreación, como un subsidio mensual para los padres de recién nacidos.

Muchas mujeres siguen diciendo que no. No es de extrañar. Hay pocas formas de escapar de las sofocantes normas de género, ya sea en las directrices sobre el embarazo para que prepares ropa interior limpia para tu marido antes del parto, o trabajar en la cocina durante días para las ocasiones como el festival de la cosecha de Chuseok. Las mujeres casadas cargan con la mayor parte de las tareas domésticas y del cuidado de los hijos, que exprimen hasta tal punto a las nuevas madres que muchas renuncian a sus ambiciones profesionales. Incluso en los hogares con dobles ingresos, las esposas dedican más de tres horas diarias a estas tareas, frente a unos 54 minutos de sus maridos.

La discriminación de las empresas contra las madres

trabajadoras también es absurdamente común. En un caso muy sonado, el principal fabricante de fórmula para lactantes fue acusado de presionar a las empleadas para que dejaran el trabajo tras quedar embarazadas.

Y la violencia de género está «escandalosamente extendida», según Human Rights Watch. En 2021, una mujer fue víctima de asesinato o intento de asesinato cada 1,4 días o menos, según Korea Women's Hotline. Las mujeres se refieren con el término «ruptura segura» a acabar con una relación sin que se produzcan reacciones agresivas.

«Mientras follen sus *dolls*, todo les vendrá bien con tal de no cargar con nosotras —decía la Tremenda Diminuta—. Está bien claro, titi, clarito como el agua».

A quien le llevaba la contraria, le mostraba los vídeos que iba almacenando de sus rastreos en redes. Se acabó convirtiendo, en aquella época, en la reina del que-te-jodan-mujer. Podríamos llamarlo una tendencia. Los idiotas empezaron en esos años a alardear de no necesitar a las mujeres en absoluto. Creían haber encontrado un recambio, y quién sabe.

Fue en agosto del 23. Un tipo colgó en la red entonces llamada TikTok una muestra de los nuevos materiales de fabricación de las *dolls*. Pero lo importante no era eso. En primer plano, el rostro de una *doll* rubia, de melena lisa y larga, ojos castaños, labios carnosos y nariz chata. Una *doll* que representaba a una joven de entre catorce y dieciocho años. Pero lo importante no era eso. Se trataba de un vídeo. El vídeo permanece, porque todo lo grabado y publicado permanece y por eso, ahí, lo que ocurrió no deja de ocurrir. En la grabación, una mano enfundada en un guante blanco de gamuza similar a los que usan los camareros

— 315 —

de los restaurantes más caros se acerca a la cara de la *doll*. Lo primero que hace es agarrarle la mandíbula y la barbilla suavemente y, entonces, con el dedo pulgar, le baja el labio inferior como quien quiere descubrir una dentadura o la encía. Lo que busca es mostrar la blandura del material utilizado en el rostro, en la boca, su fabulosa similitud con el tejido humano, con la consistencia de la cara de una cría. Pero lo importante no es eso. Después le pellizca las mejillas, le da unos toquecitos que hacen temblar esa carne sin carne como lo haría la de una muchacha tierna. Pero lo importante no es nada de eso, sino el texto que el tipo añade al vídeo: «A las mujeres se les acaba el chollo».

Fue la primera vez que lo vimos. Yo lo entendí. La Tremenda Diminuta y María B. lo entendieron exactamente igual que yo, y sin necesidad de haberlo comentado, ni siquiera de haberlo previsto.

«Ay, titi, esos pavos están como cabras, nos lo van a poner muy fácil».

Algo más tarde, pero durante ese mismo año 2023, volvimos a verlo. Después de ese segundo descubrimiento, aquello ya se convirtió en algo bastante común.

En esa segunda ocasión, el vídeo estaba colgado en la red llamada X. En él se veía a una *doll* algo más joven, claramente adolescente, arrodillada al revés en una silla, las manos apoyadas en el respaldo y el culo en pompa. La *doll* vestía un ceñido vestido beige y zapatos rojos de tacón alto. Había más *dolls* en la escena, pero no se veían completas, porque el vídeo estaba dedicado a esa, y en concreto a glosar las virtudes, de nuevo, de su consistencia, de la consistencia de su «carne». La mano que se acercaba al culo de la *doll*-muchacha no llevaba guante esta vez. Iba pegándole cachetes de manera que se podía oír una y otra vez el chas,

chas, chas de la palma del hombre contra la nalga, que se movía, vibraba y temblaba como la de una bailarina de samba de carnes poco prietas. La intención, como en el anterior, era demostrar que en aquel año 23 los materiales de fabricación de las *dolls* ya no eran como la silicona algo dura de nuestra Margo, sino más parecidos a la gelatina. Para hacerlo, el hombre agarraba después cada nalga del culo de la *doll*, que seguía de rodillas, y las sacudía violentamente arriba y abajo. La *doll* temblaba, su no carne temblaba.

Pero de nuevo lo importante no era nada de eso, sino el texto que acompañaba al vídeo: «*Oh yeah y'all women are FINISHED. Go ahead and get an attitude if you want to. Finna pull out Veronica and forget you even existed*». «Oh, sí, todas vosotras, mujeres, estáis acabadas. Sigue así y conciénciate, si quieres. Finna, saca a Verónica y olvida incluso de que exististe».

¿Se trataba de eso?

Han pasado dos décadas y sigo sin saberlo. Nadie lo sabe. Podría conjeturar algunas ideas, pero ¿para qué? La realidad real ya es la que es. Las *dolls* pasaron a formar parte de las familias, ya son familia, pareja, esclava, puta, víctima, mientras la natalidad iba descendiendo de manera evidente. Podría dedicarme a establecer ahora relaciones de causa-efecto sobre este asunto, pero no tengo tiempo. No tengo ganas, con estas plantas fragantes.

88

La primera mujer

El 30 de septiembre de 2020 se publicó la noticia: «María Luisa Segoviano, primera mujer en ocupar una presidencia de Sala en el Tribunal Supremo». Lo pienso ahora, pasados tantos años, y podría reírme. Nosotras ya teníamos LA-RED montada, ya existía, todo había empezado a suceder, las primeras comunidades de mujeres ya estaban establecidas, y enfrente, en paralelo, la realidad real renqueaba a su paso miserable. Eso pensé entonces, y también sentí rabia. Lo recuerdo porque en la Justicia estaba el centro del horror. Ya la rabia es cosa del pasado.

Yo venía de la época de la primera mujer en el ejército, la primera mujer en los órganos del Poder Judicial, la primera mujer en la Policía y los Cuerpos y Fuerzas de Seguridad del Estado, las primeras mujeres premios nacionales... La *primera mujer en* es una muesca en el tiempo que ahora contemplo con turbia ternura y algo de compasión por las que éramos entonces. Creímos saber adónde entrábamos, qué mecanismos se nos permitía manejar, de qué club pasábamos a formar parte. Recuerdo que en 1999 se reguló el principio de igualdad en el ejército «con todas sus consecuencias». Entre ese filo del milenio y nuestras primeras comunidades mediaban solo veinte años.

Venía de la época de las primeras mujeres, esa había sido mi juventud. No mi infancia, mi juventud, y poco después, un suspiro después, en aquellos años veinte de este siglo XXI, se había dado la vuelta absolutamente a todo, aquel mundo había desaparecido y ni siquiera nos habíamos percatado. Así era, con toda su violencia en narración. Cuántas veces he pensado que el mayor error de esos idiotas fue haber permitido que nuestras abuelas aprendieran a leer. La Historia universal no se cambia de un plumazo sin pagar las consecuencias. Todo había sucedido en menos de lo que dura un suspiro de Dios. Y Dios no perdona, Dios se venga, Dios es macho y te sacó de una costilla, recuérdalo, puta.

Aquel 22 de febrero de 1988 en el que se permitió el acceso de las mujeres a las fuerzas armadas, yo estaba peleando todavía por ser un hombre, comportarme como un hombre, manejarme y destrozarme como un hombre en aquel mundo de mierda donde una crecía a hostias. Bebía como un hombre, follaba como un hombre, me drogaba como un hombre, me destrozaba la vida macheando.

Y de repente no.

Ya no.

Con muchas, muchísimas, todas las otras, no.

No más macho. Ni yo ni en absoluto.

Todo había sucedido demasiado rápido, nosotras habíamos avanzado demasiado rápido. Sencillamente aquello había sucedido, estaba sucediendo sin remedio, y ellos solo deseaban partirnos los dientes contra el asfalto, aunque no lo confesaran en público, patearnos la cabeza o el coño, pisarnos las manos. La violencia como respuesta, esa violencia suya, seminal. Nosotras ya éramos otras, fruto de décadas de lecturas, de diálogos, de revisarnos, mirarnos, crecer, y ellos no habían dado un paso, no nos habían mirado siquiera, solo su violencia, solo su ser magníficos, su mírame a mí. Aquello no podía acabar bien, de ninguna manera podía acabar en paz.

Pensé en todo ello al ver a Gil y caer en la cuenta de que él permanecía en aquel lugar del que los hombres no se habían movido. Pero él no deseaba partirme la cabeza contra el asfalto porque ni siquiera se daba por aludido.

—Muy efectista lo del infeliz de la 15H. Ya imagino que no es obra tuya.

—¿Estás seguro?

—Admito que das un poco de miedo. Tienes un aspecto, no sé, raro.

—Define «raro».

—Pareces un… —fingió pensar de forma algo teatral—, un eremita recién salido de su retiro o un soldado que ha terminado una guerra. Pero supongo que no has terminado ninguna guerra, ¿verdad, querida?

—Te refieres a mí en masculino.

—Eso es. —Sonrió para sí mismo, había dado con lo que buscaba—. Pareces un poco un hombre. Te recuerdo que solías ser una hembra de bandera. Pero ahora… No sé, querida. Tú sabrás qué andas buscando. Ahora, efectivamente, te veo algo masculina. ¿Quieres ser un hombre?

Gil se dio la vuelta y se dirigió hacia el mueble bar. Me pareció que andaba con algo de afectación, como con un suspirito de mariconería, pensé que quizá lo hacía por oposición a lo mío. No había rastro de sarcasmo en su interrogación, más bien una curiosidad sincera y superficial.

No llegaba a ser una pregunta trivial para mantener la conversación mientras se servía su whisky en vaso tallado, pero tampoco me pareció que esperara respuesta.

—No, no he sido yo. Me ha parecido que te gustaría. ¿Qué tienes para mí, Gil?

—Imagino que a cambio me contarás algo de la 15H y vuestros putos monederos.

—Tú conoces los ataques a las comunidades de mujeres. ¿No te inquietan? ¿No te interesan?

—Me interesan los monederos, ya te lo dije.

Sentí crecer la rabia contra Gil desde mi centro. Supuse que se trataba de su última afirmación, el hecho de que no le interesaran en absoluto las amputaciones, las violaciones, los atroces ataques contra las comunidades, y que lo expresara como si tal cosa. Apreté la boca y me clavé las uñas en los muslos mientras me dirigía al ventanal, como si me interesara la desoladora visión del extrarradio madrileño, solo para que no notara mi zozobra. Necesitaba estar calmada. Estaba entrenada en incontables horas de psiquiátrico para que aquello no sucediera, pero sucedía, en ese preciso instante estaba sucediendo.

—Solo os importan vuestras pelotas.

—Probablemente, querida. No te lo tomes tan a pecho. Es muy posible que se trate de un interés genuino por nuestras pelotas, pero lo cierto es que yo aún vivo de esto, y una información sobre vuestra vida rural, con o sin cabelleras colgando de los árboles, no me iba a dar mucha rentabilidad. Es más, rentabilidad cero en el caso de las cabelleras.

—Pues no tengo mucho más para ti más allá de nuestra vida rural, Gil.

Me di la vuelta y salí sin gritar ni llorar ni arañarle la cara.

Mal.

Hice mal.

La pasión la ponía el territorio. Pensé que no debía haber vuelto a España después de todo lo vivido. Regresar alteraba toda la furia que yo creía estable.

Ahí estaba mi bestia.

89

La bestia

—La bestia siempre acaba saliendo. Siempre. Una no nace con la bestia. A la bestia te la meten. Y acaba saliendo.

Eso me había dicho Vero, a quien llamaban la Colombiana, una joven menuda y atlética que había tenido la mala suerte de ir a recalar en España recién nacida su hija y con la que compartí habitación en un bonito centro psiquiátrico vasco que daba al Cantábrico. Ver allá lejos el mar bravo y no poder sentir la espuma, sus humedades saladas, es otra forma de tortura.

—No se libra una de la bestia por dejar los tragos, no se libra por dejar la blanca. Vuelve y vuelve y vuelve. Lo único importante es que no sea usted el alimento. Hay que darle de comer a la bestia, pero no de su carne de usted. Una cree que es fuerte. Yo ya va la tercera vez que paso por acá y cada vez creo que salgo fuerte y luego sale la bestia y la alimento y me destroza. En los puros huesos me queda. Acá no te libran. Acá no te curan. Acá te dejan en cueros el alma. Para eso te meten. Te dejan en cueros y creyéndote que vas a salir sola adelante. Pero afuera no queda nada, una no tiene nada,

— 323 —

ni lo que era tiene. Lo que han dejado de una no va a alimentarle. Acá dentro solo alimentan a la propia bestia. Si usted está acá es porque lleva la bestia dentro, las mansas no acaban acá. Ya sabe dónde acaban las mansas.

En su tierra, la Colombiana era doctora. La pillaron por denunciar las violaciones de los paramilitares a las niñas en la selva. La agarraron y nadie dijo nada, pese a que todos supieron. La violaron los paramilitares. Con las pistolas. El coño le violaron, el cuerpo, la cabeza, el futuro. La violaron metiéndole las armas por la vagina. Aun así terminó preñada. La tuvieron varios días. Se tomaron su tiempo. Si te violan una vez, te violan más. Igual te van a violar siempre. Si tienes a la bestia, te violan más. La bestia te expone y te deja en cueros. Así es y así lo aprendí durante mi periplo por los loqueros. Les puse nombre a las cosas. Yo había tenido mi primer daño temprano, siempre es demasiado temprano, pero yo era una recién estrenada adolescente. Salió de ahí mi bestia, llevaba toda la vida conviviendo con ella, matándome. Después del primer daño, de la primera violación, siempre llegan más. Si te violan demasiado pronto, te violarán ya siempre. Es lo bueno y lo malo de la bestia. Te salva. Ser la bestia te permite no matarte. Ser la bestia significa estar matándote. Estar matándote es lo contrario de matarte. O sea, estar matándote significa vivir. Todo esto aprendí a nombrar. De ellas lo aprendí.

Gracias, mujeres, desde estos tiempos lejanos, gracias, gracias, gracias.

Todas vuelven adentro. «Actividades subversivas, desapariciones no resueltas, construcción de realidades paralelas o peligro para la propia integridad o la de terceros». Se sabe.

Cuando tienes un daño, te conviertes en una bestia. Un

— 324 —

daño es que te violen de niña, un daño es que te violen de adolescente, un daño es que te violen de joven, un daño es que te viole tu marido, un daño es que te viole un cura, un daño es que te viole tu profesor, un daño es que te viole tu entrenador, un daño es que violen a tu hija, un daño es que violen a tu hermana, un daño es que violen a tu madre. Violar significa todo lo que a una se le ocurra que es violar, y juro que caben muchas barbaridades ahí. La violencia macho puede ser tremendamente imaginativa.

Esa bestia en la que te conviertes se queda dentro y se alimentará de ti, te dejará en los huesos hasta destrozarte, a no ser que aprendas a domarla.

La bestia dice «bebe», y tú bebes, y en ese hacerlo olvidas, sobrevives en la desmemoria. Y así pasa otro día.

La bestia dice «vomita hasta sangrar», y en ese hacerlo olvidas, sobrevives en la desmemoria. Y así pasa otro día.

La bestia dice «alcanza de nuevo la inconsciencia», e inconsciente puedes pasar otro día más, o la siguiente semana, mes, año. O sea, vivir.

Resultan muy caras las terapias buenas, a quién le importas tú, además, y los psiquiátricos son exactamente lo contrario de lo que una necesita en esas circunstancias. Acabábamos encerradas en sanatorios mentales a causa de la bestia. También, también a causa de la bestia. Allí domaban las adicciones exteriores y aplicaban las suyas propias, interiores. Puaj, la repugnancia que siguen provocándome sus interiores. Coleccionar sus pastillitas, no tragarlas, podría verse también como una manera de decidir qué adicciones son las tuyas.

A la bestia que llevas dentro eso le importa poco. Vivir importa, estar matándote en la construcción de un olvido purulento.

Durante aquellos días cantábricos y brumosos, Vero me enseñó a trabajar el cuerpo. Así pasábamos las horas muertas. Abdominales, flexiones, estiramientos, la Colombiana conocía cada músculo de su cuerpo. Me enseñó los del mío. No me enseñó solo los músculos, y todavía hoy se lo agradezco.

Cuando le salió la bestia más dura, ella llevaba ya en España cuatro años, los mismos que había cumplido su hija. La encerraron y mandaron a la pequeña a un centro de menores público. La bestia que te sale después de que te violen con sus putas pistolas y acaben preñándote, lo que quiere decir que no solo han sido pistolas lo que te han metido aunque eso sea lo único que tú recuerdas, un día tras otro pistolas, fierro en la entraña, la bestia que te sale es descomunal y lo ocupa todo y es voraz, su apetito no tiene límites. Porque si no olvidas, te matarás. Pero aun así eres madre. Yo lo sé. Yo lo conocía bien. Eres madre, sigues siéndolo, y quién sabe si no es la misma bestia que te protege matándote quien permite que la hija viva. Mi hijo vivió.

—Yo saldré y buscaré a mi pequeña y me la recuperaré —repetía la Colombiana con cada abdominal, cada flexión, su cara india de ojos asombrados brillante de sudor—. Me la recuperaré porque es mi hija. Me la robaron. —Y otra flexión—. Me la robaron. —Y otra más, dura como tabla—. Me la robaron.

En España, Vero había pasado de doctora a fregar pisos en la zona alta de Donosti. La denunció su jefa después de enterarse de que se tiraba al marido a cambio de fentanilo. Dicho de otro modo: su jefe violaba a la Colombiana en los momentos de mayor desesperación de la mujer, alimentaba su bestia a cambio de violarla. Cada enunciado guarda su miseria.

—Recuerda, hermana: a la bestia te la meten… y acaba saliendo —me repitió un día brillante de plomo al despedirnos. Pero yo tenía ya entonces mis planes, y entre ellos no constaba el de ofrecerme en sacrificio a mis propios demonios—. Si un día estás ya fuera del todo, acuérdate de mi hija. —Se lo juré sobre el suelo de la habitación sin espuma de mar.

Evidentemente, ella tenía razón, y yo acabé saliendo con mi bestia dentro. Mi bestia, y también los daños acumulados de centenares de mujeres de todas las edades, cada una maestra en lo suyo, con las que había compartido días, noches, pastillitas.

90

Tolochko y el metro

En la imagen, el culturista Tolochko se sitúa frente a una *sex doll* de corte tradicional, casi una muñeca hinchable de primera época un poco evolucionada. Eso creo. No lo recuerdo bien. Guardo en la memoria de mi dispositivo el vídeo que no volveré a ver. También está en las redes. Uno de tantos. El hielo quema. Lo físico, nuestro cuerpo, sus mandatos, el horror. Te dicen «no quema», pero tu cuerpo dice «quema». «No sientas». Siento. La muñeca está de frente y muestra el agujero de su ficción de vulva, la entrada a su ficción de vagina. Siento vulva. Siento vagina. Lo siento, lo siento mucho. No recuerdo a la muñeca, solo ese agujero que de pronto es el mío y mi vulva y mi vagina. Lo siento. Cierro las piernas en un acto reflejo como las cerré entonces y todas las veces que la imagen regresa. El hielo hiela. Emito un sonido que es el de un pequeño roedor. No sé qué sonido emiten las cuerdas vocales de las ardillas, pero podría ser eso. Se me contrae la cara. Cierro fuerte los ojos. Se me frunce la piel alrededor de los ojos, alrededor de los labios. Contraigo los músculos vaginales en un acto reflejo. Siento las paredes dentro como cuando me corro, y la simple idea de un orgasmo me provoca una náusea. Lo siento mucho, mucho. Emito ese gemido pequeño fruncido en forma de cuerpo de mujer, mi cuerpo, las raspaduras de mi cuerpo cubiertas con rodajas de limón. El culturista está desnudo de cintura para arriba. Es un torso de varón musculado, depilado y con vello nuevo recién brotado. No lo volveré a ver. No quiero que vuelva a mi cabeza. No recuerdo su cara. Recuerdo la cara de Margo, la *sex doll* con la que se casó, las fotos que publicaron los periódicos. A él no lo describiré. Lleva un metro en las manos, ese tipo de caja de plástico de la que sale un cinta de metal fino pintada de amarillo si tiras del extremo. Me hice cortes con metros como ese. Mi madre ideaba casas, vendía grandes pisos. «Cuidado, no te cortes», y yo me cortaba. Es una cinta estrecha de metal. La veo. Lo siento. Metal fino cuyos bordes, si pasan rápido sobre la piel, si no estás atenta, si se te escapa el seguro y se recoge de golpe, te hacen un corte profundo que escuece. Mi gemido y la rodaja de limón sobre ese corte. El culturista Tolochko, que rompió a su muñeca Margo de látex duro y luego se hizo una mujer-gallina y después besaba un cenicero, todo ello descrito minuciosamente en los medios de comunicación, publicado, juega con el metro ante la cámara. Saca y mete, mete y saca la cinta metálica de su caja de plástico delante del agujero de la muñeca. Baja las manos. Finge que la cinta métrica, afilada, que corta, es su pene. Saca más centímetros, allá abajo. Lo siento. Aprieto la mandíbula muy fuerte, luego me dolerá. Dejo rechinar los dientes y entrecierro los ojos como ante un faro en lo oscuro. Lo saca unos centímetros de nuevo, nada, cuatro dedos, e introduce ese trozo de metal, ese trocito de metro, centímetros, lentamente, lo siento, lo siento, por el agujero de la muñeca, su ficción de vulva, su ficción de vagina, mi agujero, mi vulva, mi vagina. Grito NO. Grito NO y estoy sola, con bragas, vestida, ante un vídeo de Tolochko que no se reproduce en mi dispositivo. No sé cuánto tiempo hace que eso ocurrió, sí sé que ya no deja ni dejará jamás de ocurrir. Siempre, todo el rato de siempre jamás amén. Ya nunca dejará de introducir el trozo de cinta metálica cortante en el coño de la muñeca, que es mi coño, porque en el momento exacto en el que el culturista publicó su acto monstruoso, que a él le parecía tan divertido, lo siento, y ese acto ya no dejará de suceder. El hielo quema. El hielo hiela. Yo soy el agujero penetrado. Lo sé porque así lo siento. Y ya nunca más dejará de suceder. Lo siento, lo siento, lo siento mucho.

91

Le sangran las encías

—Mirad, *cariñas*, tengo que deciros una cosa muy seria, y es tan seria que esta vez no quiero que me interrumpáis, como siempre hacéis, porque yo ahora no sé qué pensar.

Divina ha reunido a todas las mujeres de El Encinar a la mesa a una hora en la que cada una se dedica a sus asuntos. Ha pedido a Frida que apague el ordenador y despeje la mesa como si fueran a desayunar, pero sin vajilla ni ningún otro útil. «Necesito la mesa completamente limpia para estar concentrada», le ha dicho. Aún no son las cinco de la tarde. Si una se fijara bien, podría ver cómo la higuera se desnuda sin prisa al nuevo fresco modorro de la sierra.

Los horarios son importantes en las comunidades. Las mujeres inventan un tiempo que necesitan ir llenando de significados, de asuntos cotidianos, de costuras mentales. El tiempo propio es tiempo nuevo, desacostumbrado. Llegadas a una edad, todas conocen la utilidad de las rutinas, pero estos son hábitos nuevos. Imponerse el desayuno común es una forma de inventar la vida. Aullarle a la luna, hacer la mermelada, fregar los cacharros.

Divina ha dicho «ahora no sé qué pensar» y en su voz temblaba un insecto en invierno. Ha bajado el mentón. Se ha mirado las manos. Ha vacilado varias veces. Todo eso ha pasado ante los ojos atónitos del resto de las mujeres. Las mira y no las está mirando.

—Le sangran las encías.

La veterana lo dice de corrido, como si lo hubiera aprendido de memoria y también como si las palabras le quemaran en la boca y tuviera que escupirlas. Inmediatamente todas miran a su Bobita, y la joven, a Divina, con gesto interrogante.

—No a ella. A la niña nueva. Le sangran las encías.

—¿Cómo lo sabes?

—Le estaba lavando los dientes y he debido de frotar muy fuerte. —La mujer se retuerce las manos, de pronto llenas de nudos—. Hay que lavarse los dientes, la higiene es imprescindible, me acuerdo de mi madre cuando yo era pequeña, su obsesión por los dientes. Mi madre decía que no hay sonrisa buena sin los dientes perfectos. No sé, mi madre era una mujer recta. Debemos ser mujeres rectas.

—Hermana, para, para un momento. ¿Les miras los dientes a las muñecas? —La Pacha habla adelantando con dulzura la cabeza ladeada, como si acariciara un gazapo herido. Todas se dan cuenta, porque ninguna osa tocar al animalillo. Entra una mosca.

—Claro que sí. No son muñecas. En casa la higiene era importante. Mi madre me enseñó que era lo principal. La higiene…

Divina se pierde en algún lugar de su cabeza al que ninguna intenta llegar y calla. Carola se levanta sin hacer ruido y un minuto después el sonido de los cubiertos contra la loza del fregadero y el correr del agua del grifo ponen un sonido de fondo a la escena que multiplica la extrañeza.

—Divina lava a las muñecas... —empieza su Bobita.

—No las llames así —corta la otra mudando el gesto de pronto a una severidad conventual—. No son muñecas.

—Divina las lava habitualmente. Les da un baño cuando llegan y luego, por la mañana, las peina y les hace un aseo básico. —La joven se encoge de hombros. La cosa no va con ella.

—¿Las lavas enteras, compañera? —La Rusa pregunta con ánimo informativo.

—Tienen la boca como nosotras —responde Divina—. No sé. No son muñecas. Son como nosotras. Lo tienen todo como nosotras. —Vuelve a los nudos de las manos, la vista fija en la madera—. Todo. Todo...

En el extremo de la mesa, ante el portátil cerrado, Frida tiene la cabeza hundida en las manos, los dedos entre el cabello negro. Emerge, levanta la vista y dice:

—Tenemos que hablar. —Su suspiro cabalga sobre el entrechocar de platos que llega desde la cocina.

—Lo siento —sigue Divina como si no la hubiera oído. La evidencia de una pena honda envejece su gesto—. Lo siento mucho, *cariñas*. Le he hecho daño. Ha sido sin querer. Le he hecho daño. Creo que he frotado muy fuerte. Estaba distraída.

—No pasa nada, hermana.

—¡Sí pasa! —Divina apoya ambas manos sobre la mesa y se levanta como con un resorte. De golpe vuelve a ser la actriz altiva, la melena cana ondulada sobre su cuello nubio, los labios temblorosos, los ojos en fuego—. Pasa que vosotras las consideráis unas muñecas. ¡Objetos! Sois unas miserables, no tenéis corazón. ¡No entendéis nada!

— 333 —

Inicia su marcha. La Pacha la intercepta y la mayor no se resiste. Parece una anciana desorientada, y probablemente haya empezado a serlo.

—Tenemos que hablar —insiste Frida, que ya se ha repuesto y abre la tapa del portátil, no porque vaya a utilizarlo, sino porque desde su parapeto le cuesta menos explicar los asuntos del exterior.

—Sangran, compañeras, ¡sangran! —la interrumpe la Rusa, que no se anda con melindres—. ¿Entendéis lo que eso significa? ¿Entendéis por qué sangran? ¿Entendéis *para qué*?

En la cocina cesa el ruido del agua y reaparece Carola.

—¿Para qué, Rusa? —Se planta desafiante, los brazos en jarras—. Yo no lo entiendo. Yo no. —Su deseo de ignorar, su escudo—. Dímelo tú, Rusa, ¿para qué sangran?

—Para lo mismo que sangran las *dolls*, las *sex dolls*.

—¿Sangran las *dolls*? —La sorpresa de Carola es verdadera y está preñada de un principio de miedo.

—Rusa, déjame a mí —interviene de nuevo Frida. Su voz serena, su ánimo pedagógico, ese controlar algo que está fuera, más allá, y podría no hacerles daño—. Tenemos que hablar de algo que es muy feo.

—¿Más feo que la cabeza de una cerda en una piscina de sangre, Frida? ¿Más feo que una muñeca que sangra? ¿Más feo que eso? —Por el tono de Carola rueda el cabreo que produce el terror no admitido.

Dos días les ha costado deshacerse de la cabeza del animal, vaciar la piscina, limpiarlo todo. Han participado la Rusa, ejecutora, Carola, práctica, y la Pacha, mujer lavada de cuidados y múltiples vidas. No ha participado Frida, siempre al ordenador. Tampoco Divina ni su Bobita, que han decidido no darse por enteradas. Probablemente la primera grieta seria en la veterana se ha producido entonces. Ninguna ha vuelto a hablar del asunto. Desde entonces, solo la Rusa se ha bañado afuera, cada día, religiosa y concienzudamente, haciendo ruido, por la mañana y por la tarde.

—Sí, Carola, sí. Bastante más feo que la cabeza de una cerda en una piscina de sangre.

92

El chatarrero

«El chatarrero, el chatarrero... ¡Ha llegado el chatarrero!».

La voz las alcanza desde el exterior de la finca. La furgoneta de la chatarra pasa y se pierde en la tarde, que ha ido avanzando con las mujeres sentadas sobre su propio silencio. De vez en cuando, Divina deja caer algún comentario inconexo sobre su madre y la infancia. El resto finge atención sin entusiasmo. Frida se demora tras la pantalla como si buscara algo. Es evidente que no encuentra los ánimos necesarios.

—Están atacando las comunidades de mujeres.

—¿A quién? ¿A todas? —Hay alarma en la voz de Carola—. ¿Quién ataca? ¿Qué está pasando?

—Frida, por favor —interviene su mujer—. A ver, Carola, lo que quiere decir es que han atacado a unas pocas comunidades, que sepamos. A cuatro. Y no sabemos por qué. —Frida cabecea contrariada—. Es la verdad, amor mío, no lo sabemos, y no son tantas.

—¿Y cuatro te parecen pocas, Rusa? ¿Cuánto hace que

lo sabéis? ¿Por qué no nos habéis dicho nada hasta ahora? —Carola mastica su furia sílaba a sílaba.

—Bueno, hasta ahora nada era seguro. —La de Frida es una voz que arrastra conocimiento y demasiado cansancio para volver al pizarrón de la clase con alumnas nuevas, otro año más, un año tras otro.

—Hermana —tantea cauta la Pacha—, ¿es con cabezas de cerdas?

—Dejadme un momento, por favor. —Frida hunde de nuevo los dedos en su espesa melena negra y niega con la cabeza—. Dejadme un momento. Voy a hacer como dice Divina: no me interrumpáis. —Si se trataba de un guiño, nadie lo toma como tal. Frida mira a la septuagenaria, que no mira a nadie ni parece darse por enterada, y vuelve a poner las manos en el teclado aunque no tiene previsto usarlo—. Es difícil. Han atacado, que sepamos, a cuatro comunidades. Una en Italia, dos en Francia y otra en Portugal. Todas son comunidades de mujeres y crías procedentes de apartamientos. A todas las hemos apartado nosotras, o sea, nuestra red, que no sé ya cuánto abarca, porque nos consta que se está usando también desde Latinoamérica. Normal. Las marrones tienen sus territorios...

—Por favor, Frida, al grano.

—La cosa, queridas, la cosa, la cosa... —Cierra la tapa del portátil. Vuelve a abrirla—. La cosa es que no se trata de cabezas de cerda ni cabezas de nada. La única comunidad en la que ha aparecido una cabeza es la nuestra. Somos una excepción, y os aseguro que tenemos suerte.

—Venga, no me jodas. —Carola se levanta con el gesto de un jugador de póquer al que le ha tocado una carta podrida y acaba de perder el coche y la segunda residencia. Ante la mirada implorante de Frida, vuelve a sentarse.

—Yo no jodo a nadie, cariño, esto no nos lo esperábamos, no así, al menos. Y sí, mira por dónde, sí, tenemos suerte. Los ataques a las otras comunidades han sido muy muy violentos.

—¿Qué quiere decir «muy muy violentos», hermana?

—Muy muy violentos quiere decir muy muy violentos, Pacha. No han matado a ninguna, pero eso es porque LA-RED ha funcionado. Bueno, y la verdad es que no han matado a ninguna porque evidentemente no les ha dado la gana. No han querido matar. En el fondo son ellos los que han decidido. Es más, nos parece que se han asegurado de que no se mueran, de que las heridas puedan tratarse. Nos parece que se han asegurado de que se puedan cortar las hemorragias.

Las mujeres aparentan haber menguado y envejecido. En silencio, la Pacha se levanta a buscar un chal con el que cubrirse y Divina aprovecha para incorporarse también y salir del salón. Su Bobita la sigue. Ninguna hace más movimientos, tampoco hablan. La Rusa coge de la mano a su mujer, que vuelve a fijar la vista en la pantalla. Cuando reaparecen Divina y su Bobita, cada una carga con una de las *babies*. Divina, con Nanami, y Bobita, con la Pequeña, a la que por alguna razón no han puesto más nombre que ese, «la Pequeña». El hecho de no llamarla de ninguna manera no responde a una decisión consensuada o individual; probablemente se trata de una necesidad, un temor, o quizá responda a la certeza de no dar abasto. Con los afectos, con el desconcierto.

Las *babies* van cubiertas con unas camisetas deportivas que sobre sus menudos cuerpos parecen vestidos. Carola se ha encargado de que ambas lleven bragas. A la Pequeña no le queda ningún rastro de sangre en la boca, los labios o las comisuras. Pese a ello, todas evitan mirarle la cara. Divina sienta a Nanami a la mesa y coloca a la Pequeña sobre sus piernas, mirando hacia delante. Tararea hacia dentro una melodía con aires de nana mientras la mece agarrándola por la cintura. Podría ser una abuela sofisticada con su nieta menor que acaba de salir de la piscina. Podría ser también las escena de una película de terror que precede a la matanza final.

—A ver, seamos francas. ¿Qué nos van a hacer?

—A nosotras no nos van a hacer nada, Carola. Eso creemos.

—¿Ah, sí? ¿Tú y quién más? ¿Tú y quién más lo creéis, Frida?

—No te pongas borde, colega. Los malos son ellos, no yo, no nosotras. Eso creemos desde LARED. Todos los ataques han seguido los mismos patrones: comunidades de mujeres que acogen a madres y criaturas procedentes de apartamientos, en el extranjero, solo Europa. Atacan a las adultas, respetan a las criaturas. En dos casos han herido a las adolescentes. Llegan, atacan y se van. Actúan cubiertos con máscaras de goma, máscaras de cabeza de cerdo. Nadie ha reconocido a ninguno. Entran de noche a saco, saben perfectamente dónde van y cuántas hay. Parecen saber a quién buscan o qué buscan.

—¿Por qué sabemos que lo saben? ¿Por qué no podría ser al azar?

—Son varios grupos distintos, casi seguro, o al menos no en todos los casos han actuado los mismos. Eso sí es seguro. El número de atacantes es muy superior al de mujeres y crías. En el caso de Isola, en Italia, calculamos que actuaron unos cincuenta.

—¿Qué coño estás diciendo? ¿Cincuenta tíos? —Bobita se levanta de un salto y la silla cae al suelo. El ruido de la madera contra la baldosa es como el final de un repique que centra el foco en la joven. El tanga y la tira de tela que cubre sus pechos acentúan su desnudez. Junto a la veterana que no es una abuela sofisticada con la nieta menor en las rodillas, ella podría ser la nieta mayor, aspirante a un papel en una comedia guarra internacional, preparada para ofrecerle una copa al primer productor que pase.

—Sí, eso creemos. Unos cincuenta tíos. Pero en el Alentejo, por ejemplo, eran solo una docena. En la comunidad del Alentejo solo vivían cinco mujeres, así que no hacían falta más hombres. Por eso creemos que tienen perfectamente estudiados los lugares que atacan y cuántas mujeres hay. A más mujeres, más atacantes.

—Mira, tía. —Bobita, de pie, no ha recogido la silla del suelo y cruza los brazos sobre su vientre como si tuviera un retortijón—. Mira, Divina, *sorry* total, *sorry* total, cari, yo me largo de aquí cagando leches.

Divina mueve las piernas haciendo trotar a la *baby* que tiene sobre sus rodillas. En ese momento, desciende del lugar en el que parecía estar absorta y la severidad de su mirada hiela el salón.

—Tú no te mueves de aquí, muñeca. —Bobita recoge torpemente la silla y vuelve a sentarse sin protestar—. Tú ya eres una Cerda. —Divina mira a todas las mujeres, una a una—. Somos unas Cerdas. Todas somos Cerdas. —Alza el puño, mira hacia la higuera, detrás del ventanal, y declama—: «La venganza está en mi corazón, la muerte en mi mano, la sangre y la venganza están golpeando mi cabeza». —Entonces vuelve la vista a su asistenta—. Y tú, Bobita, ¿tú te crees mejor por alguna razón? ¿Por tu cuerpo? ¿Por tu edad? ¿Crees que algo te hace distinta a nosotras? ¿Crees que algo te salvará, Bobita, cuando estés sola?

Lentamente, la veterana se levanta, sienta a la pequeña sin nombre en su propia silla, sale y vuelve con un cuchillo de cocina en la mano. Ninguna trata de detenerla. Cuando se acerca a su Bobita, esta tampoco se mueve. Parece más que nunca una *sex doll* desnuda con su tanga negro y su minúsculo top pezonero sin tirantes. Divina se dirige a Nanami, coge su mano derecha y la gira hasta que la palma quede hacia arriba. Entonces traza un corte diagonal desde la base del pulgar hasta la muñeca. La cara de la *baby* sigue siendo la de una muñeca sin gesto, algo asombrada pero irritantemente serena. Ahora, además, con un tajo en la goma compacta que es su cuerpo, un tajo que permanecerá ahí y Divina se encargará de limpiar con esmero a partir de entonces. Después se acerca hasta la otra *baby*, la Pequeña, y realiza la misma operación, esta vez sobre su pequeño miembro infantil de goma blanda. Antes le pasa la mano por el pelo en una caricia verdadera y musita un «disculpa». El líquido que parece sangre y que ella considera sangre tarda algunos segundos en brotar. Todas aguantan la respiración.

—Era esto a lo que te referías, ¿no, Rusa? —Pasa el dedo por la palma de la Pequeña, cuya sangre ya empieza a gotear sobre la mesa. Divina mira su propio dedo y lo muestra al resto—. Era esto. Ahora sangran.

La Rusa infla los carrillos y exhala un suspiro ruidoso.

—Sí, compañera, exactamente eso.

—Bien. —Divina podría estar representando el personaje de la autoridad—. Ahora, Frida, explícanos, por favor, qué les hacen los criminales a las mujeres que atacan y por qué las *babies* han empezado a sangrar.

«El chatarrero, el chatarrero… ¡Ha llegado el chatarrero!».

Oyen aproximarse la voz que regresa por el mismo camino de antes y todas pegan un respingo. Para ellas, el chatarrero ya es muchas otras cosas y sobre todas ellas sobrevuela la sangre. Pese a que Frida no ha empezado todavía el relato de las amputaciones.

93

Buzón y media

Carola piensa que vivir es el peor de los castigos. Su convencimiento es tal que no se le nota, ni suele expresarlo. Desde que vive en la comunidad de El Encinar algo ha cambiado. Lo dice. Pocas veces, pero lo deja escapar. En sus gestos no se nota, no se lo perdonaría. Se sienta con su elegancia de colegio caro. Ese tipo de elegancia que o la rompes en los primeros años de vida o se te queda pegada al existir, siempre algo clasista, siempre identitaria, como la caligrafía del Sagrado Corazón, en su caso con un deje masculino que podría pasar por sobriedad. Cruza la pierna derecha sobre la izquierda y junta las manos sobre el muslo, una sobre la otra.

—Tienen la suerte de que no están obligadas a vivir. No les espera una vida por delante.

—¿De qué hablas, hermana?

—De las muñecas de la casa, Pacha, hablo de las muñecas pequeñas.

—¿Tú también, Carola, *cariña*? —Divina se dirige a Carola, siempre con una cortesía exenta de sarcasmo o reproche, cordialidad que muestra cariño respetando cierta distancia.

—No me toques los huevos, Divina. Yo también, ¿qué? No están vivas, no crecerán ni tendrán la obligación de permanecer vivas. Nadie las *obligará* a vivir. No sienten lo que les hacen, no ven cómo son las personas, cómo somos, no tienen recuerdos. Hay personas que pierden los recuerdos cuando son demasiado dolorosos, eso dicen. Yo ni esa suerte he tenido.

—En eso tienes razón, *cariña*, pero no son muñecas. Hazme caso, no son muñecas.

—Carola, hermana —la Pacha menea la cabeza con pesar—, tú estás muy triste y ese cuerpo hay que sanarlo. La tierra...

Carola deja escapar un leve bufido y sale del coche. No estaba previsto que ninguna de las cuatro saliera del vehículo hasta que el individuo elegido abandonara su chalet a las afueras de Madrid. Al volante, la Rusa chasquea la lengua, da un golpe con la palma contra la goma, pero no se mueve. Esta vez se ha unido la Pacha al grupo de rescate. Tienen un plan y ella quiere participar. Es un plan a largo plazo, lo que significa para todas una emoción suficiente en medio de la rutina del apartamento.

—Yo no he querido molestarla —se lamenta la Pacha con esa preocupación sincera y naif que han acabado admitiendo como cierta—. Es que no se puede vivir como si cumplieras una condena. ¿Para qué sirve todo esto entonces? ¿Para qué hacemos todo esto, hermanas?

—Déjalo, compañera, por favor. Cada una tiene lo suyo y cada una sabe lo suyo —responde la Rusa mirando a ningún sitio.

Afuera las noches ya empiezan a refrescar. Ven cómo

Carola se aleja del área de luz que dibuja la única farola de los alrededores. En la urbanización elegida, cada chalet ocupa el espacio equivalente a una manzana en el centro de la ciudad. Están rodeados por vallas de piedra de imitación rural. Dentro cualquiera puede imaginarles un corazón de acero.

Se abre la puerta metálica y sale un deportivo negro. Ha llegado el momento. La operación es sencilla y han comentado hasta la saciedad cada detalle. No quieren volver a correr riesgos. La Rusa manda un mensaje a su mujer con el móvil. Frida desconecta la alarma desde su nodo en El Encinar. Han elegido a ese tipo porque no tiene perro ni esposa. Saben que dentro van a encontrar dos *babies*, una con apariencia de catorce años, un modelo antiguo, y otra de nueva generación, ya con fluidos, que simula ser una niña de seis. Las dos son blancas. La adolescente es rubia y la pequeña, pelirroja tirando a pajizo, con una de esas melenas anaranjadas que según como les da la luz parecen dorarse. El de ambas es cabello natural. Las han visto en los vídeos. Han tenido pesadillas.

Entran la Rusa, Divina y Carola, como la primera vez. La Pacha se queda en el exterior, dentro del coche. «Yo no quiero pisar casas de otra gente», ha dicho como toda explicación. Encuentran a las dos *babies* en un dormitorio especialmente diseñado para ellas, como si fueran las hijas pequeñas de alguien. Un dormitorio con camitas de madera blanca y colchas rosas, espejo enmarcado en rosa, cortinas rosas, mesitas rosas, cuadernos con flores secas.

—*Mecagon* su puta calavera —masculla Carola—. *Mecagon* todos sus muertos y la Virgen puta.

Sin mirarla, la Rusa sabe que Carola llora. Divina no dice palabra. Abre la cama de la menor y la coge en brazos. La *baby* pequeña viste un camisón de corte antiguo de algodón blanco con un lazo rosa en el cuello, sin mangas. Divina parece una condesa anciana atendiendo a su nieta en una noche febril de tormenta. La Rusa coge a la otra. Esta lleva un pijama rosado de pantalón minúsculo y camiseta de tirantes. Bajo la parte de arriba se marcan las yemas de unos pezones a punto de desarrollarse que Carola evita mirar.

—Vamos —apremia la Rusa en voz alta, sin teatralizar el tono—. Este hijo de la gran puta se merece lo peor.

Salen de la casa sin poner demasiado cuidado. La Rusa les ha indicado que si se cruzaran con alguien, remotísima posibilidad en aquel lugar de vidas hacia dentro, vidas sin espacio público, sencillamente den las buenas noches. En zonas como esa todo es normal, todo se calla, todo se entiende. Meten a las *babies* en el coche donde la Pacha espera para acomodarlas.

—*Madrecica* de Dios, madre mía, ¡ay, hermanas!, madre mía —va repitiendo dentro del automóvil.

Una vez terminada la acción, ejecutan el plan. Se acercan hasta el buzón donde aparece el nombre del propietario y también el de una sociedad. Divina saca la media de rejilla azul de Chanel que llevaba puesta aquella primera vez en la grabación del homicidio, la que difundió la policía, y la coloca en el buzón de manera que cuelgue junto al nombre del tipo. Entonces hacen una foto cada una con su móvil.

Ya está.

Hecho.

Todo en marcha.

En la imagen, una placa negra con las letras en dorado: «Juan Antonio Rodríguez Márquez. JARSA, SA». Y junto a la placa, rozando uno de los extremos, una media de rejilla ancha azul colgando.

94

En la sala de operaciones

—Esta es la sala de operaciones, yo trabajo aquí con miles de mujeres que también trabajan aquí de la misma forma y a la vez que yo trabajo donde están ellas. Trabajamos en red. Esto es un trabajo. No un hobby, no perdemos el tiempo navegando, no jugamos con las redes. Trabajamos. No es que piense que sois bobas, pero por si acaso os lo explico. Conocemos vuestra actividad en redes. Nosotras somos nodo, esas mujeres lo son y yo lo soy. Nuestro papel es múltiple. Por mi parte, el principal es rescatar a madres y a sus criaturas, sacarlas del país, darles nuevas identidades, establecerlas en comunidades seguras. Os preguntaréis qué os importará a vosotras todo esto. Pues os importa, porque ya formáis parte. A mi hija me la quitaron en una época en la que yo no formaba parte ni sabía nada de nada. Formar parte es importante. Deberíais estar contentas. Yo, si fuera vosotras, estaría muy contenta.

La sala se encuentra en el interior de la casa-cubo de cristal y madera, una sala estanca sin vanos en medio de una selva asiática. Hay media docena de ordenadores con enor mes pantallas que contienen múltiples ventanas abiertas donde suceden cosas. Las dos jóvenes neoyorquinas observan todo en silencio con ojos asombrados. Se han dado la mano. La sala, fresca, por algún motivo no evidente parece las tripas de un submarino. María B. se inclina ante una de las máquinas y aprieta una tecla. Todo resulta un poco antiguo. Ninguna de las jóvenes recuerda haber usado un teclado.

En la imagen que muestra la pantalla, esa misma mujer de ojos redondos, cara redonda, boca redonda, parece otra, por ejemplo, ella misma antes del tsunami. Se la ve ante la puerta de lo que podría ser un edificio oficial rodeada de micrófonos. Aquella María B. pretsunami dice: «Yo confío en la justicia de mi país». No mira hacia ninguno de los micrófonos ni parece mirar más que hacia su interior. También parece ciega.

Aparece después otra imagen donde se puede ver una especie de pequeño terreno cercado que contiene barro y otros restos, lo que podrían ser heces de animales grandes. También algunos restos de juguetes infantiles de colores. En una franja sobreimpresa en la parte baja se lee: «María B. podría haber vendido a su hija a una red de tráfico de hijas robadas». Y después: «La sociedad se enfrenta al problema de la salud mental de las madres».

Acto seguido, aparece un plató de televisión ocupado por una gran mesa en forma de uve con siete personas sentadas. Es una tertulia de estilo clásico. Aunque llega el sonido, no se puede entender bien lo que dicen. En el rótulo bajo la imagen se lee entonces: «Nos encontramos ante un tipo de delincuencia o crimen organizado relacionado con las ladronas de hijas».

—Esa era yo. Ya habéis conocido a Christine. Ahora

está viajando, en España. Cuando regrese, lo hará con mi hija. Todo necesita su tiempo. Yo me quedé sin voz. Sin voz, solo puedes usar la cabeza hacia fuera, para otras. Me encerraron con otras. No contaron con nuestra inteligencia, la superioridad de nuestra inteligencia. Nuestra inteligencia en red, quiero decir. No hace tanto que recuperé la voz. Ahora recuperaré a mi pequeña. Una no puede apresurarse. Si tienes prisa, acabas cayendo. Yo era una mujer minuciosa y fui minuciosamente destruida hasta que ni voz me quedó. Pero éramos muchas. Somos muchas, muchas, muchísimas. Eso es fundamental, muchas. Pensamos en red. El pensamiento en red es poderoso. Es superior. El pensamiento en red es pensamiento común. El pensamiento común supera al pensamiento individual acumulado. Ya sé que no sois bobas, pero esto no tenéis por qué entenderlo.

La mujer gira hacia la derecha y enfrenta otro ordenador. En la gran pantalla hay dos cuentas de red abiertas, dos perfiles. Uno es el de la Niña Shelley; el otro, el de un grupo llamado LARED.

—¿¿¿Vosotras sois LARED??? —La Niña Shelley se ilumina entera y vuelve a tener el aspecto de estar en su ático de Manhattan—. ¡Qué bestias! Más de cien millones de followers. Os sigo desde que empezasteis. Qué pasada. —Mira a su amiga Britney Love como para compartir su emoción y la mirada de la otra la devuelve a lo que está sucediendo. Recupera su gesto—. ¿Por qué estoy yo también ahí? ¿Qué es todo esto?

La Niña Shelley ha subido la voz y su volumen, su timbre, su tono irrumpen en el entorno sereno y manso creado por María B. con la violencia de una agresión física. Es consciente y se tapa la boca. Vuelve a coger la mano de Britney Love que acaba de soltar y la aprieta con fuerza.

—Nosotras os elegimos.

—¿Qué quieres decir? —Es Britney Love quien pregunta, con más sosiego que la Niña y mirándola para que la deje hablar a ella.

—Vosotras tenéis los Geisha porque nosotras lo decidimos así.

—¡Eso es mentira! Eres una puta mentirosa. —La Niña Shelley no está acostumbrada a callarse ni a bajar la voz. De forma automática, mete la mano en la bolsa de cáñamo que carga al hombro buscando el monederito que sustituyó al Geisha, este de piel clásica, donde carga la cocaína, y sopesa la conveniencia de tomarse un par de rayas inmediatamente, o un par de gramos. Siente ese tipo de inaplazable urgencia.

—Nosotras lo decidimos así y no es casual. Ahora os quedaréis un rato, el rato que queráis, aquí dentro. En los ordenadores hay varias cuentas abiertas, pero podéis usar la vuestra. O hacer lo que os dé la gana. Lo que queráis. La mayor parte de lo que vais a ver hace referencia al movimiento #MediasDeRed. Consideramos que os va a interesar especialmente.

—¿Y las pieles para nuestros monederos? ¿De qué cojones va todo esto? Nosotras hemos venido aquí a comprar las pieles.

—Tendréis lo que habéis venido a buscar. Nosotras no engañamos. Solo comerciamos… digamos que de otra manera. Este será vuestro pago.

95

María B. y la Tremenda en Bangkok

—Me quedé sin corazón como me quedé sin voz, como un muelle llega a un punto en que pierde la elasticidad, y un muelle sin elasticidad ya no es un muelle. Me refiero a que un muelle es un tirabuzón de metal cuya característica principal, esencial, consiste en ser elástico. Si pierde eso, ya da igual cualquier otra cualidad que tenga, da igual que sea de metal y esté rematado por agarraderos, incluso que tenga forma de espiral. Si no es elástico, ya no es un muelle. —María B. se expresa como si su voz y su cuerpo formaran parte de un mismo artefacto de comunicación, aceitado, preciso, sabio. Habla lentamente, pronuncia cada sílaba, que se une a la siguiente con la entonación de un acto magistral—. Lo mismo pasa con una persona que pierde la conciencia de sí misma. Yo dejé de ser. Eso es lo que sucedió. Yo dejé de ser, pero no de forma consciente. Algo se me desconectó en el cerebro, porque de lo contrario me habría quitado la vida. Esto lo pienso ahora. Algo se me desconectó para seguir viviendo. Dejar de ser me salvó la vida. Entonces me quedé sin corazón y me quedé sin voz.

—Y sin memoria, titi, que te quedaste sin memoria también, que yo sí me acuerdo —interrumpe la Tremenda Diminuta en tono jocoso.

—Eso, y sin memoria. Y ahí entras tú. Ahí entra —María B. mira a las chicas sentadas frente a ella— nuestra Tremenda Diminuta, a quien nunca jamás en la vida que me queda agradeceré lo suficiente todo lo que hizo.

—No te pases, titi, no te pases… —Pone los ojos en blanco y mira a su vez a las chicas—. Aquí, nuestra María B. es muy amiga del drama, toda una *drama queen.* —Se lleva la mano a los labios y le lanza un beso a su compañera—. Lo que pasa es que yo estaba dentro, ¿entendéis?, yo ya estaba en el loquero cuando metieron a María B. El caso de nuestra *drama queen* era conocido porque había salido en todas las teles. Era famosa, titis, casi una *celebrity.* Y también porque algunas teníamos ciertos beneficios a la hora de recibir información del exterior a cambio… digamos que de ciertos pagos para que hicieran la vista gorda. No hablo de pasta, claro. —Suelta una ristra de carcajadas abiertas, felices—. Total, titis, que yo sabía quién era esta señora y me conocía todo su currículum. Esta señora, María B., *the drama queen*, podía manejar LARED desde dentro, entendía por qué había que sacar a las crías de donde estaban y rescatarlas, sacar a las madres, juntarlas y enviarlas lejos. Era, si me perdonas, cariño, a la vez, madre, loca e ingeniera informática… y además tenía todo el tiempo del mundo y la cabeza entera a nuestra disposición. Vamos, un caramelo.

La Niña Shelley y Britney Love escuchan duras como estatuas de palo, como dos de esas tallas caribe de madera porosa que no pesan y se decoran con colores chillones para los turistas. Pero ellas no tienen ningún color. Incluso el tostado del sol de los días recientes ha desaparecido. La

Niña Shelley y Britney Love no han procesado aún lo que han visto en la sala de máquinas, porque han terminado con toda la cocaína que llevaban en sus monederitos. Las cosas vistas y oídas van grabándose en sus cerebros sembrados de dolorosas flores abiertas en venitas reventadas. Tardarán en procesarlo, tardarán pero sucederá.

Han visto cientos de nombres de hombres en placas de buzones.

Han visto que de cada placa cuelga una media de rejilla.

Han visto medias azules, negras, rojas de rejilla ancha y estrecha, con costuras y sin ellas. Medias rotas, largas, cortas, casi completamente introducidas en la boca del buzón y otras colgando como piernas de una aparecida.

Han visto nombres de hombres en todos los idiomas que conocen y en muchos cuyos signos ni letras son.

Han visto, en fin, el mayor movimiento de señalamiento universal jamás imaginado.

—En realidad, las redes que habéis visto empezaron por casualidad. La primera media de rejilla de la que tenemos constancia, y estamos en disposición de afirmar que es la primera de todas efectivamente, la lanzaron a la red desde un grupo de mayores españolas apartadas, una comunidad de veteranas.

—Titis, es que vosotras a lo vuestro, ¿eh?, que es muy fuerte lo vuestro... Mucho monedero, muchos cojones, pero aquí hay una revolución del carajo y todo está pasando delante de vuestras narices sin que os interese una mierda. Pero vais a tener que interesaros, y ya lo siento, titis, juro que lo siento.

—Tremenda, me temo que no han tenido tiempo, deja a las muchachas. No creo que ahora mismo estén en condiciones.

—Ya veo, ya. —La Tremenda Diminuta se levanta, las toca, y ellas se dejan hacer—. Yo creo que una chuta pequeñita y mañana todo más claro, ¿no, rubias? Os va a encantar la historia de las veteranas españolas, ya veréis, es un poco fuerte lo vuestro, colegas, pero bueno, no hay culpas, ¿eh? Sobre todo, nada de culpas. ¿Qué coño de culpa vais a tener vosotras? Ay, mis niñas...

La Niña Shelley y Britney Love siguen sin decir palabra, con las mandíbulas selladas. Dada la cantidad de cocaína que llevan en el cuerpo, podría haberles dado por lo contrario, haber roto a hablar en cascada, pero el hecho de que la realidad que las rodea sea absolutamente real, tan recalcitrantemente realidad real, las ha sumido en un estado de shock pasmado.

Por eso, cuando el pequeño elefante emerge de la fronda frente a la casa-cubo donde poco antes —¿cuánto antes?— han visto una cocodrilo, tampoco se inmutan. En ese momento, alguien, una mujer a la que no recuerdan haber visto, les ofrece un par de jeringuillas. Las lleva en una bacinilla antigua de metal, este tipo de pequeño recipiente plateado con silueta de riñón modelo principios del siglo XX. Las jeringuillas son de cristal y al final del émbolo tienen la forma de los ojos de una tijera.

Ven a la mujer diminuta llegar hasta el elefante, la ven auparse con la trompa y subirse a su lomo. Finalmente, ya entre las primeras brumas y abrazadas, observan cómo desaparece en la espesura y aunque no lo compartan, ambas se acuerdan de Stephany Velasques con un escalofrío.

96

Mermelada proporcional

Parecía muy poca cosa, prácticamente nada. Pero era algo. Localizar a la jueza, acercarme, susurrarle al oído era el cambio entre estar debajo de un tacón o ser la bota. Un cambio, así de simple. Comerte un peón es un cambio. Cada pasito modifica la partida. Responder era sustancial. La respuesta en sí, y no el tamaño de la respuesta.

La jueza, Vero, su hija, María B., su hija.

Me acordé de algo que había vivido en los días del primer encierro, aquel con María B. y la Tremenda Diminuta. Una interna había robado para mí cuatro cajetillas de mermelada de fresa. Se me acercó por la tarde abriéndose paso entre la maleza del sopor general que engordaba el aire y me dijo, como si fuera lo más normal, como si hubiéramos hablado antes: «Alcohol no conseguirá. Esto le sirve». Metí las cajitas apresuradamente al bolsillo con el pulso disparado, convencida de que acababa de pasarme algún tipo de droga, que los pequeños envases monodosis de mermelada marca Hero contenían pasta de algo, daba igual de qué, me habría metido cualquier mierda. Agitadísima,

— 355 —

miré con torpe disimulo a todas partes y hacia la pecera. Me sentía como la estudiante con la chuleta de otra, en el momento en el que la profesora se da la vuelta y el papelillo con las fórmulas está a punto de caer al suelo. Era un temblor adolescente.

Fingiendo cansancio, como si no tuviera aquellas ganas ganísimas de echarme a correr, llegué a mi habitación y cerré la puerta. El corazón me latía en las sienes, tenía la boca seca, era como si ya hubiera empezado a colocarme. Me senté en la cama y situé una de las cajitas pegada a mi muslo de manera que pudiera taparla sin apenas moverme si entraba alguien. No sé qué esperaba encontrar, pero sin duda algo fuerte y prohibido. Lo fuerte y prohibido en mi caso, sobre todo en aquella época, era verdaderamente fuerte y prohibido. Poco a poco fui abriendo la fina capa de papel metálico que sellaba el recipiente con muchísimo cuidado y la vista fija en la puerta, haciéndolo al tacto. Solo cuando noté que estaba completamente abierto, lo miré. El interior contenía algo que parecía mermelada de fresa. Me lo acerqué a la cara, ya sin tanto disimulo. Primero, a la nariz. Olía a mermelada de fresa. Después le pasé la lengua. Sabía a mermelada de fresa. Finalmente, me lo comí de dos lametazos ansiosos y rebañé los restos con el dedo índice. De haber tenido cubiertos a mano, el contenido de aquella cajita habría cabido en una sola cucharada. Aún esperé un rato tumbada en la cama por si notaba algún efecto más allá del sabor empalagoso en la lengua.

No pasó nada.

Lo que contenía aquella cajita de mermelada de fresa no era otra cosa que mermelada de fresa.

Al darme cuenta de todo lo que acababa de suceder, rompí a reír, despacio primero y luego a carcajadas que me hicieron llorar y caer de lado sobre la almohada. Allí, con la cabeza apoyada y encogida en posición fetal, sentí una ternura profunda y agradecida por la mujer que, presuponiendo mis hábitos y dependencias, mis anhelos, se había hecho con unas dosis extra de azúcar para mí.

«Alcohol no conseguirá. Esto le sirve».

Me sirvió sobre todo para empezar a poner las cosas en su sitio y entender hasta qué punto medidas y proporciones son cuestiones relativas. Al cabo de un par de semanas, ya había asumido el lujo de las cuatro cajetillas de mermelada en el psiquiátrico y entendido el enorme acto de generosidad de aquella paciente, sus atenciones hacia mí, una recién llegada con la que no había cruzado palabra. A esas alturas, ella ya no estaba dentro para darle las gracias.

Costaba más trabajo conseguir cuatro mermeladas individuales Hero de fresa dentro que cinco gramos de buena farlopa fuera.

Dentro que fuera.

A ella que a mí.

Medidas y proporciones. Ah, lo proporcional.

Hay pasos que parecen nada, pero el simple hecho de que sean basta. Me había largado a la otra punta del mundo para los grandes asuntos. Estaba de vuelta en España también para comerme un par de peones. Nada era poco.

97

La jueza

«Hay que saber qué buscas exactamente y apartar el resto», pensé de nuevo. Eso también se lo debía a la Colombiana. En aquel momento, apartar todo excepto a la jueza, Vero y su hija, María B. y su hija, las marrones y sus hijas. No necesitaba hacerlo en persona, pero ahí estaba. No necesitaba estar allí. Todo aquello ni siquiera requería de una primera figura, como María B. o así. A la jueza se le podía haber hecho llegar el mensaje desde cualquiera de los nodos conocidos. Sin embargo, yo había decidido viajar miles de kilómetros, había vuelto a tierras españolas, entre otras cosas para eso que iba a hacer. A algunas mujeres de mi alrededor les había parecido un gesto demasiado suave como para invertir tal esfuerzo, pero yo conocía el valor de una cajita monodosis de mermelada. Era una respuesta y era mía.

Punto.

La jueza Ortiz de Urquijo había ordenado la retirada de la patria potestad a Vero y la había ingresado en el psiquiátrico del Norte en el que nos conocimos. Antes había mandado a su hija a una casa de acogida, un centro de menores para criaturas cuyas madres no están en disposición de atenderlas, por razones económicas, sociales, psicológicas, de adicciones o porque el juez de turno, en este caso, la jueza Ortiz de Urquijo, había tenido un mal polvo. En el momento de ingresarlas, la hija de la Colombiana tenía cuatro años.

A los seis, o sea, unos meses antes de que yo conociera a su madre en el psiquiátrico vasco y me descubriera mi propio cuerpo, se había perdido el rastro de la cría. Pero eso yo lo supe después, lo supe a mi salida.

Como le había prometido a Vero al despedirme, me ocupé de su cría. ¿De qué carajo me ocupé? De nada, de ponerme ante las narices el espejo de mi propia soberbia. Creí que podríamos encontrar y apartar a la niña, enviarla a cualquier lugar, y entonces yo podría volver y decirle a la Colombiana: «Tu niña está a salvo con otras mujeres», o hacerle llegar un mensaje. Deseaba darle esa alegría.

¿Qué deseaba?

Esa es una forma de contarlo, y no es mentira, pero también estaba lo otro, que era más feo y que en aquellos tiempos habría negado tajantemente. Ya no lo sé. Me creía fuerte, más fuerte que ella, invencible en eso, parte de la todopoderosa LARED. Me creía superior a una migrante que había llegado con su churumbela al lomo, una marrón. Era una superioridad no consciente que lo empapaba todo. Paternalismo básico, apestosa magnanimidad. Esa idea de ampararla, de solucionarle los problemas, de protegerlas a ella y a su hija, ese creer que podía hacerlo. Y una mierda. Eso era lo que iba a poder hacer, una puñetera mierda. Porque LARED nada podía con quien ya no estaba, y cuando puse en marcha la localización de su hija, la niña ya llevaba algunos meses fuera del sistema. Constaba su ingreso en un centro de acogida de Euskadi, un centro de menores con el que nos había sido relativamente fácil *trabajar* en un par de ocasiones. La hija de la Colombiana había pasado allí cerca de dos años, pero a mi salida de aquel psiquiátrico en el que conocí a su madre, ella ya había desaparecido de ese lugar y no había reaparecido en ningún otro.

No era nuevo, aquello no era nuevo. No servía de nada denunciarlo, no interesaba a nadie y nadie iba a prestar atención. Podía deberse a lo que llamaban «problemas registrales» o a cualquier otra patraña. Todo lo referente a los centros de menores carecía de fiscalización, era tierra de nadie y así iba a seguir. Por otra parte, me tuve que repetir que nuestro trabajo era clandestino, no éramos policías, ni investigadoras, ni activistas en el sentido tradicional ni periodistas. Si la cría estaba fuera, lo máximo que podíamos hacer era crear una alerta en LARED por si aparecía en otro lugar.

Punto.

A las hijas de las marrones les sucedían esas cosas, que a veces desaparecían, se les perdía la pista, sobre todo si su madre había acabado ingresada. No se sabía dónde estaban y en ese no saberse cabía todo un mundo de excusas de igual manera y del mismo tamaño que todo un mundo de horrores. Muchas veces la madre acababa ingresada precisamente por esa razón, por la desaparición de su criatura, y entonces no había nada que hacer. Nada. Les quitaban a las crías, caían en depresión, se aludía entonces a problemas psicológicos para no devolvérselas, eran ingresadas y vuelta a empezar.

Pero la cría había sido violada por el padre. Pretendían que encerrarla en una casa de acogida sirviera de consuelo. Una niña de siete, ocho, once años, víctima de violación continuada por parte del padre, ¿qué se decide? Apartarla de la madre y prohibirle hablar de tal asunto encerrada en un lugar donde hay un montón más de criaturas en circunstancias de horror a las que también se les ha prohibido hablar del monstruo que está en el armario, a los pies de la cama, que vive allí, que no se va.

Silencio

y punto.

Después, cuando las crías dejaban de constar en el sistema, se hablaba de una equivocación en el nombre a la hora de inscribirlas en algún cambio de centro, «errores registrales», se mencionaban «posibles traslados». Eso se repetían luego las madres entre ellas, que podía haber sido un error, un cambio en una letra o en el nombre entero a la hora de apuntarlas. Eso se decía entre las marrones, las negras, las gitanas, para conservar un mínimo de esperanza, pero todas sabían cómo funcionaba aquello. Todas lo sabíamos, pero ellas más. Y la jueza Ortiz de Urquijo quizá mejor que todas nosotras.

—Dígame qué quiere. No tengo mucho tiempo. ¿Quién le ha dado mi teléfono personal?

En persona la jueza tenía la misma cara de mala perra que en las fotos de los medios de comunicación. Imagino que si eres hija y nieta de magistrados del Supremo, la arrogancia te viene de cuna. Pensé en la pequeña Anita, vulva-perineo-ano; pensé en Briana dentro de aquel vídeo golpeando los genitales del dibujo de una niña que era ella y era tantas, tantísimas otras; pensé en un mar de mujeres violentadas y en otro mar de casos archivados.

—Estoy calculando cuántos casos de abusos ha archivado y cómo le sentaría comérselos uno a uno. Impresos. En papel. Yo sí tengo mucho tiempo. Comérselos, literalmente, no sé si me explico bien. Literalmente.

—Voy a llamar a la policía. Mi guardaespaldas está ahí fuera y sabe que estoy contigo.

—¿Y con quién le ha dicho que está exactamente?

—Sé quién eres.

—Ese es su problema, señora, que no sabe quién soy. Su problema es que todavía no se ha dado cuenta de que yo no soy nadie. Nosotras ya no somos nadie.

—Voy a llamar a la policía.

—Hágalo, y el disco duro de su hijo aparecerá en todas las redes de este país.

El disco duro del pichón de la jueza no era tan nutrido como el de su padre, pero aun así valía su peso en oro. Guardábamos todo un bazar de chucherías como aquella de otros tantos aficionados al sexo infantil para usarlas llegado el momento.

Los discos duros eran una de nuestras especialidades, y la proliferación de la pornografía infantil elaborada con inteligencia artificial nos tenía armadas hasta los dientes. Se había abierto la veda. Aquellos pederastas, miles, cientos de miles, millones, suma y sigue, se habían soltado la melena bajo el amparo de lo no real, de la ficción, considerando que el hecho de que no fueran niñas y niños reales les libraba de cualquier problema. Y así era, efectivamente, en términos legales. Otra cosa era que de repente se llenaran las redes de vídeos tuyos donde tu perro le lamía los genitales a una criatura que apenas había aprendido a andar. Ese era de los suaves. De los populares. «Mándanos la foto de tu perro y te lo devolvemos en vídeo». Inteligencia artificial a la carta. Un pastón.

La opinión pública tiene sus tiempos, necesita digerir despacio las teorías para enfrentarse a sus evidencias. Pueden entender a un mentecato defendiendo como «acto creativo» la recreación de una deportista en pelotas haciendo una mamada. No es lo mismo la niña sodomizada agarrada a su peluche. Los alaridos de la cría. Aquellos desgraciados no se habían parado a pensar el efecto en la sociedad al imaginar cómo se la meneaban ante los alaridos de la cría. Sin duda, una cría creada por ordenador, pero la copia exacta de aquella otra cría cuya madre colgó la foto de las vacaciones en las redes sociales. Era otra de nuestras especialidades. Rastreábamos la realidad hasta encontrar a esa cría, la segunda, aquella cuyo rostro, cuyo cuerpo, había servido de modelo.

—Lo que me ha mandado no tiene ni pies ni cabeza.

—Lo que le he mandado es un aperitivo, y el más ligero, se lo aseguro, de lo que guarda su hijo Eduardo de Olivenza y Ortiz de Urquijo en el disco duro de su ordenador personal. También podemos ofrecerle todos y cada uno de los visionados desde su móvil con fecha y hora.

—Tú, como yo, sabes que no está cometiendo ningún delito.

Nada, ni un gesto, ni un temblor. La jueza era de titanio. Guapa señora y señora perra de titanio, veneno.

—Usted, como yo, sabe que si se hace público, les va a ser muy difícil que alguien fuera de sus círculos de pederastas vuelva a mirarle a la cara. A él, y a usted. Pero si quiere podemos ofrecerle también el catálogo de su marido. Es un poco más fuertecito. Hay que darle tiempo al chico, porque no me cabe duda de que acabará alcanzando y superando a papá.

—¿Por qué me haces esto?

—El 14 de marzo de 2013 usted firmó una sentencia según la cual la niña Elsa Santolaya Fernández tenía «derecho a ver a su padre». La madre había puesto treinta y siete, ¿me oye bien?, treinta y siete denuncias por abusos, acoso y violencia en el hogar. La niña tenía entonces nueve años. La madre había presentado un informe médico y dos informes psicológicos donde se afirmaba que «con toda probabilidad» Elsa sufría agresiones sexuales por parte de su padre. Los tuvo que pagar de su propio bolsillo, porque su juzgado se negó a ordenarlos. Usted ni los miró. Usted los archivó. Yo sí los he visto. Los tiene en su correo personal, le han entrado mientras mantenemos esta conversación. Le van a interesar. Después de tirar los informes, usted firmó aquella basura del «derecho a ver a su padre». No contenta con eso, admitió la denuncia del criminal diciendo que su mujer estaba loca y que no tenía capacidad para hacerse cargo de la niña. ¿Se acuerda?

La jueza Ortiz de Urquijo me miraba desde algún lugar lejanísimo y alto, allá arriba. En la cafetería de los bulevares entraba y salía gente que tomaba café, ese tipo de hombres y mujeres que rondan la Audiencia Nacional, la madrileña plaza de Colón, las zonas donde la gente viste consciente de que jamás tendrá que realizar un esfuerzo físico. Muchos la conocían y la saludaban con un gesto. Algunos me conocían a mí también, de verme en la televisión en lo que ya era para mí otra vida, aunque notaba un velo de duda. ¿Será ella o no será? ¿Qué hace la Ortiz de Urquijo con ella? No parece ella, quizá no es y solo se le parece. Desde luego, entonces yo ya había dejado de parecerme a mí misma.

—¿Se acuerda o no se acuerda?

La jueza descendió del lugar al que se había ido para

escucharme sin que nada le rozara demasiado. No sé por qué me imaginé que estaba pensando en su infancia, en veraneos en Zarautz, por ejemplo.

—No sé. Llevo muchos casos.

—No me joda, que no estoy de humor. ¿Se acuerda o no se acuerda del caso de Elsa Santolaya? ¿Se acuerda o no de que le quitó la custodia a la madre? ¿Se acuerda o no de que el padre le rebanó el cuello a la cría la misma semana que ingresaron, que usted ingresó, a la madre en el psiquiátrico?

—¿Qué quieres de mí?

Saqué un papel del bolsillo trasero del pantalón. Lo desdoblé delante de sus narices y señalé la lista de nombres que había allí escritos a mano. Mi mano. Conseguí no temblar tampoco.

—¿Entiende todos los nombres o cabe la posibilidad de que se produzca en su cabeza un *fallo de registro*, magistrada?

Me miró. La jueza Ortiz de Urquijo y yo teníamos entonces la misma edad, en la cincuentena. Frente a ella, por primera vez pensé que me estaba sentando muy bien lo que hacía, que me sentía en forma, que estaba estupenda. Los corsés aprietan y acabas moviéndote sobre la propia sombra de aquello en lo que te has convertido.

98

Mundos paralelos

Era como habitar en dos mundos paralelos e ir saltando de uno al otro. Imaginé que por ahí debía de ir la vieja idea de la «integración». Para integrar a alguien en una realidad, debe habitar en otra. A eso me refiero. En un mundo estábamos nosotras, y nuestras cosas sucedían. Sucedían *efectivamente*. En el otro, la vida que antes conocíamos parecía seguir intacta su curso de días y estaciones. Allí las cosas también sucedían. Efectivamente.

Luego estaban los espacios de intersección.

Todos los espacios de intersección eran violentos.

Parecía imposible que nuestra existencia y la suya se cruzaran sin sangre, dolor o pura violencia destilada.

Pero no eran cruces furtivos, intersecciones azarosas. Entraban en nuestros espacios, nuestra realidad, nuestro mundo, para romperlo, para rasgar el sosiego a machetazos.

En cualquier caso, esas eran las dos realidades reales. La idea de apartarnos, dentro de esa dicotomía, bien podría haber resultado. Nosotras no volvíamos a la realidad anteriormente vivida, la previa al apartamiento, y ellos nos dejaban en paz, por ejemplo. Como planteamiento parecía bastante sencillo. Así, en abstracto. Ah, pero ¿cuál era, es y será nuestra misión en esta tierra, la decidida por el dedo de Dios, por las Sagradas Escrituras, por toda construcción económica? Parir y criar.

Parir

y criar

(a poder ser, con dolor).

Cuando corres, pierdes de vista tus propios zapatos.

Me había largado de uno de esos mundos, el de su *realidad*, tras mi paso por los psiquiátricos. El mundo anteriormente conocido. Me había apartado. Bien lejos, a la otra punta del mundo. Tenía cosas que hacer y más me valía hacerlas recónditamente.

Pensé, y años después sigo pensando en ello: ¿por qué hacemos lo que hacemos? ¿Qué nos impulsa a dedicar tiempo y vida a una causa? ¿Es la soberbia, el ego, los restos del maldito cristianismo cosidos a lo que somos? Sentía que me estaban empujando a hacer lo que hacía. Alguien, un alguien común, un ser no individual, me había ido moviendo como una ficha por el tablero de los horrores. Psiquiátrico a psiquiátrico, iba empapándome del castigo a las mujeres. Desde la distancia pienso que me equivoqué al pensar en una decisión clara, efectiva, ejecutada con premeditación. El cuerpo común se maneja con otras leyes. Lo comprendí y lo asumí, me largué a mi mundo paralelo, al de ellas, nosotras, y volví al antiguo dispuesta a intervenir.

Intervenir es una forma de existencia.

Respirar.

99

Quitar el tapón

—No sé por qué no hablamos de la cabeza de cerda, hermanas, yo creo que ahí hay un silencio que no es bueno, eso hay que sacarlo, hermanas, porque estamos poniendo un tapón al miedo. Yo eso lo he tratado en terapia, que hay que quitar el tapón del miedo. —La Pacha maneja su gravedad escueta—. Oye, y si es como un tapón en el desagüe del lavabo, pues el miedo se irá yendo poco a poco y luego habrá un remolino, pues yo qué sé, hermanas, pues puede que maree un poco, pero luego ya no volveremos a poner el tapón. Y si el tapón es el de la bañera, porque el miedo es muy grande, pues tendremos que tener más paciencia...

—Ya, y si es el corcho de una botella de champán, sale disparado, te salta un ojo y lo pone todo perdido.

—Muy graciosa, Carola, muy graciosa. Pero a lo mejor tú eres la primera que no quiere quitar el tapón.

—A mí déjame tranquila, Pacha, no me jodas.

—Pues a mí me da la gana de quitar ese tapón, hermanas, me da a mí la gana y me vais a escuchar todas, que aquí vinimos porque era un espacio seguro. ¿Es así o no es así,

Frida? ¿Es así o no, Rusa? —Se ha hecho un silencio más expectante que incómodo—. No, no, venga, vamos a decirlo claro, ¿es así o no es así?

—Sí, Pacha, es así, compañera, es así.

—Este era un espacio seguro, ¿no, Rusa?

—Que sí, Pacha, que era un espacio seguro.

—Es que llevamos mucho rollo con lo de los espacios seguros y la sororidad y lo no mixto y las comunidades y los apartamientos y todo eso, hermanas, y tooodo eso, y yo ahora ya no lo veo claro. ¡Ea!, ya está dicho. ¿Veis que no era tan difícil? Yo ya no veo claro que este sea un espacio seguro. Primero, por lo que habéis contado de los ataques, que ya sé que son comunidades muy determinadas, que aquí no hay ninguna madre de esas, ni ninguna cría, pero ¿qué me decís de lo de la cabeza de cerda? Ahí está abierto el melón. Hala. ¿Qué me decís de lo de la cabeza de cerda? Que es que una noche salí yo y la piscina estaba toda negra de sangre y había sangre por las baldosas de la ducha de la piscina y por todo el borde y a mí casi me da un infarto. Hermanas, ¡una cabeza de cerda! Que digo yo que quien nos puso ahí la cabeza de cerda y lo llenó todo de sangre, que era mucha sangre, hermanas, mucha sangre, quien lo hizo no quería darnos un regalo por nuestra sororidad, ¿eh?, que me parece que no es un bonito regalo para nadie una cabeza de cerda con toda su sangre y todo, todo eso.

—Oye, que hemos dado por hecho que era de cerda, pero podría ser de cerdo, *cariña*.

—No tiene gracia, Divina.

—No, si yo no lo digo para que haga gracia, sino…

—¡Que te calles, hermana, joder! —grita la Pacha—. ¡Que te calles ya de una puta vez!

La Pacha se tapa la boca y se le empañan los ojos. Se levanta, se acerca a Divina y la abraza. Divina parece que podría quebrarse, una pieza larga de cristal en los brazos poderosos de la otra. Su cuerpo de ave casi dentro del cuerpo rotundamente mamífero de su compañera.

—Perdona, perdona, perdona, perdóname mucho, Divina, perdona, por favor, perdóname mucho, por favor, por favor. —Divina se desase y resta importancia con un movimiento de la mano en abanico—. ¿Veis lo que pasa?

—¿Qué pasa, Pacha? —Frida ha dejado de teclear—. Dilo y acabemos esta escena, porque estoy muy muy agobiada de curro.

—Tengo miedo. —Una primera lágrima le baja hasta el cuello—. Hermanas, estoy aterrorizada.

—Yo también. —La voz de Bobita parece la punta de un pie cuando prueba la temperatura del agua de la piscina por si está helada.

100

No las llaméis «muñecas»

—Lo que hemos hecho es aprovechar lo existente. Esto ha sucedido así: las de LARED nos colgaron lo de la media. Bueno, nosotras, que también somos LARED, colgamos lo de la media y las fotos de las muñecas…

—¡Frida, por favor! —Divina yergue su larga elegancia—. Os voy a pedir un favor, y ya veis que esta vez no es una exigencia. Es una súplica. —La actriz se pone teatral, porque no puede evitarlo, pero su ruego es sincero como el de las niñas que ya no quieren participar en un juego que les hace daño—. Yo asumo que no queréis llamarlas «niñas». No entiendo vuestras razones, básicamente porque no quiero entenderlas. No me da la gana. Me niego a comprenderos. Peeeero —alarga la *e* y es de nuevo bailarina esqueleto— deberíamos llegar a un pacto, no es tan difícil. ¿Creéis que podemos referirnos a ellas como «las pequeñas» en lugar de «las muñecas»? ¿Supondría para vosotras una molestia insalvable? Cada vez que las llamáis «muñecas» —recupera la mirada de alguna representación dramática antigua— es como si me clavarais un puñal en el corazón.

—¿En serio, Divina? Estamos en una situación bien jodida, Frida nos cuenta de ataques y bárbaros, ¿y a ti lo único que te importa es cómo las llamamos?

—Efectivamente, Carola, efectivamente. Porque nos hemos jugado el pellejo, ¡el pellejo!, y tú lo sabes bien, nos lo hemos jugado por ir a sacar a esas pequeñas de donde estaban. ¿Crees que nos habríamos arriesgado por, no sé, unas barbies, por la Blancanieves, por la Nancy rubia? No tengo nada contra las barbies, *cariñas*, pero ni en el caso de que las quemaran en hogueras públicas con gasolina moveríamos un dedo. ¡Qué idiotez! —Se tapa la cara unos segundos—. Me hacéis decir idioteces. Tú, Carola, tú exactamente fuiste la que cogió un cuchillo y saliste y salvaste a Nanami de las garras del vecino criminal homínido impotente. ¡Tú! ¿Por qué lo hiciste? Piénsalo.

—Vale, Divina, muy bien. Lo hemos entendido todas. Perdonadme, compañeras, porque tengo mucho trabajo…

—Sí, Frida, siempre tienes mucho trabajo, pero ahora yo he pedido la palabra para plantearos una súplica. Una sú-plica. Tu trabajo no sirve de nada si no tenemos claras algunas cosas. Trabajas, y ahora trabajamos todas también, por alguna razón. Y esa razón es que nos damos cuenta, aunque os cueste admitirlo, de que esas criaturas no nos parecen muñecas. Y tampoco les parecen muñecas a los pedófilos que las compran y practican a saber qué atrocidades con ellas.

—*Madrecica*, hermanas, Divina tiene toda la razón. —La Pacha se lleva la palma al corazón—. Yo estoy con Divina. Para mí ya no son muñecas. Mira, hasta las heridas que les hizo en la mano me han estado preocupando. Les he cogido cariño. No sé si como dices tú, Divina, como a niñas, pero a lo mejor como se quiere a una mascota, no sé, o un poco más que a una mascota.

Divina espera a que acabe la Pacha como se atiende a una secundaria en la obra y continúa, satisfecha con lo oído:

—Así que yo me ocupo de ellas si hace falta, me ocupo de su higiene y de que lleven una vida normal. —Carola lanza un bufido sobre la palabra «normal» que a Divina le resbala—. Pero a cambio vosotras no las llamáis «las muñecas».

—¿Y cuando tengamos dos docenas? —se enfrenta Carola.

—Pues montamos un centro de acogida, ea —zanja la Pacha sin reírse.

—Bien, todas de acuerdo, todas de acuerdo, Divina. —Frida vuelve a levantar la vista de su pantalla—. Sigo. Pusimos la foto de *las pequeñas* —Divina saluda satisfecha el término «pequeñas», recorre a todas con la mirada, alza el mentón— en LARED junto a la foto del buzón del pedófilo con la media colgada. Al principio no pasó nada. Pero necesito que hablemos sobre lo que está sucediendo ahora, ahora mismo, todo el rato desde ayer, sin parar.

Frida siempre duda sobre su capacidad para expresar lo que maneja, los asuntos virtuales y de las redes. Su cuerpo está en El Encinar, pero su cabeza vive dentro del ordenador. Habita simultáneamente esas dos realidades, quizá más. Antes de que apartara a sus hijos ya era parcialmente así, pero desde aquel día los alimentos, las plantas, el sol, la piel e incluso la lectura dejaron de interesarle.

—Bueno, el colectivo LARED, que es una red, pero también somos nosotras, y nosotras somos nodo en la medida en la que yo lo soy, o sea, que en el fondo nosotras...

—Frida, cariño mío, ¿puedes explicarte sin rodeos? ¿Qué coño está pasando?

—Miles de cuentas difundiendo en la red miles de fotos

de buzones con una media de rejilla colgando. —La voz, el tono y hasta el timbre de Frida han cambiado tras el ordenador, brilla como las flores efímeras del desierto tras la única lluvia, tiembla un poco, se le llena el timbre de infancias propias e imaginadas—. Miles de nombres de hombres. No, ¡más! —Se levanta, abre los brazos—. ¡¡Miles de nombres por minuto!! —Vuelve a sentarse algo avergonzada por el arrebato—. Necesito que lo hablemos, porque esto es una revolución. Compañeras, es brutal, maravilloso. Todo el mundo, todo el mundo... —Le tiemblan perceptiblemente las manos, entrelaza los dedos para atemperar la emoción—. Llevamos contabilizados doce países distintos. Está sucediendo al menos... ¡en doce países distintos! Todo el mundo lo está haciendo y lo está viendo. Es brutal. Es un tsunami de denuncias, ya ha empezado a salir en los medios de comunicación.

—¿Y nosotras qué ganamos?

—¿Perdón? —La voz de Frida suena como después de un bofetón imprevisto—. ¿Qué quieres decir con eso, Carola?

—Quiero decir lo que acabo de decir, ni más ni menos. Nosotras habíamos venido aquí a vivir tranquilas. Nos habíamos retirado aquí porque era un espacio seguro y para llevar una vida si no buena, al menos sin violencia.

—Pero ¡es nuestra lucha!

—¿La de quiénes?

101

Mujeres de aquí y de allá

—Titi, necesitamos algo a lo que agarrarnos para empezar.

Había sacado a María B. y a la Tremenda Diminuta de la reclusión psiquiátrica, y del país, en cuanto tuve oportunidad. Como ya he dicho, no me largué sola. Ellas vinieron conmigo, y algún tiempo después se unió la Reina con sus mujeres, Gabrielle, la Reina de las marrones. Todas nos apartamos radicalmente, todas procedentes de los psiquiátricos, de las comisarías, de los juzgados, todas juntas, organizadas, todas con nuestras bestias dentro. Una bonita comunidad feroz. Nos tuvimos que largar lejos, nada de Portugal, Francia, Italia. Lejos de verdad. Lo suficientemente lejísimos para que ni se les ocurriera buscarnos. Los monederos de escroto fueron la mejor razón, todo un descubrimiento.

—¿Algo como qué?

—No sé, titi, un cabo del que tirar. La selva de los machos allá adentro de las redes se ha vuelto inabarcable. Rastrear todos sus sitios y a ciegas nos llevaría décadas. Cada vez son más. Es una locura.

Las echaba de menos. Una se acostumbra pronto a la compañía de las iguales. La imagen de la Tremenda Diminuta con la selva de fondo me iba acelerando. Quería terminar pronto con los asuntos que me habían devuelto a España y regresar a mi exilio con mis compañeras. Parecía que lo nuestro funcionaba. Empezaba a hacerlo. Y, esto era fundamental, nos estábamos divirtiendo.

—¿Qué tenemos, pequeña?

—En realidad nada, joder. Las nuestras tienen localizados a todos los compradores de *dolls*, las zonas donde se han encontrado *dolls* descuartizadas o partes de ellas. También a todos los compradores de *babies*, y están los discos duros de miles de pederastas..., ¿cómo los llamamos?, ¿*significativos*? Vamos cruzando toda la info, titi, esto es un currazo. Luego están los grandes grupos de *incels* y los violentos organizados. Hay bastantes, y los tenemos controlados, pero eso no es nada, titi, nada de nada. Me refiero a que por ahí solo circulan instrucciones para violar, instrucciones para matar y que no te cojan, para golpear sin dejar marcas, para limpiar la sangre... Bah.

—Naderías. No nos sirven.

—Eso te estoy diciendo, titi, eso te estoy diciendo. No nos sirven una mierda. Nada sobre pezones clavados en ningún sitio. Nada sobre cortar cabelleras. Ni una sola mención en cientos y cientos de miles de perfiles rastreados.

—Vale. Sigo con Gil.

—¿Estás segura?

—Eso creo.

—Otra cosa. Te paso un par de links. Una comunidad interesante. Van por libre. Les salió mal algo. Un muerto, parece que accidental.

—¿Están bien guardadas?

—Son nodo, además.

La llamada de la Tremenda Diminuta fue mi primera noticia sobre la comunidad de El Encinar. Lo recuerdo perfectamente, porque ya no solíamos tratar con veteranas *limpias*. Ninguna de aquellas había pasado por prisión ni psiquiátricos, ni siquiera por una comisaría. Era una comunidad de mujeres que habían decidido apartarse cada una por sus razones, era una de las comunidades puras. Las anfitrionas sí estaban fichadas, y en busca y captura. La nodo se llamaba Frida. Era una veterana de LARED, una de las fundadoras. Las descubrieron a ella y a su mujer en los primeros días y tuvieron que sacar del medio a los hijos y apartarse ellas mismas.

El trayecto desde el lugar donde se habían apartado hasta la frontera portuguesa no llegaba a una hora, podían pasar a pie con cierta facilidad también.

Entre ellas había una actriz en decadencia cuyo marido la dejó en la puta calle en el momento en que le empezaron a fallar los bolos. En la puta calle literalmente, en la más cochambrosa indigencia. Parece que la vieja había pagado para vengarse. Mal, le había salido jodidamente mal, se asustó y salió corriendo. Con ella, su asistente, o su amante, o lo que fuera, una joven sin huella o historia de ningún tipo ni mayor interés *a priori*. Por sus redes se podría colegir algún rastro de violencia sexual en la infancia de la chavala. Después había una cincuentona heredera millonaria de bodegas españolas de origen británico, canela en rama, víctima de violación por parte de su hermano y un par de primos. Los tres habitualmente. A los diez, los once y hasta los catorce. Violación cierta, con seguridad y denuncia interpuesta años después. Sin condena por prescripción del delito. Vivía allí también, con la actriz, la amante y la heredera, una *butch* de buena familia, sin redes ni razones evidentes para apartarse. Quizá solo, y así lo pensé entonces, porque era inteligente. Nada indicaba que dicho grupo de corte tranquilo, casi hippy o al estilo de las antiguas cooperativas sindicales de vivienda del siglo XX, fuera a matar a un hombre. Pero aquello había ocurrido. Aquello no era una de las habituales mentiras policiales o mediáticas del sistema. Era tan verdad como que la pasma tenía sus imágenes entrando y saliendo de la finca del fiambre antes y después de que palmara. Pensé que solo les había faltado ejecutar una bonita coreografía ante la cámara de seguridad. Mi primer impulso entonces, esto también lo recuerdo bien, fue de compasión y un claro desprecio. ¿A qué os metéis, gallinitas de corral, en camisa de once varas?

Una nunca sabe cuán duro es el pico de una gallina. Ni cuántas piedras carga en su aparato digestivo.

—A propósito, las yanquis rubias siguen aquí. Habrá que dar el paso.

—Mañana. Ocúpate de que estén en condiciones, por favor.

102

Historia de Candy

La imagen de Christine aparece en la sala de operaciones sentada en lo que parece la cama de una pensión pobre o una celda monacal. Un catre cubierto con una colcha gris rata. Todo lo que se ve, aparte de eso, son paredes blancas desnudas. Viste su traje tradicional coreano, masculino, cerrado. Lleva la melena recogida en una coleta baja y la severidad de su gesto deja entrever cierto apremio. Parece estar cumpliendo un trámite con el que tiene que acabar deprisa.

Ha exigido que las dos muchachas norteamericanas estén sobrias. La Niña Shelley y Britney Love han accedido porque les ha dicho que les iba a explicar los trámites para el pago del material que han ido a buscar. Habla del tirón. Si no hubieran visto los trámites de la conexión online, podría parecer una intervención registrada unas horas antes, o una grabación que ya se ha reproducido en otras ocasiones. En cuanto empieza a hablar, comprenden que no, que se dirige a ellas.

Lo que dice:

—Fue en la fiesta de graduación de los alumnos de Ingeniería robótica del curso 90-95 en Berkeley. Los dos chicos pertenecían a la fraternidad de los Delta Theta Ipsilon. Entonces no había teléfonos móviles ni era costumbre dejar las fiestas grabadas, ni siquiera en la memoria. Entonces las cosas que les hacían a las chicas a veces las contaban ellas mismas, muy pocas veces, muy pocas chicas. La verdad es que casi siempre, y este *casi siempre* podría ser un *siempre*, las cosas que les hacían a las chicas se callaban. Sin embargo, a algunas les hacían cosas tan terribles que acababan trascendiendo, porque modificaban su vida para siempre, y con su vida, la de quienes las rodeaban. No es que ellas las contarán, eran cosas que se contaban solas.

»Ese fue el caso de Candy, una muchacha de dieciocho años a punto de terminar su primer curso de Literatura comparada en el mismo campus de Berkeley.

»Muchas veces me pregunto qué habría sido de nosotras sin la violencia que nos ha desquiciado, disociado, traumatizado, alcoholizado, malherido. Entonces, cuando me lo pregunto, pienso que podría haber llegado a tener un alto cargo institucional, quién sabe si una brillante carrera política, o dirigir una gran fundación internacional, o así. Enumero mentalmente esos lugares que siempre corresponden a hombres serios y respetables o a mujeres con aspecto de hombres serios y respetables. Y lo pienso porque a nosotras nos convirtieron justo en lo contrario de eso a base de violencia. De muchas violencias, una sobre otra, todo el tiempo de todas nuestras vidas. Me pregunto si todo ello responde a un plan, si todo está y estaba hecho para destrozarnos, o sencillamente es tal la frivolidad de los hombres, su inconscienciaególatra y avarienta, que ni siquiera planificaron lo de jodernos la vida, el futuro y el sustento.

»Necesito pensar que así es, que estaba planificado, minuciosamente planificado. Necesito colocarle un marco de maldad, crueldad política organizada. Si tantísimo dolor, tal cantidad de horror acumulado, respondiera solo a la inercia de las maldades pequeñas que arrastra la costumbre, eso me llevaría a matar. En lugar de emascular, amenazar, destrozar vidas, acabaría matando fría y serenamente.

»En el caso de Candy, desde luego no planearon nada. Pero estaban dispuestos a que sucediera. Exactamente, de eso se trata. De hecho, podríamos decir que estaban *preparados* para ello. No para lo que vino después, sino para el primer paso de la destrucción. Porque no sé si sabéis, queridas, que la destrucción, en cuanto arranca, es imprevisible, es soberana de sí misma y todo lo arrastra consigo. Resulta absolutamente ingobernable. A veces, como en esta historia que os estoy contando, es necesario que pase mucho, muchísimo tiempo, pero basta un poco de empeño, un mínimo ejercicio de memoria, para que el fuego un día encendido cobre de nuevo llama.

»La noche en que se celebraba la fiesta de graduación de los nuevos ingenieros robóticos, Candy, alumna de letras de primer grado, no tenía que estar ahí y en puridad no estaba. Cuando los dos jóvenes ingenieros, a los que sencillamente llamaremos Johnny y David, se cruzaron con Candy, ya había empezado a amanecer. Ellos aún no habían llegado a sus dormitorios y ella acababa de salir del pequeño apartamento que compartía con otras cinco muchachas, todas mexicanas como ella. La probabilidad de que las vidas de Johnny y David, miembros destacados de la elitista fraternidad de Delta Theta Ipsilon, se cruzaran con la de Candy, hija de migrantes, tendía a cero.

»Existía la posibilidad.

»Tendía a cero.

»O sea, existía.

»¡Ahí está! Ese es un concepto interesante al que yo, como persona de letras y mujer furibunda, me aproximo con toda suspicacia: tender a cero. Si algo tiende a cero significa que no es cero. Si una posibilidad o un porcentaje tiende a cero *no es* cero. O sea, *cabe* tal posibilidad. Quienes manejan esa idea, quienes equiparan lo que tiende a cero con lo que *es* cero, desprecian las posibilidades pequeñas, eligen lo que es y lo que no es despreciable. Son aquellos a los que ese margen no les importa. En todo existe una línea poco probable, marginal, no nuclear, que deciden despreciar. Así, más o menos, Johnny y David con nuestra jovencísima Candy.

»De cómo la llevaron a su habitación, lo que le hicieron allí, de cómo la golpearon y violaron durante cuarenta y ocho horas y cómo consiguieron que nadie interviniera, no existe más que un parco e incompleto informe policial de la época, que, por cierto, se mantuvo escondido hasta que, pasado algún tiempo, apareció el cadáver de la joven colgando de la viga de una vieja casa abandonada.

»Nadie tuvo noticias de Candy desde que abandonó el hospital después de la brutal violación, tras la que renunció a cualquier denuncia, hasta que se identificó su cuerpo, exactamente un año después, colgando de la viga de aquella vieja casa abandonada donde a nadie en la zona le constaba que viviera alguien, aunque dijeron que "sí que salía una mujer de vez en cuando". La vida de las mujeres que habitan casas abandonadas, la vida de las mujeres que habitan las calles y puentes, la vida de las sinhogar, la vida de las marrones y las negras, la vida de las mujeres con los hijos arrancados, la vida de las que habitan los márgenes despreciables les parece exactamente eso, despreciable.

»Tiende a cero.

»A nuestra Candy la violaron y la torturaron David y Johnny los días 20 y 21 de junio de 1995. El cuerpo lo encontraron unos críos el 30 de junio de 1996. El forense calculó que llevaba diez días muerta. Su familia y sus amigas llevaban más de un año sin saber de ella.

103

¿Quién es Candy?

Stephany Velasques tiene el color de las hojas de un libro antiguo después de permanecer a la intemperie y darles la luz durante varios años o varios siglos, como las briznas de tabaco que quedan tristes ahí en la mesa después de liarlo, como persisten durante días porque nadie lo limpia.

—¿Qué pinto yo en todo esto? —pregunta a nadie en particular—. ¿Qué hago aquí?

—Eso es lo que tenemos que averiguar, hermana, qué hacemos nosotras aquí exactamente, a qué hemos venido y si lo estamos consiguiendo. —La Niña Shelley da vueltas en la habitación del palacete de Bangkok como una tigresa en la jaula de cualquier zoo, o como un ratón, siempre demasiado jaula una jaula.

—¿Por qué me llamas «hermana» ahora?

—No lo sé, Stephy, no puedo saberlo, se me habrá pegado de esas mujeres extrañas. No sé nada ahora mismo, no me agobiéis.

—Ha sido una aventura, ¿no, Niña? Te lo explicaremos luego, Stephany, creo que esto es una aventura. Se ha convertido en una aventura que no esperábamos y ahora tenemos que acabar con lo que hemos empezado.

—Bueno, bueno, Britney Love, párate ahí. No digas que *tenemos* que acabar. No *tenemos* que hacer nada. Acabamos *porque nos da la gana*. A mí nadie, ni blanca, ni marrón ni de ningún color, me va a robar *mi* idea y mucho menos me va a dar órdenes.

—¡Basta ya, Niña! —La Niña Shelley está rebuscando el monederito dentro del bolso de paja que ha dejado sobre la mesa—. Basta ya de bobadas. Deja por un momento la farlopa y concéntrate. Solo tenemos que volver a casa y preguntarle a tu madre por Candy.

—¿Quién es Candy? —Esta vez Stephany Velasques sí lanza su pregunta de forma consciente. Su tono arrastra cinchas de urgencia.

—En el viaje te lo contamos todo, Stephany, es una especie de enigma que debemos resolver para conseguir las pieles.

—Con lo cual nos ahorramos una pasta, hermanitas. —La Niña Shelley esnifa un par de rayas, respira y vuelve a esnifar un par más—. ¿Por qué a mi madre?

—Mira, Niña, no voy a preguntarle yo a la mía…

—Juego sucio, no, Britney huérfana. ¡Y una mierda voy a preguntarle a mi madre, Britney Love! Y una mierda… Yo con mi madre hace años que no hablo. Y te digo una cosa: aun en la remota posibilidad de que nos dirigiéramos la palabra, mi madre es absolutamente, escúchame, Britney Love huérfana de madre muerta, ab-so-lu-ta-men-te incapaz de articular palabra. —La Niña Shelley esnifa otro par de rayas—. En el también improbabilísimo caso de que esté despierta o esté sobria.

—Vale, Niña, como tú digas, vale, bien… ¿Renunciamos, pues, a nuestra empresa? Por mí, que le den. Empiezo a estar hasta arriba de todo esto. Así te lo digo.

—¿Qué? ¿Qué estás diciendo, Britney Love? ¿Te rindes, Britney Love? ¿Es eso lo que estás diciendo, Britney Love? A mí un puñado de locas, sean blancas, marrones, amarillas o del color de la mierda pura, ¿me entiendes?, o del color de la mierda pura de su culo, no me van a tomar el pelo ni me van a robar. La puta idea es mía, la empresa es mía, y te digo más: en cuanto lleguemos a casa nos vamos a comprar la colección entera de medias de rejilla del mercado y nos las vamos a poner en la cabeza y no nos las vamos a quitar ni para dormir.

—¿Quién es Candy?

Stephany Velasques está acurrucada en un rincón de la habitación, contra la cristalera detrás de la cual los almendros vuelven a estar en flor. La Niña Shelley vierte sobre la mesa los restos del contenido que queda en la pequeña bolsita. Después saca una piedra blanca con reflejos nacarados del tamaño de una nuez y una navaja con mango de obsidiana que parece un complemento de Loewe y quizá lo sea. Mientras habla, rasca la roca con un brío furioso, de manera que va añadiendo polvo blanco al que ya ha vertido.

—Esas zorras no tienen nada que enseñarnos a nosotras de lo que es vivir juntas, de lo que es cuidarse y esas mierdas. ¿Sabes, Stephy? Esas viejas no tienen ni puta idea. Cuánto has cuidado tú de nosotras, ¿eh? Dime. Y cuánto nosotras de ti, ¿eh? Dime. —La Niña Shelley se pone de pie y mira alrededor hasta que localiza el neceser de Gucci donde cargan los Geisha—. Santino, nos vamos. Prepara todo, nos vamos inmediatamente.

La imagen de Santino aparece en la habitación y esa simple presencia parece devolver cada cosa a su sitio. Stephany

Velasques lo mira, pero sus ojos ya son otros, no son los ojos de Stephany Velasques, porque no están ahí.

—El equipaje… —empieza a decir el asistente.

—Ni equipaje ni nada. Nos vamos inmediatamente. Vamos a acabar con esta tontería in-me-dia-ta-men-te. Somos empresarias y no tenemos tiempo que perder. Si hace falta que mi madre se meta todo esto —señala el montecillo de cocaína que ha ido rascando sobre la mesa—, lo hará. Si no, se lo meteremos en vena a la muy zorra. Esto tiene que ser divertido, chicas, esto tiene que divertirnos mucho y a mí ya no me está pareciendo divertido en absoluto.

Stephany Velasques no se mueve. Stephany Velasques no habla. Stephany Velasques no llora. Stephany Velasques no toma su cocaína ni toma pastillas. Stephany Velasques ya solo se define por lo que no hace. Son la Niña Shelley y Britney Love quienes mueven el cuerpo de su amiga, que sencillamente obedece al impulso que ellas imprimen a sus miembros. La levantan, la enfundan en un vestido largo azul satinado de tirantes que la cubre hasta los pies y la tapan con un ropón de lana que parece innecesario, dada la temperatura. Porque podría ser una cota de malla.

Cuando salen, queda fuera un campo de almendros pelados y la tierra cubierta de pétalos níveos.

104

Gil Alexander

Te miran y te ves. Ahí funciona todo, en la mirada del otro. Las comunidades también tenían, tienen que ver con eso. Recuerdo las incontables mujeres de los psiquiátricos que habían pasado de zorras a inútiles, de inútiles a peligrosas, de peligrosas a dementes. Las madres, tratadas de incapaces y tóxicas para sus propias criaturas. Cada día, cada hora, cada minuto de cada día. Si cada día, cada minuto de cada día, quien te acompaña, o quien debería ampararte, te repite con saña tu incapacidad, te insiste con asco en la repugnancia que provoca tu aspecto, te desprecia y humilla, acabas creyéndolo. *Eres* incapaz, repugnante, despreciable.

Creer ser es ser.

Que te miren o que no te miren, ahí está.

Salir de esa mirada, encontrar otra. Por ejemplo, la mirada de las iguales.

—Vale, lo entendí. Los monederos. Te interesan los monederos.

Me había costado volver donde Gil. Había salido de aquella casa con la garganta atorada y aguantándome las ganas de arañarle la cara. Gil era un hijoputa de los de toda la vida, pero no tenía otro a mano con su conocimiento sobre crímenes macabros y un pie en el inframundo macho. De todas formas, en cuanto me miró me di cuenta de que no estaba allí solo por el asunto de los ataques.

—Te has vuelto muy intensa, querida. Me gustabas más en tu vida pasada.

—Comprenderás que me importa un huevo, de los tuyos, lo que te guste o no de mí.

—¿Ves, querida? Esa apostilla. Me refiero a esa apostilla. «De los tuyos». Me parece, y espero que me perdones, una cursilería impropia de ti. Te importa un huevo. Ya está. Un huevo. De los míos o de quien sea.

—Gil...

Parecía recriminarle, pero pensaba «mírame», «mírame para que me veas bien». Volvíamos a estar en el hotel convertido en apartamentos masculinos, colmena pútrida con las *dolls* servidas a domicilio.

—Vamos, querida, hace mucho tiempo que nos conocemos. Pareces un monje oriental. No sé qué diferencia podría haber entre un monje oriental y una monja de las nuestras; entre vuestras comunidades, ¿debo llamarlas así?, y un convento clásico.

—Podría consistir en que no somos unas monjas *de las vuestras*. La verdad es que no lo había pensado.

—De todas formas, sigues estando guapa.

Me dije: «Sal de ahí». Me dije: «No entres en el coqueteo». Me dije: «No es eso lo que buscas en la mirada de este imbécil».

—¿Tienes algo para mí?

Gil sonrió porque sabía lo que se me acababa de pasar por la cabeza.

— 389 —

—¿Y tú, querida? ¿Tienes algo sobre el asunto de los monederos de piel de huevos, *nuestros huevos*?

—Sí.

—Bien. Voy, pues. En diciembre de 1970 se cometió el que llamaron «El crimen del siglo» o «El crimen de la familia Alexander». La Guardia Civil no había visto nada igual antes ni creo que lo haya visto después. El hijo y el padre, Harald y Frank Alexander, confesaron haber matado a la madre y a dos de las hijas. Se lo contaron a la tercera cría, que se salvó porque no estaba en la casa en el momento de la escabechina. Cuando entraron los agentes, se encontraron el infierno. Tal cual, literalmente y nunca mejor dicho. El hijo aseguró, si no recuerdo mal, que lo habían hecho porque las mujeres estaban poseídas por el diablo. Las habían matado a golpes. Después las abrieron en canal y decoraron la casa con sus vísceras, esparcieron por la casa los intestinos, el estómago, los riñones… Y aquí el detalle que a ti te interesa: el chaval les cortó los genitales y les arrancó los pechos con unas tijeras de podar y una cuchilla de zapatero. Después los clavó en la pared.

—¿Estás seguro de esto último?

—Busca las noticias. Hace nada se cumplieron cincuenta años del crimen y los colegas de la prensa se lanzaron a rememorar. Ya ves que no soy yo el único morboso del oficio. Solo el morboso con más y mejor trayectoria. Y sin duda el más elegante.

—¿Qué fue de ellos, del padre y el hijo? ¿Se les puede visitar?

—Me temo que no, cielo. Los encerraron en el loquero de la cárcel de Carabanchel en el 72. Veinte años después, desaparecieron. Dijeron que se habían escapado. Nadie ha vuelto a saber de ellos. Hay quien cree que los rescató la

Sociedad Lorber, un club de dementes que tiene su propia versión de la Biblia, en la que evidentemente no está mal visto destripar a las mujeres de tu familia. Con el asunto este de las redes, hay algunos grupos de frikis del caso que están en contacto y comparten lo que creen saber, datos que según ellos se les escaparon a los investigadores y ese tipo de sandeces. No creo que te sean de gran ayuda en general, pero hay un par de grupos en los que la *decoración mural* de los Alexander tiene bastante éxito. Te los envío. Los dos son de acceso restringido y no especialmente fácil. He tenido que pasar por algunos trámites que preferiría haberme ahorrado. Considera mis claves un regalo personal.

Gil dio un paso hacia mí y volvió a extender la mano como para tocarme la cara, igual que había hecho en nuestro primer encuentro. De nuevo, se frenó a un palmo de mi piel.

—Ahora, lo mío, preciosa.

Saqué del bolsillo un papel doblado idéntico al que le había dado a la jueza, pero esta vez la lista no era de niñas.

—Aquí tienes una docena de hombres que están a punto de perder sus testículos. Te habrá llegado al correo electrónico una copia completa del disco duro de cada uno de ellos. Verás que junto a algunos de los vídeos de pornografía infantil generados por IA aparece la foto y la identificación de la criatura real usada para sus horrores.

Gil no me dio las gracias, ni yo a él. Salí molesta por la satisfacción de haberme sentido deseada de aquella manera, muy conscientemente.

105

Chicas con la media

Cuando decidimos usar al grupo de El Encinar, sabíamos lo que podía suceder. Una nunca sabe todo, solo sabes lo que conoces y lo que consideras *posible*. Y sí, «usar» es el término adecuado. Habíamos pasado por movimientos semejantes de extraordinaria potencia y de carácter universal. El MeToo había sido el más potente y en aquellos primeros años veinte aún le quedaba recorrido. Pero todos los avances tienen su castigo. Cuando decidimos usar al grupo de El Encinar sabíamos lo que *podía* suceder, pero no lo que *iba* a suceder. Entre lo que puede suceder y lo que sucede siempre cabe una sima. Si no estás atenta a esa sima, se te tragará.

Nadie debería creer en la disparatada idea de la proporcionalidad del castigo o la proporcionalidad de la pena. No existen proporciones cuando pulverizas las reglas. No existen proporciones en la respuesta del sistema roto. Todo sistema se recompone desproporcionadamente de la misma forma que un día desaparecerá.

Las mujeres de la comunidad de El Encinar habían actuado por intuición. Habían hecho caso a sus cuerpos, habían *escuchado* a sus cuerpos. Detestaba ese tipo de asuntos de las gallinitas de corral. La frase «Escucha a tu cuerpo» estaba en mi galería de los peores horrores, junto con la palabra «sororidad» y ese empeño en que *nosotras* —¿quiénes?— no respondíamos a la violencia con violencia. Esas eran las tres patas de la repugnancia que yo sentía entonces por las gallinitas: «Escucha a tu cuerpo», «Sé sorora», «Nosotras no respondemos con violencia». Sin embargo, en aquel caso tuve que manejar algo demasiado cercano —siempre es demasiado— a la humildad y admitir que ellas tenían razón, que lo habían hecho y que nos estaban prestando unas armas que ni siquiera se nos habían pasado por la cabeza.

Las *babies*, el uso de las *babies* con fines sexuales, porque no había otro, nadie se compraba una *baby* para tener una niña-mascota de silicona tierna; su uso retrataba la violencia con un bisturí tan certero como aterrador: a las *babies* se las violaba por deseo. Las *babies* no eran otra cosa que el deseo macho de violar a las criaturas.

No a las mujeres.

No a las madres de las criaturas.

Ni siquiera a las hermanas mayores.

A las niñas.

Eso fue algo que aquellas mujeres sencillamente no pudieron soportar. Las recuerdo a todas ellas, maravillosas y grotescas, con ese aspecto doméstico y sin épica con el que revolucionaron todo y siguieron su camino. Ellas publicaron aquella primera foto con la media colgando del buzón y el nombre del hombre a la vista. Todas habíamos visto la imagen de la más vieja con la media de rejilla en la cabeza en aquel vídeo del asesinato del primer hombre. Los medios,

—393—

como con las Cerdas, tienen sus mecanismos para grabar en la memoria de la sociedad lo que se necesite, y la cara de aquella anciana embutida en una media de rejilla ancha permaneció durante demasiado tiempo como para olvidarla.

Entonces las chicas empezaron a ponerse sus medias de rejilla ancha en la cabeza para salir a beber, para bailar, para viajar en transporte público. Después, un día, la actriz de una serie de moda apareció en la alfombra roja con la rejilla pintada sobre su rostro perfecto. Quien pensó que dicha apropiación había desactivado un movimiento no había entendido nada.

106

Éramos nuevas, éramos muchas

Se pasaron muchas cuestiones por alto. Éramos nuevas, éramos muchas, éramos otras. Sí, gracias a las que nos precedieron, bla, bla, bla... en todo. Absolutamente nuevas, absolutamente otras y nuevo también el mundo que habitábamos. No sus violencias, porque las violencias del mundo son líquidas. Dame un mundo, dame un recipiente, vierte las violencias *et voilà*, tendrás las mismas violencias de siempre, en otros recipientes.

Mirábamos a las monjas. Mirábamos a las beguinas. Se hablaba de la paz en las comunidades no mixtas desde la idea naif de una armonía posible. Ninguna se paró a pensar en este todo a la vez en todas partes que ya era entonces. Lo mismo que nos permitía la conexión en redes, el avance conjunto, la comunicación total, estaba llamado a ser nuestra destrucción.

Cuando la reina Juana se retiró a vivir con su comunidad de mujeres en el monasterio de Tordesillas, ¿cuántas eran? ¿Quiénes eran? ¿De dónde procedían? Cuando su nieta Juana de Austria construyó para ella y sus iguales el monasterio de las Descalzas Reales en Madrid, ¿quién era ella? ¿Cuántas eran? ¿Cuál era su cuna, cuántos sus privilegios? Cuando las beguinas fundaron sus comunidades en Europa, ¿cuántas hicieron vida allí?

Se pasaron muchas cuestiones por alto.

Las más relevantes, entre otras.

Cuantitativamente,

cualitativamente.

Cuantitativa y cualitativamente atolondradas creíamos estar en lo cierto.

Sin embargo, ¿qué tienen en común unos pocos cientos de riquísimas mujeres privilegiadas, aristócratas, aisladas en enormes construcciones de respeto, qué tienen en común con millones de mujeres del más variado pelaje, de todos los pelajes, colores, estratos, culturas, de todo el globo, creando sus propias comunidades, narrándolas a la vez, exponiéndolas en público, conectadas a la red, convirtiéndolas en ejemplo?

Nada. Nada en común.

Nada de nada más que la necesidad de apartarse.

Pero una no se aparta en público. No te apartas *públicamente*.

El castigo consiguiente podía ser ejemplar o general. Eso era todo lo que quedaba. No la posibilidad del castigo, sino su cualidad, qué castigo. Y eso dependía del lugar del que partiera. Podía ser un castigo desde el poder, un castigo organizado como el de las madres ladronas, etcétera. O podía ser un castigo espontáneo. No tuvimos en cuenta esta última posibilidad, aterradora.

Estábamos demasiado ocupadas sacando del bosque a las criaturas.

Algunas de nosotras. A algunas criaturas.

107

Hasta con la muerte Divina

Divina se ha sentado en uno de los sillones junto a la chimenea. Hay dos sillones grandes y dos tresillos viejos. Todo parece sacado de algún rastro, cada pieza con un tapizado diferente. Antes de sentarse, Divina cubre el suyo con un pañolón, para que su piel no roce la tapicería. Ha pedido a la Rusa que encienda la chimenea pese a que aún no hace tanto frío. Alarga sus manos vienesas de dedos largos, huesudos, hacia un fuego pobre que de vez en cuando lanza un crepitar de rama tierna.

Bobita va bajando a las *babies*. Primero sienta a Nanami en el tresillo con tapizado de hojas en tonos ocres y marrones. Nanami es como una más entre las mujeres de El Encinar, fue la primera y tiene entidad propia, al contrario que el resto, a las que no han puesto nombre. Si Frida ha buscado los modelos a los que pertenecen, y con ellos su denominación, no se lo ha hecho saber a nadie. Desde la mesa junto a la ventana, trajina las redes y de vez en cuando echa una ojeada a lo que sucede al otro lado del salón. Después de Nanami, Bobita baja a la Pequeña y la sienta al lado de la otra. Nanami lleva la misma camiseta de Levi's que Carola le puso el primer día. Las muñecas no sudan, las muñecas no se ensucian, las muñecas parecen muñecas, pero no son muñecas o sí son muñecas... La Pequeña está cubierta con una camiseta blanca del Real Madrid. Todas sienten por ella una lástima especial, quizá porque su rescate estuvo acompañado de un asesinato —a lo mejor la consideran huérfana— en cierto sentido inconfesable. Cuando aparece Bobita con la tercera *baby*, Divina se enciende el porro. La tercera y la cuarta *babies* son tenidas por hermanas porque proceden de la misma casa. Alguien, todas suponen que Divina, les ha quitado las prendas de dormir con las que llegaron y las ha sustituido por sendas camisetas deportivas rojas marca Adidas. Bobita coloca a las cuatro *babies* en fila en el mismo tresillo, el del tapizado de hojas. Lo cierto es que no parecen un muestrario de muñecas. Tampoco parecen niñas, pero si alguien entrase por primera vez en la estancia sin conocer la situación, sería más probable que las confundiera con niñas que con juguetes.

El sofá tapizado de hojas ocres y marrones se encuentra frente a los dos sillones, uno de los cuales ocupa Divina. El otro sofá, tapizado en pardo liso y sembrado de lamparones viejos, cierra el cuadrado de estar que remata la chimenea. En el centro, una mesa baja de madera estilo rústico donde solo descansa el cenicero de Divina.

—La verdad, queridas niñas, es que yo no tuve una infancia feliz. A mi padre no le gustábamos sus hijas, porque en realidad no le gustaban los niños, ninguno. Los padres de entonces eran así. Bueno, ahora no creo que sean diferentes, y me importa un pimiento. Yo no he tenido hijos, a mí los niños me importan un pimiento, yo no soy madre.

Si no fuera por mi madre, habríamos ido a parar a un internado desde nuestra más tierna infancia. Mi madre era una buena mujer, creo que mi padre no le pegaba simplemente porque, de los dos, ella era la rica, pero nunca la trató bien. Al final ni siquiera la trataba, ni bien ni mal. Afortunadamente teníamos servicio para que él descargara sus malos genios, sus golpes, también sus *golpes de riñón*, ya me entendéis. Pobres chicas. Y también estábamos las niñas, claro. A nosotras también nos golpeaba. Pero vosotras no habéis tenido familia, no sé qué os cuento, no habéis tenido familia y eso es todavía más triste, pequeñas. Ahora sí, ahora nosotras somos vuestra familia. Ya sé que podemos parecer una familia rara, pero os aseguro que es mejor una familia rara que lo que hay por ahí. Lo que os han hecho a vosotras... eso sí que es horrible, y yo os juro por lo más sagrado que nunca más ningún hombre volverá a poneros la mano encima. Os lo juro como que me llamo Divina, y si por mí es, vamos a llenar esta casa de niñas como vosotras y no mataremos a esos impotentes homínidos pederastas porque ese es un delito muy grave y nosotras no cometemos delitos graves, solo cometemos errores, porque somos humanas, y ya bastante tenemos con lo que hizo Carola, pero yo les cortaría los huevos y los encerraría para toda su cochina vida, porque es importante actuar, pequeñas. Os vais a encontrar en el mundo mucha gente que habla, bla, bla, bla, que dice cosas, que se las da de justiciera solo con sus palabras. ¡Y una porra! La acción es lo que cuenta. Acordaos siempre de eso, la acción. Aquí somos mujeres de acción, así que estáis en buenas manos. Algunas parecen raras, algunas tienen los cuerpos demasiado grandes para parecer mujeres de acción, pero eso no es importante. Ahora no tenéis que fijaros en eso, yo misma intento no fijarme en eso. Las mujeres de acción no son como en el cine, quién nos lo iba a decir, pero yo ya no tengo edad para cambiar. Y os voy a confesar una cosa: todas hemos dejado de ser mujeres de acción durante temporadas. Eso sí hay que decirlo, que, aunque hablo por mí, queridas pequeñas, digo «todas» porque yo sé de qué hablo. Les molestan las mujeres de acción. Vaya si les molestan... A todos les molestan y a muchas de ellas también. Prefieren las mujeres blablablá. No os creáis eso de que nos quieren mudas y me gusta cuando callas porque estás como ausente y todo eso. ¡Bah! Mientras hablan, no actúan, y por eso les gustan las mujeres loro. Como veis, y afortunadamente, porque yo no sabía dónde me metía y me podía haber encontrado con cualquier cosa, como veis, tenemos suerte aquí. Mujeres de acción. Total, que yo podría haber denunciado a mi último marido. Bueno, podría haber denunciado también a los otros tres, cada uno por cosas diferentes, y ojo, nunca por una sola cosa, podría haberlo denunciado y meterme en el rollo del blablablá, que es donde nos quieren, pero yo ya soy mayor, aunque no lo parezco, soy una vieja, eso soy. No creáis que no lo sé, una vieja es lo que soy, sí, pero una vieja delgada, que es como hay que ser, una vieja delgada. Así que como yo era mayor, me dije: «Divina, ¿y te vas a meter a estas alturas en juicios para que se rían de ti y acaben deslomándote entre todos?». No, pequeñas, no, este cuerpo tenía ya demasiada experiencia como para saber cómo funcionan estas cosas. Siempre pierdes, y encima te conviertes en la comidilla de los medios. Total, que llamé a mi contacto en aquellas tierras lejanas de cuyo nombre no quiero acordarme y decidí invertir en un sicario la mitad de lo que se me habrían llevado los abogados y el macarra que me prostituía en aquellos últimos años, mis últimos años de brillo, esplendorosos años. Bueno, al grano, que me emociono, que todo salió mal. Pero no me arrepiento, porque en realidad todo ha salido bien. Aquí estamos, ¿no? Pues bien está lo que bien acaba.

Divina inhala una bocanada de aire tan larga que parece imposible que quepa en su cuerpo de espiga. Aguanta la respiración durante lo que parecen demasiados segundos y de golpe exhala un gemido desgarrado y empieza a llorar de forma contenida. Deja el porro en el cenicero lentamente y solo entonces se abandona a un llanto con hipo que va atascándosele en algún lugar antes de llegarle al pecho. Con la cara cubierta por la mano izquierda, alza la derecha en un gesto que quiere significar «no me miréis, no me miréis ahora» lanzado hacia las cuatro *babies*, que permanecen sentadas ordenadamente en el sofá en el que un rato antes las ha dejado Bobita.

—Yo solo quería darle un susto. —Echa la misma mano derecha hacia atrás y su asistenta le acerca un pañuelo de papel—. Yo solo pretendía asustarlo y al muy imbécil le dio un infarto. —Vuelve a sonarse—. Hasta en su propia muerte aprovechó para joderme la vida. —Se enjuga los ojos—. Porque, claro, tuve que desaparecer… y aquí estoy.

Desde la mesa grande, Frida ha dejado de teclear y asiste a la escena atenta y conmovida.

—Ay, pequeñas mías, ese es el problema de andar mendigando cariño. —Divina parece haberse repuesto y recupera su particular verticalidad—. Si no lo recibes de pequeñita, si te hacen daño, como os ha sucedido a vosotras y como me sucedió a mí, claro, luego te pasas la vida mendigando cariño. Si me perdonáis, te pasas la vida poniendo el culo a cambio de cualquier migaja de calor. Y luego ocurre lo que ocurre, que cuando te das cuenta, cuando por fin decides lanzarte a la acción, pues todo se va al garete. El hominido se te muere, y hasta en eso sales perdiendo tú.

Divina mira a las *babies* con cariño verdadero, sin rastro de actuación o impostura. Bobita asiste a lo que sucede un par de pasos por detrás del sillón, ajena, como cumpliendo con su jornada laboral. Desde detrás de su pantalla, Frida va y vuelve de la compasión al espanto, del espanto a la compasión.

108

Música del vecino

—Parece que el vecino ha vuelto.

—Pues mira, ya podemos quemarle por fin la casa.

—A mí me da mala espina, hermanas. Esa música...

Desde la casa del vecino llega el sonido de una banda de heavy duro básico modelo años ochenta. Surge del interior de la vivienda, recorre los cien metros que median entre ambos edificios y se oye perfectamente desde donde están ellas. Sin embargo, el vecino permanece con las ventanas y las persianas cerradas a cal y canto, como la puerta principal. Las únicas evidencias de que se encuentra dentro son la música y su coche aparcado en el jardín de la entrada, junto a otros dos vehículos grandes, dos 4×4.

—Pues a mí me parece que se están pegando una buena fiesta ahí dentro.

Son las ocho de la mañana y las mujeres de El Encinar trajinan el desayuno en la cocina. Es Carola la primera que se ha percatado, al salir a ponerles algo a las gatas.

—Igual lo ha convertido en un *after*, tiene toda la pinta.

—Eso o un burdel de carretera. En la carretera que va

para Jerez son así, chalets con las persianas bajadas y los coches en las puertas. Mal rollo, hermanas, ya os digo que a mí me da muy mal rollo, mal rollo como burdel y mal rollo como *after.*

—A ver, Pacha —Carola cierra el grifo y se da la vuelta con ese tipo de agresividad cuya función es tapar el miedo—, ¿quién ha dicho que el vecino haya montado algún tipo de garito? ¿De dónde lo has sacado para estar hablando otra vez de malos rollos y tal? Estoy un poco hasta el moño de los miedos, los malos rollos, los espacios seguros y no seguros... No nos volvamos más locas de lo que somos. El vecino es un desgraciado. Punto. Y ahora, ese desgraciado, en lugar de follarse a muñecas hinchables, le da por mamarse con Metallica y unos colegas seguramente tan desgraciados como él.

—Si tú lo dices, hermana, si tú lo dices... Pero hagan lo que hagan ahí dentro, a mí me da mal rollo igual.

La Rusa escucha hablar a sus compañeras y se acerca a su mujer. Agarra a Frida de la mano y aprieta. Ambas saben que la otra ha pensado lo mismo. Lugares cerrados con música estruendosa, garajes, comisarías, sótanos, dictaduras, torturadores. En las herencias latinoamericanas de la Rusa no entra la idea de un *after* si la música traspasa los muros. Cuando los decibelios superan los alaridos posibles, se disparan las alertas.

—Prepara el coche. —La Rusa se ha llevado a Frida aparte y le susurra sobre la boca—. Mete lo imprescindible. No digas nada. Puede ser una fiesta, en fin, puede ser una juerga. Yo me acerco a ver.

Se besan para no decir nada más, largamente, abrazadas y tensas como velas en tempestad.

—*Cariñas, cariñas, cariñas.* —Divina aparece en la

puerta de la cocina sin tiempo de ver cómo sale la Rusa, y se enciende el porro en una de sus particulares pausas dramáticas—. ¡Volvemos a salir en los medios! Y esta vez sin matar a nadie ni nada...

Cruza entre Carola, la Pacha y Frida. Poca cocina para tantas mujeres. Bobita se queda apoyada contra el quicio decorada con un picardías mínimo y transparente. La sobrepoblación del pequeño espacio impide que la bata de seda de Divina vuele en cada gesto como a ella le gustaría.

—Vamos al salón, *cariñas*, que aquí me estoy ahogando. Vamos, que os cuento. No hemos abierto el informativo de las ocho como esa otra vez de la que no quiero acordarme. —Lanza una mirada compasiva hacia Carola—. Rácanos.

Salen de la cocina y entonces sí encabeza la marcha la dragona de su seda negra al vuelo.

—Han dicho lo de los buzones, lo de mi media; lo de las pequeñas, no. Miserables, impotentes, mastuerzos... impotentes... —Parece darse cuenta entonces de algo relevante—. ¡Se han callado lo de las pequeñas! Así no se entiende de qué se trata. La verdad es que no se ha entendido nada, *cariñas*, pero *nuestro* movimiento ha tenido éxito.

—No sé qué éxito, Divina —responde Frida abriendo la tapa del portátil.

—Hija, qué poco ánimo.

—Es una trampa. —Teclea en busca de la noticia—. Señalarnos a nosotras, que señalamos a otros, pero no decir por qué los señalamos es la típica trampa.

—Bueno, pero lo importante es que en realidad contra nosotras no tienen nada, ¿no? Y además no saben dónde estamos. Eso es lo bueno, un poco de ánimo, que a mí me ha animado mucho, y también lo bueno es que nuestro movimiento ha triunfado en el mundo entero... Oye, y quienes lo sabemos, lo sabemos. Eso, y no saben dónde estamos.

—El vecino sí lo sabe —interviene Carola.

—¿Ha vuelto ese impotente?

—Y tiene una fiesta montada, hermana, que da un mal rollo... —La Pacha mira a Carola con reproche—. A mí, sí, a mí, a mí me da mal rollo. Mucho.

—Total, *cariñas*, que estamos haciendo historia y que tenía razón Frida: esto es una revolución. Yo quiero celebrarlo. ¿Tenemos champán?

109

La señora Shelley

Cuando la señora Shelley abre los ojos, no reconoce en absoluto a las tres jóvenes que hablan a los pies de su cama. Tampoco entiende sus palabras, que le llegan como el sonido se desarticula en el fondo marino. No necesita incorporarse, porque yace recostada sobre un montón indefinido de almohadones blancos. Todo es blanco. Blanco el cobertor y blancas las sábanas; blancas las paredes y blanco liso el único descomunal cuadro que decora la pared frente a la cama; blanca la estantería vacía que cubre la pared opuesta a las cortinas blancas pesadas y opacas que impiden la luz. El único toque de color lo ponen las etiquetas plateadas que adornan la serie de botellas de ginebra de la estantería vacía. La habitan allí solas como insectos disecados, grandes insectos sin color.

—*Antoine, que se passe-t-il?*

La señora Shelley parece salida de una comedia romántica norteamericana de los cincuenta o también de una película de terror, la rubia madre de esa niña que tendrá pavorosos encuentros con los críos muertos hace décadas que habitan en la buhardilla. Pero el enorme ático sobre Central Park de la señora Shelley no tiene buhardilla. Si la tuviera, ella lo habría olvidado. No recuerda cuántos años lleva sin salir de *su zona* de la casa. Dormitorio con salón, vestidor y gran cuarto de baño.

—*Antoine, apelle Madeleine. Oú est Madeleine?*

A los pies de la gran cama que amerita dosel, que evidencia esa falta con la misma ostentación con la que lo luciría, las tres muchachas han quedado congeladas por la voz de la mujer. El sonido sale de una garganta hecha de grava y barro seco y daña los oídos, daña las almas de quienes la escuchan. Pero nadie la escucha jamás. Nadie más allá del asistente Antoine, que no pertenece a la realidad real, y Madeleine, que aparece por la puerta entreabierta.

—Buen día, señora. Son las once horas y veintitrés minutos a.m. del día 25 de octubre, miércoles.

La mujer llamada Madeleine, asistenta real de la señora Shelley, no saluda a la Niña Shelley ni a sus amigas. No se trata de rencor por el mordisco que la Niña le propinó en la oreja a sus catorce años y que le arrancó el lóbulo derecho. Madeleine no considera que tenga derecho al rencor, así de simple, no entra dentro de las atribuciones de su trabajo. Su trabajo consiste en atender solo y únicamente a la señora Shelley y, dentro de ello, solo y únicamente a aquellas necesidades que la señora Shelley haya expresado. A todas ellas.

Madeleine tiene el aspecto de Rihanna, hasta tal punto que cualquiera podría pensar que es la mismísima Rihanna. Tardaron en dar con las lentillas exactas para conseguirlo. Desde hace doce años, los mismos que entró al servicio de la señora Shelley, los mismos que hace que la señora Shelley no trata con nadie de la realidad real que no sea ella, tiene el aspecto exacto de Rihanna. Van pasando los años por Madeleine de la misma manera que van pasando los años por Rihanna.

La asistenta lleva en la mano izquierda un gran vaso, una especie de copa como las de batidos gigantes para niños norteamericanos. El contenido es de color de la cáscara de la nuez. Sin soltarlo, desenrosca el tapón de una de las botellas de ginebra utilizando solo la derecha y vierte el contenido equivalente a dos tazas de café hasta colmar el vaso. Vuelve a enroscar el tapón con una sola mano de un color bastante parecido al del brebaje, algo más chocolate, con las uñas larguísimas perfectas pintadas de blanco mate y lo revuelve con la misma pajita que servirá a la señora Shelley para ingerirlo.

La habitación es cuadrada, unos doscientos metros cuadrados divididos en dos por una moldura en el techo que descansa sobre dos columnas discretas pegadas a las paredes. En una de las partes, la cama y la estantería vacía excepto por las botellas de ginebra que cubre toda una pared de suelo a techo. En la otra, el gran ventanal clausurado por las cortinas y una mesa baja rectangular de madera lacada, un amplio sofá, dos sillones orejeros y una gran alfombra de pelo largo. Todo blanco, como el uniforme de la asistenta. Todo blanco excepto la piel de chocolate con leche de Madeleine y la voz oscura de asfalto helado de la señora Shelley.

La Niña Shelley se aleja de la cama sin que su madre dé muestras de haberla reconocido o incluso de saber que están ahí. Las otras la siguen. Acerca uno de los dos sillones a la mesa, se sienta en el borde y vacía parte del contenido del monederito de piel sobre la superficie lacada. La mesa es más blanca que la cocaína. Divide todo lo vertido, alrededor de dos gramos, en seis rayas gruesas y largas como varias orugas procesionarias. Aspira dos de los gusanos y le pasa el tubo metálico a Britney Love, que echa una ojeada hacia la cama. Nada indica que la señora Shelley sea consciente de su presencia. Una vez han procedido ambas, conducen entre las dos a Stephany Velasques hasta el borde de la mesa, la sientan en el suelo, le ponen el tubo metálico en la mano derecha, se lo introducen en la nariz, acompañan su cabeza hacia abajo. Ella se deja hacer como una niña sonámbula o como una anciana con alzhéimer sedada. Conoce los movimientos. Es difícil saber si es consciente de los significados.

La Niña Shelley se vuelve a sentar unos segundos en el mismo sillón, pero inmediatamente se levanta y se dirige de nuevo a los pies de la cama de la señora Shelley, que va dando sorbitos a lo que sea que ingiere, espeso, parduzco, ligeramente espumoso en los restos que va dejando en la copa. El olor a éter es mayor a medida que se acerca a la cama.

—Soy tu hija —dice la Niña Shelley desde los pies—. Mamá, soy la Niña.

110

Vómito

—Mamá, ¿puedes mirarme de una jodida vez?

La Niña Shelley se ha acercado hasta el cabecero de la cama, ha aproximado su cara a la de su madre y le habla en un volumen de voz que roza el grito. Vuelve la cara hacia donde están sus amigas y su cuerpo entero se sacude en una náusea. El olor químico, etílico, enfermo, que emana de la señora Shelley podría llevarla a preguntarse si sigue viva, pero ella sabe que sí, que así es. Nadie en su familia parece susceptible de morir porque nadie parece exactamente vivo.

Su madre va dando sorbitos casi imperceptibles al brebaje que sostiene entre las manos. Si no fuera porque el contenido ingerido va dejando una huella en el vidrio grueso, nada indicaría que bebe. Lleva las uñas cortas cuadradas perfectamente pulidas esmaltadas en color canela. No hay ninguna mancha de vejez en sus manos nervudas de dedos largos y redondeados. El rostro, en cambio, parece una vieja máscara de emperatriz egipcia coronada por una peluca rubio Marilyn. Tiene la misma cara que la Niña, pero en mate y con la piel más pegada a los huesos. Ambas parecen Uma Thurman a distintas edades. La señora Shelley, algo así como Uma Thurman madura después de haber sufrido un ictus o reponiéndose de varias sesiones de quimioterapia. Su vejez no tiene que ver con las arrugas. Es el color, es el aroma, algo que flota sobre ella sin guadaña.

La Niña Shelley no conoce los rodeos ni sabe de formas de aproximarse a una petición.

—Mamá, ¿quién es Candy?

Sin embargo, hace la pregunta en un susurro, como un gato que entra. Está dura. Su madre no da muestras de haberla oído, ni siquiera de saberla ahí al lado, así que la Niña Shelley decide ser la Niña Shelley y le grita:

—¡Que me digas quién es Candy!

Entonces, de golpe, la señora Shelley toma conciencia de sí misma. Abre los ojos desmesuradamente, se puede ver cómo se le contraen las pupilas. Suelta el recipiente, que derrama la repugnante papilla sobre el edredón blanco, y deja las dos manos extendidas, exasperadas, abiertas como un alarido, paralelas, exactamente en el mismo lugar en el que un segundo antes sostenían el gran vaso. Después, sin que ninguna tenga tiempo de reaccionar, en un solo movimiento continuo, se gira hacia su hija, le estampa una bofetada en la cara con la mano abierta y lanza sobre ella un vómito gris rata que alcanza a la Niña desde la cintura hasta los pies. Como toda respuesta, su hija vomita también, ella sobre el embozo de la sábana que cubre a su madre hasta el pecho.

Todo se detiene y ya nada parece blanco. Es como si alguien hubiera lanzado un cubo de barro o de diarrea en la habitación de un hospital, que con el gesto adquiere toda su esencia de enfermedad, restos, muerte. El aire se ha ensuciado y solamente entonces caen en la cuenta de la pulcritud estricta de la habitación hasta ese momento. Por primera vez en años, la señora Shelley y su hija se miran a los ojos. En el otro lado de la habitación, junto a la mesa, Britney Love permanece de pie sin mirar la escena. Sentada en el suelo, Stephany Velasques ha empezado a llorar en algún momento y deja escapar un gemido pequeño y agudo de animalillo pelado. Es entonces cuando la señora Shelley mira hacia donde están ellas. Guiña un poco los ojos, pese a que la habitación permanece en la penumbra, guiña como si enfrentara el sol o para enfocarlas.

—Llévatela —dice la mujer mirando a Stephany Velasques. Su voz araña el aire hasta donde está la joven, le alcanza con su sonido de uñas—. Que se vaya. —Mueve su mano izquierda, que permanece en alto, y señala a la joven con el dedo tembloroso—. *Emportez-le*. Llévatela.

La Niña Shelley también ha empezado a temblar. Se abraza el pecho con ambas manos y sostiene la mirada de su madre. Ya no parece una mujer altiva, la madre lejana, ebria, aterradora. Parece un pájaro mojado. Es la primera vez que la Niña Shelley piensa que su madre es una persona, la primera vez que la ve como a una mujer. Ese momento en que la hija se da cuenta de que la madre no es solo madre le llega a la Niña cubierta de vómito alcohólico materno y ciega de cocaína. Quizá por todo ello, cuando se dirige de nuevo a la mujer, podría parecer que hay trazas de ternura en su voz.

—Mamá, necesitamos —enfatiza el verbo teatralmente e insiste—, necesitamos, ¿me entiendes?, necesitamos mucho saber quién era Candy. —Mira a su madre, que se ha llevado las manos a ambas mejillas y compone un retrato del espanto—. Es una cuestión de vida o muerte.

—413—

El vómito de la madre, el vómito de la hija y el líquido derramado del brebaje sobre la colcha parecen islas, parecen tierra, algo donde agarrarse.

—Ella —murmura la madre señalando a Stephany Velasques sin mirarla—. Ella es. —El dedo índice poco a poco va afianzándose, cada vez tiembla con menos movimiento—. Ella es Candy.

—¡No! —Stephany Velasques se pone de pie y el llanto sacude sus hombros, parece que es alguien invisible quien lo hace. Se sacude como si la sacudieran—. ¡Yo no soy!

La Niña Shelley mira a su amiga Britney Love, que se acerca a la otra y la abraza con fuerza, como para retirar a quien la sacude por los hombros. Después mira de nuevo a su madre.

—Mamá, ella no es Candy. Ella es Stephy. ¿No te acuerdas de ella? Nuestra Stephy...

—Ella es su madre —dice la señora Shelley.

A continuación, cierra los ojos y todo en su rostro se relaja absolutamente, como después de vomitar.

111

Métodos de conserva

Las cosas se saben. Se callan, pero se saben. Se olvidan, pero se saben. Lo que se sabe permanece. El olvido es una forma de permanecer. El olvido es un método de conserva. Salazón, almíbar y olvido.

Stephany Velasques se levanta lentamente. Ella *sabe*. Desde hace días se ha ido deshaciendo la escarcha de su olvido. A los recuerdos del trauma que emergen partiendo en dos la realidad, partiendo en dos la mente, en dos el alma, los llaman *flashbacks*. Stephany Velasques vio al doctor Love y al señor Shelley en el vuelo hacia Bangkok. Se le aparecieron de pronto. Eran muy jóvenes. El olvido los había conservado intactos, tal cual eran entonces. Y ella estaba desnuda. Hacía frío. Es frío el metal de un lecho de metal. Más frío es el recuerdo. Helada desde entonces la realidad.

Stephany Velasques sabe, supo y seguirá sabiendo. Su cabeza ha puesto en marcha los mecanismos de la memoria. La memoria no se detiene una vez arranca. En la primera imagen que recuerda, ella tenía tres años, pero eso no

— 415 —

lo sabe. Faltaban aún dos para que naciera Britney Love. Y tres para que la señora Shelley pariera a su hija.

Stephany Velasques se coloca junto a la Niña Shelley y alarga la mano hacia su madre. La cara de la mujer tiene una placidez de sueño infantil. Todo huele a vómito alcohólico, agrio, pertinaz. Stephany Velasques parece otra, una mujer adulta, y ya no llora. Acaricia con la mano la mejilla de la señora Shelley y se vuelve hacia sus amigas. Mira primero a la Niña. Siente una lástima perceptible desde fuera, sólida y madura. Después vuelve la vista hacia Britney Love, allá apartada.

—Decidme, ¿qué le hicieron a mi madre?

112

Felinidad

La Rusa siente un zumbido en los oídos que la tensa y la dispara a su infancia argentina. «*Corré*». Recuerda la voz de su madre, exactamente tal y como era. ¿Dónde estoy? Otro departamento, de nuevo, y otro. «No *hablés*, nena». Otro olor en el aire, polvo y pólvora. Como un gato. «A partir de ahora *sos* muda». «No *preguntés, movete* sin sonido». Otro departamento más, la vida en una valija. «Como los gatos *andá*».

Como los gatos se aproxima La Rusa a la casa del vecino. En el zumbar de su cabeza dentro de los oídos le late el corazón. El aire de la sierra ya es otro, como entonces. El terror, la adrenalina modifican los sentidos. Su funda de silencio parece no pisar la grava del camino. «Felinidad», lo llamaba su madre. La música ha convertido la casa del vecino en un artefacto que vibra, un enorme mamotreto amenazante. Nota cómo se le vacía de vísceras el cuerpo y siente unas ganas insoportables de cagar. Felinidad es la armadura que permite a un cuerpo vivo seguir existiendo en medio del zarpazo y la muerte, del puño y su puñal.

La Rusa no sabe qué busca.

Pone un pie en el territorio del otro. Se le ha enganchado un mechón gris al cruzar el agujero de la verja del jardín trasero. Puede más el dolor en el cuero cabelludo que las ganas de ir al baño. Siente en el piso ya la vibración que parte de la casa.

La Rusa no sabe qué siente.

Cada paso que da es una victoria contra el instinto de salir corriendo. Uno, dos y tres. Su madre le enseñó a contar los pasos para el andar felino. Uno, dos y tres. Solo se avanza verdaderamente si se hace consciente ese avance. Dueña, consciente de cada paso.

La Rusa no sabe qué quiere.

Llega hasta el jardín delantero, donde hay tres coches aparcados. El utilitario del vecino y dos enormes 4×4 grises. No son del mismo modelo, pero resultan igual de avasalladores. Si alguien estuviera mirando hacia el exterior, no le serviría de nada su andar cauteloso, uno, dos, tres, la vería. Por eso obedece al instinto y se coloca detrás de uno de los vehículos grandes. Puede reconocer la letra de la canción que suena. «T.N.T.», de AC/DC, «*'Cause I'm TNT, I'm dynamite*». Pone la mano sobre la trasera plana del vehículo y siente en la carrocería la misma vibración que le alcanza desde los pies. Piensa que el corazón podría llegar a dejarla sorda. Piensa en la presión arterial. Piensa en infartos, derrames, ictus.

La Rusa no sabe qué sabe.

Entonces, antes de volver al vals uno, dos, tres, del avance hacia no sabe dónde,

antes de tomar decisiones audaces,

antes de ceder al instinto y desandar sus pasos,

la ve.

Entonces, la ve.

Sobre la bandeja del portaequipajes, arrugada como un feto rosado, desfigurada por los pliegues del abandono, una máscara de cerdo. Una máscara de goma que, vacía de cabeza, deshinchada, lanza contra ella toda la violencia de las posibilidades conocidas.

La Rusa sabe que tiene que correr y solo eso sabe. Clavada en el suelo de gravilla tras el vehículo, se agacha, se encoge de terror, paralizada. La Rusa sabe que todas tienen que correr mucho, como nunca, correr esta vez por la propia vida. Y ahí no hay felinidad que valga.

113

Tiros de escopeta

—Vamos, por favor. —Frida entra en el comedor agitada, braceando como quien intenta espantar a un grupo de aves remolonas—. ¡Vamos, vamos, vamos! Todas a la puerta de atrás.

Frida, pendiente, ha visto a su esposa correr hacia la casa y no espera a que llegue para espolear a las mujeres que acaban de sentarse a la mesa del desayuno dispuestas a comentar las nuevas noticias de Divina. Se hace un instante de silencio e inmediatamente arrancan a hablar todas a la vez. Frida coge la primera taza que le queda a mano y la estrella con fuerza contra el suelo.

Silencio.

Pasmo.

—Ahora vamos in-me-dia-ta-men-te todas a la puerta trasera. Cuando *yo* os diga saldremos y nos meteremos en el coche. La Rusa y yo, delante. Divina, Carola y la Pacha, detrás. Bobita, al maletero.

Ni siquiera la joven protesta. Estaban esperando algo así, sabían que podía suceder. Como cuando temes la bronca, o que descubran la trampa, o la quiebra, o la inyección final, como cuando esperas lo que sabes que indefectiblemente va a suceder, y el hecho de que por fin suceda te permite respirar, relajarte.

—¿Y las pequeñas? —pregunta Divina en el momento en que entra la Rusa, como una aparición, un animal, una enferma terminal, alguien que ha visto al diablo.

Solo es capaz en ese momento de hacer gestos para que no hablen y se peguen en silencio a la pared que da a la puerta trasera de la casa. Las guía a puro jadeo. Es la entrada opuesta a la puerta de la cocina, la que no se abre a la higuera, la piscina y, más allá, la casa del vecino. La puerta trasera, en la que se encuentran, da al pequeño pinar donde nadie usa los columpios herrumbrosos y está aparcado el coche de la Frida y la Rusa, el único vehículo que hay en El Encinar.

Con los ojos aún fuera de las órbitas, sin rastro de color en el rostro y con el cabello empapado de sudor pegado a la frente y las sienes, la Rusa trata de recuperar la respiración y el habla sin dejar de gesticular órdenes de silencio. Ninguna se mueve. Bobita y Divina, abrazadas, parecen dos juncos de un mismo tiesto en ropa de cama. La Pacha, desnuda, cruza los brazos bajo sus grandes pechos y, de tanto en tanto, se santigua. Carola, vestida con sus Levi's y su camiseta blanca impoluta, aprieta la mandíbula, abre y cierra los puños. Se compacta. Frida masajea los brazos de su mujer desde su espalda.

La Rusa abre la boca para hablar.

¡BLAM!

Un tiro hace el silencio dentro de la casa.

Afuera se oyen gritos de mujeres que se alejan, alaridos agudos de hembras jóvenes en huida y risas de hombres.

¡BLAM! ¡BLAM!

Más risas.

Las mujeres de El Encinar se han agachado instintivamente y forman una piña trémula. El volumen de la música indica que la casa del vecino está abierta. La casa ya no solo vibra; ahora grita, aúlla, ríe, berrea. La Rusa vuelve a señalarles silencio y habla en un susurro tan bajo que la entienden solo por el movimiento de los labios. Únicamente la Pacha, descalza, puede notar que alguien se ha orinado, pero no lo piensa.

—Son tiros de escopeta de caza. Los conozco. Es la escopeta del vecino. Tranquilas. Si se acercan, los oiremos. —Más que hablar, la Rusa respira las palabras—. Vamos con tranquilidad, compañeras. —Le tiemblan las manos, pero su gesto ya es firme—. Esos putos no vuelan, así que oiremos sus pisadas si se acercan. Además, a estas horas tienen que ir muy ciegos.

Pueden oír las voces de unos cuantos hombres, tres o cuatro, quizá cinco. No están cerca, al menos no más cerca que la casa del vecino.

—A lo mejor ya han hecho con esas que salían todo lo que querían hacer —vuelve a susurrar la Rusa—. Vamos a esperar exactamente donde estamos y como estamos sin hacer el más mínimo movimiento ni abrir la boca.

Dejan de oírse las voces de los hombres, pero todavía les llega desde allí la banda sonora de pesadilla. La casa permanece abierta. Agachada, la Rusa se desplaza gateando hasta la cocina. Se asoma al ventanuco desde el que puede ver el poste donde el vecino solía atar a su muñeca hinchable, la verja y, dentro, el jardín con los tres coches. Siente un escalofrío al recordar lo visto y una urgencia animal vuelve a aflojarle el vientre. Gatea de regreso.

—Necesito ir al baño, compañeras. —Su gesto lo dice todo—. No se ve ningún movimiento ahora en la casa. Tenemos los dos minutos que yo tarde en cagar para volver a estar aquí todas. Si alguna habla o hace ruido, le pateo la boca.

—Yo no me voy sin mis pequeñas —susurra Divina.

Carola la mira furiosa, pero no abre la boca. Es la Rusa quien da órdenes apresuradas:

—Pacha, ponte algo encima, lo que sea. El resto, si no es imprescindible, no os mováis. Frida, controla la máquina.

La Rusa parte hacia el piso de arriba, seguida por la Pacha y Divina. Las otras tres no se mueven. Frida ya carga a la espalda la mochila con el portátil. Conoce todos los movimientos, tiene la sensación de que lleva demasiado tiempo esperando ese momento.

No ha pasado un minuto cuando oyen a Divina por el hueco de la escalera.

—Bobita, Bobita —murmura con un hilo de voz.

La joven no se mueve. A su lado, Carola la mira con la cara que ponen los vaqueros cuando escupen al suelo, y acude en auxilio de la veterana.

—*Cariña*, ayúdame con las pequeñas.

En el quicio de la puerta de su dormitorio, Divina carga a duras penas con las dos *babies* menores. Carola es consciente de que las fuerzas no le permitirán bajar las escaleras con ese peso. Divina necesita, a falta de su Bobita, al menos la barandilla para poder bajar. Carola es consciente de la misma forma que sabe que no se irá sin sus *babies*.

—Esos impotentes no nos harán daño, Carola, *cariña*, son unos cobardes, impotentes cobardes. —Mira con ternura de madre reciente a sus pequeñas y Carola piensa que jamás en su vida la han mirado así, que ojalá lo hubieran hecho, que sería otra—. A nosotras no nos harán nada, pero a ellas... Imagínate lo que pueden llegar a hacer con ellas.

Sin pensarlo dos veces, Carola entra en el dormitorio, agarra a Nanami y a la *baby* adolescente, después aún tiene fuerzas para cargar a la menor de todas y liberar uno de los brazos de Divina para que se agarre a la barandilla.

—Trátalas con cuidado, *cariña*.

—No me jodas, Divina, ve bajando y no me jodas, hostias ya, *mecagondiós*, que ahora mismo no tengo cuerpo.

114

Montañas de mutiladas

Siempre pensamos que las razones responden a las evidencias. Si la niña llora es porque tiene hambre. Si la niña tiembla es porque tiene frío. Si aumenta el consumo de bebidas azucaradas es por la publicidad. Si las familias adquieren *nanny moms* es porque quieren una gestante propia. Si los hombres adquieren *sex dolls* es para follar, o porque se sienten solos. Y así. Es la forma de pensar más cómoda. Hacerlo de otra manera exige un tiempo que no tenemos. Yo ahora sí. Un tiempo que no teníamos.

En teoría existen entre nosotras otras personas dedicadas al noble arte de pensar y al aún más noble arte de difundir tales pensamientos. ¿O acaso eso era antes y ahora ha dejado de suceder? Mi vida itinerante, mi desinterés, el latido de esta violencia conservada en el almíbar tóxico de mi propio centro me impiden asegurar cómo funcionan esos asuntos ahora, tras la desaparición de mi mundo, que era todo un mundo. Efectivamente, podría colegir que si mi mundo ya no existe y tales procesos formaban parte de él, con él han desaparecido. No lo haré. Podría también rendirme a la evidencia de que otros pensamientos habrán llegado para sustituir aquellos y dar noticia compleja de cómo suceden las cosas. Y que tendrán sus correspondientes medios de difusión, divulgación, etcétera. Eso ya ocurrió entonces. No quiero conocerlos. Rechazo el mínimo contacto con ellos e incluso me arañaría por haber pensado en ello. Y los maldigo.

Lo que tenía ante mis ojos no era como lo había figurado, porque la imaginación, incluso mi pequeña imaginación pervertida sin fondo, tiene sus límites. Aquello era real, realidad real, una extensión insoportablemente vasta de cuerpos, miembros, cabezas, pelos, trozos de carne sin carne

carne

sin carne

pensé en carne, sí, eso hice.

Vi toneladas de silicona dura y pensé en mi carne y en la carne de las mujeres, de las muchachas, de la carne de mi carne. Pero sobre todo en la mía propia. El temblor de las piernas, de mi carne, mis ternillas, el mareo, el vómito, todo carne y carne ellas

lo siento

lo siento mucho

eso pensé

lo siento muchísimo

aquí lo siento, en la boca del estómago.

La abrumadora realidad de miles de cuerpos y partes y trozos en aquel vertedero de lo que no era carne pero era mujer quebró algo en mí y por esa grieta emergieron los dolores acumulados, de nuevo mis daños sobre daños de la infancia, los de mi adolescencia y mi juventud, las violaciones de mi carne tierna, todas las formas de mutilación sufridas.

No sé cómo se me ocurrió entonces, pero así fue, que alguien debería poner orden en toda aquella no carne, o sea, no piernas, no manos, no cabezas, no tetas, no carne violentada, tumefacta, sajada, no carne amputada, profanada. Carne sin posibilidad de descomposición, abandonada a su ser no carne para toda la eternidad.

Eso veía frente a las colinas blancas inorgánicas: carne. Igual que la habían visto todos aquellos que habían comprado aquellas réplicas exactas de cuerpos de mujer para gestar, o para follar, o para sentirse acompañados, o para tener a quien insultar, golpear, violar, contra quien inventar nuevas atrocidades, formas imaginativas de dolor extremo. Carne vieron en aquellos restos que se amontonaban en forma de cuerpos mutilados, descuartizados.

«Alguien tendría que poner orden en todo esto», pensé. Ante el horror absoluto, la necesidad de ordenar dicho horror. Pensé también en las montañas de zapatos, pilas de anillos, dientes de oro y, finalmente, carretillas de cadáveres esqueléticos de los campos de concentración. Me pregunté si las *moms* y las *sex dolls* les habían parecido a sus propietarios más carne, más seres vivos, lo que habían supuesto los prisioneros al jefe del campo de Mauthausen, por ejemplo. Eso se me ocurrió.

Si para ti ha sido carne, carne es para mí.

Si para ti, mujer; mujer es para mí.

—Ya te advertí de esto, querida.

La voz de Gil arrastraba en el fondo un barrillo, sedimento de humanidad. Pura ilusión. El muy perro sujetaba contra su nariz un pañuelo blanco con ribete burdeos. Como si la silicona pudiera pudrirse. Era su forma hiena de mostrar todo el asco que aquellos cuerpos le daban. Cuerpos de mujeres.

—Todas son adultas.

—No te quejes. Mientras rompen a estas putitas, no os rompen a vosotras. Aunque dudo que no lo estéis pidiendo a gritos.

¿Quiénes éramos *nosotras*? ¿Ellas no eran *nosotras*? ¿Acaso todos aquellos cuerpos no eran una representación de nosotras? Quienes las golpeaban, les cortaban las manos, las decapitaban, les cortaban los labios de la cara y los de la vulva, ¿no lo hacían con la ilusión de que eran carne, sintiéndolas mujeres?

—En la última incursión…

—No empieces.

—Sí empiezo. En el último ataque a una comunidad, los hombres han dejado atrás cinco brazos enteros con sus correspondientes manos, seis manos sin brazo, ocho pies derechos, cinco pies izquierdos, dos cabelleras… Hemos encontrado seis pezones clavados en los árboles. Por ahora.

—Tenías razón, querida. A las niñas no las rompen.

—Vete a la mierda, Gil.

—Intento echarte una mano en tu camino hacia la muerte. Como comprenderás, no tengo mayor interés.

—Sí lo tienes.

—¿Qué me das?

—Las compran para eso, ¿no?

—Y yo qué coño sé. ¿Me ves cara de pervertido? Venga, chata, quiero irme inmediatamente de aquí. ¿Qué me has traído?

—Se acabó el juego, Gil. Me temo que a ti también.

115

Lo hicimos

Aquello sucedió a la vez que yo me enfrentaba a las montañas de trozos de no mujeres que eran mujeres porque las sentí mujeres. Lo siento ahora, y lo siento mucho. Aquella Margo rota por Tolochko a la que nadie pareció considerar mujer pese a haberla descrito casándose, bailando en su propia boda, disfrutando de un viaje de novios, aquella Margo fue mi primera certeza, el descubrimiento de la representación y cómo aquello que se inflige a la re-presentación de una mujer puede herir efectivamente, realmente, te daña, lo sientes. Después el metro, la cinta metálica entrando en la vulva de la *sex doll* adolescente, un vídeo que no consigo borrar de mi memoria y que cada vez me encoge de terror. Ahí también lo sentí mucho. Después ya todo lo demás. Las *sex dolls* y las *moms* descuartizadas eran el siguiente paso y los miles y miles de *babies* violadas, sodomizadas, ofrecidas a perros y bestias. Algo me rompía en todo eso y lo sigue haciendo, algo me quebraba. Lamentablemente, las cosas sucedieron después como debimos prever que ocurrirían.

Mientras yo descubría el horror de los miembros que jamás se pudrirán, las chicas de Nueva York recibieron su particular iniciación en el espanto.

La memoria no tiene compasión. El olvido, ya lo he dicho, es una forma de conserva. Desde el primer recuerdo, Stephany Velasques sabía lo que iba a suceder, hacia dónde dirigirse. Esas cosas, de una forma no exactamente consciente, se saben. Aún hoy sigo lidiando con la culpa por lo que pasó. Nosotras habíamos puesto en marcha el mecanismo que las condujo allí. Nosotras habíamos usado a las hijas para llegar hasta sus progenitores. Stephany Velasques era el interruptor que enciende la luz de la casa de los horrores tras la masacre de la noche de los muertos vivientes. Nosotras fuimos conscientes de ello en todo momento: cuando las buscamos, cuando decidimos utilizar los monederos, ponerlos en su camino, cuando las guiamos hasta Candela Alonso, Candy, aquella jovencísima estudiante de Literatura comparada a la que los padres de las chicas violaron, preñaron y llevaron al suicidio. Y nosotras, de forma consciente, las hicimos llegar hasta el ojo mismo del ciclón que todo lo devasta.

Pero no lo sabíamos.

Nunca se sabe todo.

Nunca se sabe nada.

Cuando llegaron a casa y la Niña Shelley habló con su madre, parecía que quedaban pocas cosas por hacer: enfrentar a sus padres, exigirles una historia verosímil, ajustar cuentas. La forma en la que ellas ajustaran sus propias cuentas no era asunto nuestro. Que el mayor fabricante y el principal y primer diseñador de *sex dolls* se hubieran quedado con la niña fruto de su violación y crimen reclamaba su relato, lo necesitaba.

Eso pensábamos.

¿Eso pensábamos?

Recuerdo ahora a aquella mujer gallega que fue la puerta a mi primer ingreso psiquiátrico, cómo dijeron que estaba «muy mal asesorada». Recuerdo mi intervención de entonces, esa forma inconsciente, pueril, de actuar, el atolondramiento. Fuimos avanzando en eso, depurándolo. Sin embargo, me queda la sensación de que todo se hizo siempre a manotazos, braceando, boqueando entre las gigantescas olas de la tempestad en medio de la madre de todas las tormentas. ¿Cómo si no? ¿Qué otra cosa podríamos haber hecho? Lo hicimos, y eso es lo que cuenta. Que juzguen otros.

116

Código de entrada

Por primera vez desde que recuerdan es Stephany Velasques la que ordena las drogas. Es ella la que la ha traído hasta el ático de Britney Love; ella, la que ha hecho la mezcla; ella, la que ha ido dando instrucciones a las otras dos. La Niña Shelley y Britney Love se dejan hacer. Miran a su amiga y no la reconocen. La ven mayor, con una determinación que no le recuerdan. Ha empezado a posarse sobre ellas la herencia de la culpa, y además sienten que le deben algo demasiado grande como para manejarlo. Han pedido disculpas en nombre de sus padres, se han arrodillado ante ella, han llorado las tres abrazadas, la han escuchado cuando ha dicho «las tres somos víctimas», no la han creído, han vuelto a llorar, se han quedado dormidas las tres anudadas, exhaustas; y cuando se han despertado, Stephany Velasques ya había puesto en marcha su plan y las miraba pacientemente desde el suelo apoyada en la gran mesa baja de ébano.

La ven mezclar las sustancias sin preguntar qué son, de qué se trata. No les importa. Solo su amiga importa.

—Esto no vamos a hacerlo sobrias —dice Stephany Velasques justo antes de esnifar dos grandes rayas de polvo parduzco.

Después proceden sus dos amigas, y entonces ella vuelve a trazar otras seis dosis como tallos sin flor.

—Venga, tenemos prisa.

Stephany Velasques sale seguida de las otras, baja al garaje, lo cruza en diagonal y vuelve a entrar por una puerta igual a la que han dejado atrás que da a otro edificio de la misma manzana. Una vez en el ascensor, aprieta el botón de la última planta.

—Creo que es así —dice con una seriedad impostada—. Creo que no me equivoco. —Y se le escapa una risilla fuera de lugar que da un poco de miedo.

Las tres empiezan a sentir una mezcla de cosquilleo y relajación con golpes rítmicos de adrenalina. Sus amigas no llegan a reírse, pero le sonríen. Nada se destensa.

—Es aquí —dice la joven Velasques para sí misma, seria de nuevo—. Era aquí, es aquí, *era* aquí… Creo que no me equivoco.

La Niña Shelley y Britney Love la siguen en silencio porque sienten que le deben algo, algo que tiene que ver con la vida y la muerte. Con el ascensor, se abre también ante ellas un recibidor amplio cuyo aroma les resulta conocido. Comparten un escalofrío y se agarran de las manos. Se sienten en casa. Es el olor de la infancia y es suyo, de las tres. No podrían decir que huele a vainilla ni a canela ni a lavanda o jazmín, ni ellas ni nadie podría reconocer un solo aroma orgánico en la esencia que impregna el espacio. Sin embargo, de golpe recuerdan todos los días juntas de toda su vida, como si fueran otra vez niñas pequeñas. Ese aroma las sitúa en otro lugar que es *su* lugar.

Ninguna pregunta nada ni se miran. Se sueltan las manos. Es un recibidor vacío, las paredes empapeladas con motivos florales en verde y amarillo, millares de pequeños brotes verdes moteados del color de la flor de manzanilla. Stephany Velasques se acerca despacio a una de las paredes y pasa la mano.

—Es aquí.

Se vuelve hacia sus amigas, asiente y después fija la vista en la única puerta del lugar, una bonita pieza antigua de madera maciza con aire colonial o español, sin picaporte, falleba o cerradura. A la derecha, incrustada en la pared, una placa con teclado numérico que evidentemente sirve para abrirla. Nada de todo ello parece frenar a Stephany Velasques, que se acerca hasta la entrada y llama con un gesto a sus amigas.

—¿Cuál es el código? —les pregunta.

Ambas la miran con la interrogación en los ojos.

—No tengo ni idea, hermanita —responde la Niña Shelley—. ¿Cómo íbamos a saberlo? ¿Dónde estamos?

—Pensad —insiste Stephany Velasques—. Nadie nos esperaba aquí, quiero decir que nadie esperaba que llegáramos hasta aquí. Nadie lo esperaría jamás. Ni nosotras ni ninguna otra persona. Este no es un lugar que visitar. ¿Cuál es el código?

—¿Qué hay aquí dentro? —pregunta Britney Love, y de su tono se deduce que está pensándolo en serio.

—Este es el lugar del doctor Love. Piensa en tu padre, Britney. Este es el lugar de vuestros padres, del doctor Love y del señor Shelley, pero no lo sabe nadie. Bueno, yo lo sé. Es igual, es *su* lugar. ¿Cuál es el código?

—Cero, uno, dos, tres, cuatro, cinco —dice Britney Love sin titubear.

La Niña Shelley se vuelve sorprendida hacia su amiga.

—Ese es el código siempre —responde la otra encogiéndose de hombros.

Stephany Velasques teclea «012345» y, efectivamente, se oye un clic y la puerta parece respirar al desencajarse de su marco. Entonces, la mayor de las tres empieza a reír, primero poco a poco y después, a medida que las carcajadas se encadenan en ristras sonoras, doblándose sobre sí misma. La Niña Shelley y Britney Love no pueden evitar unirse a su amiga. Tumbadas en el suelo allí, retorciéndose de risa, parecen mascotas de un ser mayor y mucho peor.

117

El horror

Las tres jóvenes entran en el lugar a cuatro patas. Ya no se retuercen de la risa, pero sí se les escapa de tanto en cuanto una carcajada nerviosa. Nada te prepara para lo inimaginable. Stephany Velasques se ha vuelto muy mayor en pocos días y no quiere vivirlo de forma consciente. Tan mayor que ha entendido eso y se ha procurado las dosis necesarias de inconsciencia.

Cree que sabe, cree que verá el mal
pero el mal es mal porque supera nuestra idea de él.
Solo el mal es consciente de sí mismo.
Cree saber algo que le dolerá, y aun así avanza, pero nada sabe ella del mal y del dolor,
no todavía.

El espacio reproduce el clásico salón de un *boy's club* inglés. Hay varias zonas delimitadas por sofás y sillones chéster de cuero botoneado y brazos cuadrados. Hay mesas bajas, cajas de cigarros y revisteros. Hay paredes enteladas donde cuelgan escenas inglesas de la caza del zorro. Ninguna de las tres maneja los códigos que les permitan interpretar lo que ven. Hay carros de botellas con botellas a medio consumir y copas de distintas formas y vasos de cristal tallado. En uno de los extremos hay una barra de bar acolchada en el mismo cuero con botones que los chéster. El mismo tono verde clásico. Todo parece llevar mucho tiempo sin usarse. Detrás de la barra, las botellas pintan de ámbar y caramelo el gran espejo biselado.

Stephany Velasques se levanta del suelo de madera noble antes de llegar a la primera alfombra y se pone de pie. La Niña Shelley y Britney Love hacen lo mismo. Las tres empiezan a sentir ese tipo de taquicardia que deja un agujero tembloroso en el sitio donde debería estar el corazón.

—Vámonos —pide Britney Love con tono implorante—. Por favor, Stephy, vámonos.

Como toda respuesta, su amiga se dirige a las puertas correderas que quedan en la pared opuesta a la barra de bar. Son dos grandes paneles forrados de cuero claveteado con chinchetas redondas cobrizas viejas. Frente a ellas, todo les parece viejo, cosas de viejos, de tiempos viejos y de hombres viejos.

—¿Vas a abrirlas? —pregunta Britney Love con aprensión.

La Niña Shelley se ha sentado en un sillón desde el que puede ver lo que sucede. Podría optar por fungir de espectadora, pero entonces no sería ella. Vuelve a encadenar una ristra de risas nerviosas, intoxicadas, fuera de sí.

—¿Por qué no va a abrirlas? —pregunta, y se vuelve a reír.

Parada ante la puerta corredera, Stephany Velasques no se mueve. Duda si tomar un par de dosis más, pero llegada a ese punto algo le impide moverse de donde está. Solo tiene dos opciones: abrir las puertas o no hacerlo. En el caso de no abrir las puertas, no puede hacer nada más. Cualquier otra cosa no es una opción. Cuando agarra los tiradores de bronce, siente el sudor de sus manos empapadas.

—¿Qué te pasa, hermanita? —bromea la Niña Shelley—. Pero ¿qué os está pasando? Esto no parece divertido.

Entonces se levanta, se acerca hasta donde está su amiga y la aparta fingiendo una alegría molesta. La Niña Shelley agarra los tiradores y, de un golpe teatral, impulsa ambas puertas en direcciones opuestas.

Britney Love grita:

—¡NOOO!

Silencio.

SILENCIO.

Silencio de goma dura

y silencio de goma blanda.

Silencio de goma oscura.

Silencio de goma niña.

En el corazón del infierno arderán los huesos

de quienes hielan el sonido de las niñas

y sean sus cenizas profanadas

por los siglos de los siglos jamás amén.

Ninguna de las tres grita o se mueve. No pueden, no saben, no deben. Todo requiere su tiempo, incluso el espanto, incluso el dolor del tajo y el disparo, y tardan en comprender lo que están viendo.

Ante ellas. Como en un museo de seres disecados, como en una juguetería de los horrores:

Stephany Velasques con dos años.

Stephany Velasques con tres años.

Stephany Velasques con cuatro años.

Stephany Velasques con cinco años.

Stephany Velasques con seis años.

Stephany Velasques con siete años.
Stephany Velasques con ocho años.
Stephany Velasques con nueve años.
Stephany Velasques con diez años.

Ante ellas, todo lo que se olvida porque la mente es sabia y el cuerpo tiene mecanismos para arrumbar la muerte bajo un mundo de cadáveres en el cementerio de los elefantes químicos.

118

Diez mil dólares

mataron al doctor Love y al señor Shelley de sendos
    disparos certeros
no hicieron falta más fuegos
no dispararon ellas
      lo dispusieron todo
y ni siquiera lo prepararon mucho
hay asuntos con mucha más decoración
asuntos primorosos orlados de venganza
gestos escrupulosamente encadenados de crueldad
    verdadera

No fue así

dos hombres mataron al padre de un golpe de monedas
el oro lo pusieron ellas y abrieron el daño
        que fue ventilado
aquel día llovieron gaviotas sobre Belvedere Castle
cayeron fulminadas por veneno de herida descompuesta
la ponzoña letal que manó de las tres almas inmisericordes

Así fue

hay hombres ricos enterrados en oro
hombres cuyas fortunas
cincelan un bonito retrato a la postrera historia
cuyas riquezas
procedan de la sangre que procedan
comprarán al cronista de lo que no ocurrió

No fue así

el macho que mató al doctor Love
recibió diez mil cochinos dólares a cambio
alimento para gallinas
el macho que mató al señor Shelley
recibió diez mil cochinos dólares a cambio
alimento para conejos
ambos invirtieron aquellas pequeñas fortunas de miseria
en sex dolls babies *diseñadas por el doctor Love*
fabricadas y distribuidas por el señor Shelley
ninguna de ellas se correspondía con el modelo original
de la pequeña Stephany Velasques

Así fue

119

Flor de sangre

—Yo salgo, llego hasta el coche y lo abro. En cuanto esté hecho, miraré hacia aquí. Entonces, y solo entonces, salís. No corráis. Tenéis que hacer el menor ruido posible, el menor movimiento posible. Avanzad agachadas y juntas. ¿Me entendéis?

Asienten con la cabeza.

—¿Quién lleva a las pequeñas? —pregunta en un susurro obstinado Divina.

Todas la miran con fastidio, pero ninguna le dice lo que piensan. Que se olvide de las muñecas, que en la casa de enfrente hay varios hombres con ganas de juerga, que la juerga para ellos consiste en golpear muñecas y, de no tenerlas, golpear mujeres, que además el vecino tiene una escopeta, que es cazador, que pueden morir. Divina mira a Carola implorando complicidad.

—Yo agarro a Nanami —dice la Rusa—. Pacha, Carola y Frida os repartís el resto. Bobita bastante tiene con meterse en el maletero.

—Hermanas —interviene la Pacha con voz grave—,

hemos sido felices aquí. Yo quiero deciros que me habéis hecho bien, y por si algo pasara…

—Pacha, cállate.

—No me da la gana. Quiero deciros, por si algo pasara, que a vuestro lado siempre estoy segura.

Divina acaricia la cara de la Pacha con las yemas de los dedos. Ella, con su bata larga de seda negra forrada en rojo y la dragona bordada a la espalda, y la Pacha, con su poncho andino y unos pantalones de estampado psicodélico de felpa, parecen dos seres de dimensiones paralelas.

La Rusa chasquea los dedos y abre la puerta trasera. Mira a sus compañeras y luego a Frida, su mujer. No hay romanticismo en el amor de su mirada, sino promesas firmes. Hace un gesto afirmativo con la cabeza y echa a andar con Nanami apoyada en la cadera. Avanza como un felino grande, grueso y viejo. La Rusa no es nada de eso y, sin embargo, se echa tanto de menos al felino en cada uno de sus movimientos que parece de una torpeza mueble. «Un, dos, tres», avanza mientras piensa que debería haberles explicado a las demás dónde contar los pasos, «un, dos, tres». Luego piensa que no hay tiempo de nada. Vuelve a recordar a su madre. «Pase lo que pase, *vos seguí*, no *mirés* y *seguí* adelante».

Cuando llega al coche, abre la puerta y se vuelve, sus compañeras ya han empezado a avanzar. Son apenas cincuenta metros, pero le parece de pronto una distancia insalvable. Le molesta que no hayan esperado su señal. Cuando está a punto de cabrearse, desaparece la música. El silencio les eriza el vello y es como un gran trueno. Les cambia el escenario en mitad de la función, les quita el piso bajo los pies. Para la música y con ella se detienen las mujeres. Se quedan petrificadas a medio camino entre la puerta y el coche. La Rusa las mira sin comprender. ¿Por qué no se mueven? Entonces vuelve la cabeza hacia la casa del vecino y lo ve. En el porche, con ropas militares de camuflaje, hay cinco hombres. Tres de ellos llevan latas de cerveza en la mano. El cuarto, una botella de licor que podría ser whisky. El quinto es el vecino con el arma apoyada en la cadera y el dedo en el gatillo, apuntando al cielo.

Están mirándolas.

Se ríen.

Les lanzan palabras ebrias que no comprenden y vuelven a reírse.

En medio de la explanada de tierra y arbustos que es el patio trasero, cinco mujeres y tres muñecas-niñas sexuales se han quedado congeladas, foto fija del esqueleto del terror. Es el momento en el que la gata negra emerge desde detrás de un macizo de aligustre y parece una figura de otra vida. Carola piensa en cuando, hace nada, le ha sacado el plato con leche. Piensa que quiere sacar el plato con leche de nuevo en ese preciso instante. Piensa que querría poder tratar solo con animales; por ejemplo, con esa gata a la que cada mañana alimenta a la misma hora con exacto gesto. La gata se vuelve a mirarlas.

¡BLAM!

Lo que salta por los aires no es gata, sino carne, esquirlas de hueso, salpicaduras sanguinolentas, restos orgánicos, algunos de los cuales alcanzan a las mujeres. Bobita emite el grito de la actriz capaz del más agudo grito en la oscuridad y sale corriendo hacia el maletero del coche. La ven meterse y cerrar de un golpe seco.

¡BLAM!

El vecino dispara al aire. Ya no son cinco los hombres en el porche, sino ocho o diez. Los nuevos ya no van vestidos de militares, sino en calzoncillos o algún tipo de ropa interior. Las mujeres no pueden ver cuántos son. Solo que cuatro de los que acaban de salir tienen cabeza de cerdo. La Rusa echa a correr hacia donde están las mujeres sin decir palabra, agachada. La Pacha corre con las rodillas hacia el coche con su muñeca a rastras. Carola agarra a Divina, que se ha quedado paralizada y no atina a moverse. La agarra del brazo e intenta tirar de ella, pero la mujer se desase una y otra vez. La Rusa coge a Frida, que carga con el portátil y los discos duros, y la tira al suelo. Carola hace lo mismo con Divina, que trata de levantarse.

¡BLAM!

El tiro impacta a un metro de donde se encuentran.

—No quiere darnos —les dice la Rusa. Sabe que el vecino no fallaría. También sospecha que las quieren vivas.

Carola se ha colocado detrás de Divina y la empuja con su cuerpo. Es fuerte, pero Divina, a cuatro patas, se niega a moverse y es como arrastrar un mueble delicado. Se desplazan despacio, Carola ve cómo la piel de las rodillas de Divina empieza a abrirse contra los guijarros. Las otras dos llegan hasta el coche gateando. La Rusa rodea el vehículo con su mujer, se asegura de que se acomode y agazape en el asiento del copiloto, y repta hasta su propio asiento. Cuando por fin Carola consigue llegar con Divina hasta la puerta trasera, ve cómo la mujer se yergue, echa la vista atrás y mira las dos *babies* que han quedado a mitad del camino. Ni ella ni Frida se han dado cuenta de que soltaban lastre. En un chispazo de vértigo, Carola sabe lo que va a pasar,

lo sabe perfectamente, sin lugar a dudas

y así sucede.

Todo sucede como lo ha visto venir

y lo ha visto venir ya sin miedo, desnuda de temores, decidida a lo que va a pasar.

A lo lejos se oye gruñir a los hombres imitando a los cerdos entre risas. Divina echa a correr a duras penas hacia las muñecas. De un salto, Carola se abalanza sobre el cuerpo de la septuagenaria y lo derriba, lo cubre, lo acapara, lo protege, es armadura.

¡BLAM!

Carola levanta en vilo a Divina y la lanza hacia el vehículo como quien lanza un fardo lleno de palomas. Corre hacia las pequeñas, las agarra y las mete en el coche antes de entrar ella misma. En la casa se ha hecho el silencio. Ni música, ni risas ni gruñidos. La Rusa arranca el coche, pisa el acelerador quemando rueda y es entonces cuando los hombres

hombres vestidos de camuflaje
hombres armados con cuchillos
hombres blandiendo cachos de botella
hombres en calzoncillos
hombres con máscaras de cerdo
hombres con restos de sangre reciente

echan a correr hacia el vehículo, intentan cortarles el paso, gritan, gruñen, golpean, componen un retrato del infierno o de una granja de animales con rabia. La Rusa acelera y se lleva a varios por delante. Derrapa, y vuelve a acelerar con hambre de embestida. Frida y la Pacha gritan todo lo no gritado. Divina es un bulto en el suelo de la parte trasera junto a las dos *babies* vestidas de deporte. Todo empieza a terminar muy lentamente. Ante ellas se abre ya el camino de tierra que las acabará llevando a la carretera, todavía nadie sabe hacia dónde.

Carola alarga el brazo hasta donde está la Pacha y le da

la mano. Carola no recuerda haberle dado la mano a nadie desde que su abuela la llevaba al colegio, y ni aun entonces. Esas cosas se notan, y por eso la Pacha se sorprende y le aprieta con ese amor de los finales duros. La siente más que nunca hermana en su particular universo familiar. Cuando la mano de Carola pierde fuerza y cree que va a soltarla, se vuelve a mirar a su amiga, pero ella ya no está. Ha cerrado los ojos y sonríe. Ve cómo en su camiseta blanca de Levi's se va ensanchando una formidable flor de sangre que le mana del vientre perforado.

120

La grieta en la presa

Lo siguiente sucedió en todas las televisiones del planeta a la vez, durante la retransmisión de la Superbowl, en directo, y luego se reprodujo en bucle durante un tiempo insoportable, como se hace con los inicios inconscientes del horror y del amor. Era la media parte y la artista Lady X había preparado un número especialmente audaz, del que se venía hablando en los medios, en el que planeaba sobre las cabezas del público suspendida de una sirga kilométrica. Mientras tanto, quinientos bailarines danzaban en el aire sobre la cancha como mariposas recién atrapadas en la telaraña final. La cámara seguía el vuelo de Lady X, que subía y bajaba hasta casi rozar las cabezas de los asistentes. El público presenciaba en silencio, asombrado, el columpiarse de la artista, cuya voz atronaba en manzanas a la redonda. Fue entonces cuando la cámara enfocó un primer plano de su cuerpo, enfundado entero en una malla de rejilla. Después su rostro, con la misma rejilla azul pintada sobre la piel.

Entonces supimos que algo acababa de suceder. Esa rejilla arrastraba nombres, identidades, generaba desplazamientos de placas tectónicas. Lo supimos, pero no hasta tal punto. Es imposible predecir las respuestas que no responden a la razón, no planeadas.

Fue como un primer plano de esa grieta que acaba de abrirse en la presa, cuando la cámara enfoca el momento en el que empieza a recorrer el hormigón y, en cuanto la ves, sabes que la presa se romperá y la tromba de agua arrasará vidas y pueblos. Pero ahí está el error, lo sabes cuando ves la grieta. Deberías haberlo sabido antes, deberías saberlo en cuanto ves la presa.

Por eso llegamos tarde. Esperamos a la grieta. No vimos la presa.

121

Visceralidad

No se sabe bien el momento exacto en el que confluyen todos los factores, el porqué de la explosión o de la implosión. De un día para otro, las redes se llenaron de buzones, de medias de rejilla, de nombres de hombres. Se abrían perfiles falsos, se multiplicaban al instante por miles, por cientos de miles, por millones. Una puede lanzar el anzuelo y modificar el flujo en la medida de sus posibilidades. Eso hicimos nosotras con la media colgante de las mujeres de El Encinar. Sencillamente, unir dos cabos, el retrato de aquel buzón con la media de Divina, por un lado, y las *babies* rescatadas, por otro. La medida de nuestras posibilidades no era menor, por supuesto, pero podía no haber prendido. Eso no sabíamos controlarlo en ese momento. Manejábamos impulsos humanos, el impulso de las mujeres, la pólvora de su rabia, de sus historias personales, sus silencios. No manejábamos algoritmos.

De las *babies*, las muñecas-niñas sexuales no se habló en los medios de comunicación. No se hablaba de ellas en absoluto. Esa era una inercia que los medios y las sociedades conocían, había sucedido durante siglos con la prostitución de chavalas y las violaciones familiares, las violencias sexuales en general. No se hablaba, no existían en la realidad real. Pero de golpe, entonces, pasaron a existir en la realidad virtual en el mismo número que en las casas, en los centros sexuales, en los millones de vídeos de pornografía infantil. En las pantallas, las muñecas-niñas sexuales empezaron a invadir los espacios donde no existían antes. ¿Cuánto había pasado desde que se publicara el *Manifiesto contra las Cerdas*? Casi nada y a la vez un mundo.

Nada era comparable con nada ya en aquel tiempo. Lo que estaba sucediendo no había ocurrido jamás antes en toda la Historia. Sin embargo, eso llevaba tiempo sucediendo así, la realidad virtual, internet. Las redes habían permitido a las mujeres construir su propio relato y ponerlo en conocimiento del resto. De todo el resto de las mujeres del mundo. Incluso aquellas habitantes de territorios remotos desconectados habían sentido la sacudida. Resultó que cuando las asiáticas y las latinoamericanas, las europeas y las africanas, las norteamericanas y las australianas lanzaron sus narraciones de sí mismas, todas compartían un eje común: el sometimiento brutal e histórico, la violencia macho como costumbre y la explotación de sus cuerpos, de los cuerpos de todas. Siempre. En todas partes.

De ahí que la idea de las comunidades también sucediera entonces en todas partes. Me resulta absolutamente imposible saber cuántas llegaron a ser las comunidades. También, por lo tanto, cuántas mujeres llegaron a apartarse. Han pasado los años y tampoco puedo saber cuántas permanecen, pero vivo con el absoluto convencimiento de que permanecen. Todo sucedió tan deprisa que casi podría decir que sucedió inmediatamente: las redes, los relatos, las comunidades en movimiento de señalamiento, el castigo y la violencia extrema.

Recuerdo la sensación de vértigo en aquel tiempo, pero no alcanzo a recordar si fueron dos días, dos semanas o dos meses. Parecía un vértigo de emoción, y la mayoría, la generalidad, así lo vivía. Mi vértigo, el nuestro, era de terror. El pavor que nos produjo la respuesta precedió al pavor de la conciencia de nuestra propia responsabilidad.

Nosotras pusimos en marcha aquello.

Y aquello fue el averno.

Quiero pensar que nuestra chispa solo fue *una* chispa y que, de no haber sido la nuestra, otra habría saltado con resultados semejantes. O los mismos.

La violencia de ellos estaba en las vísceras. No lo vimos venir. Nosotras contábamos con sus redes, manejábamos sus formas de organización. No contamos con la visceralidad. No puedes acorralar al rey de la selva, azuzarlo y seguir campando. Ni siquiera bajo tierra.

Solo cabía una posibilidad. Pagamos el empeño de forma brutal, literalmente brutal.

Fueron dos días a sangre y fuego. Los alimañas salieron de sus madrigueras y eran millones. Salieron en tromba *incels* depravados y padres de familia, pandillas de estudiantes y poetas sucios, hombres de la política y vagabundos sin techo. Salieron a morder y mutilar, a violar y destruir. Como cazadores beodos, rastrearon las comunidades, las encontraron, perpetraron su castigo en una orgía de la que no se habló, de la que no se habla, una embestida universal de venganza ebria.

Ni siquiera nos dio tiempo de localizar a aquellos que habían empezado con los ataques, a los pioneros de los pezones en los árboles y las cabelleras. El mismo día en el que vimos la cara de Lady X con la rejilla en todos los televisores del planeta, y después reproducirse millones de veces, los alimañas lanzaron a las redes los vídeos de sus ataques a las comunidades. A las redes públicas, no a sus foros macho. Y todo se llenó de amputaciones, violaciones, primeros planos de pezones sobre las cortezas, cabezas de cerdo.

Y cundió el ejemplo.

122

Poema de la muerte

eran diez o eran cien o un ejército
eran suela contra las carnes tibias

«mañana compraremos más libros»
las últimas palabras dichas en la noche
asumen
　　y se sabe
su función veladora
«de mañana no pasa»

¿cómo cae la cadena contra la palabra «libros»?
¿cómo parte la eñe de «mañana»?
pero
　　¿eran cadenas?

entraron sin sonido articulado
　　　　¿cómo entraron?
en cada dormitorio entraron
y tan balsa la noche

que ninguna acertó a escapar
a correr
a salir
a ser sombra

siete mujeres
cuatro dormitorios

puños, botas, maderos,
botellas, metal, aristas inconcretas

la madre de Anabel un día le dijo que con esas piernas
llegaría lejos
«las piernas largas son una suerte si no te sirven para ligar
te sirven para correr gallinita patas flacas»
en la foto esas piernas parecen otra cosa
no parecen piernas
no correrán ni corrieron

otra cosa

123

No será la primera

Todo esto empezó a principios de los años veinte de este siglo miserable, el XXI. Entonces yo era una veterana y ahora soy vieja. En aquel tiempo creía que teníamos razón. Ahora lo sé, nunca se tiene razón ni lo contrario. Sencillamente hicimos lo que creímos que teníamos que hacer. Aquel viejo mundo ya se había terminado, pero no lo sabíamos. ¿Cómo habríamos podido si estábamos en el mismísimo vórtice del final?

Aún pasé algún tiempo, ¿cuánto?, sentada en la cocina de aquel prostíbulo donde los machos perdían sus testículos, pero jamás nadie volvió a utilizar la piel. Ellos, como sus escrotos arrancados, como la idea misma de un prostíbulo asiático para pederastas blancos criados con mantequilla, perdieron inmediatamente todo su sentido. El mundo había terminado. Su mundo, como el nuestro, no volvería. Allí tan nostálgicos eran los que seguían acudiendo como yo misma. Partí y creo que no he dejado de partir sin rumbo, mi camiseta a rayas, mis recuerdos de aquellas mujeres que me volvieron otra, esta que sigo siendo.

Dejé de ser Christine. Dejamos de llamarnos, en eso fuimos listas.

De todas las que se apartaron entonces no se sabe que ninguna haya reaparecido. Comprendimos en qué consistía. No ser, no existir, desaparecer efectivamente, eso era. En realidad, *volver a* desaparecer, como siempre había sucedido, pero esta vez por voluntad propia. Como me dijo aquel jefe de mi juventud ante la historia de la mujer que se llamaba AZUL: «Tú pon "nombre ficticio" entre paréntesis».

Bluff.

Fuera.

Bastó con que las comunidades se desconectaran de las redes y que LARED misma, la nuestra, se desmantelara. Habíamos aprendido a hacerlo todo todas a la vez. Las cosas sucedían en oleadas, todas entendíamos las señales y respondíamos inmediatamente. Quiero creer que así lo hicieron el resto de las pequeñas y no tan pequeñas redes locales. Nada he podido encontrar sobre ellas.

Ah, nuestro entramado, esa forma de ponernos en evidencia.

Cuando dejamos de mostrarnos, de llamarnos, cuando borramos nuestros nombres y abandonamos nuestras existencias, nos dejaron en paz y se olvidaron de nosotras. Han transcurrido los años y ya nadie parece recordar a las Cerdas, las camisetas a rayas, las medias de rejilla, los movimientos que entonces creímos revolucionarios.

Ahora hay menos mujeres y muchas menos criaturas, pero la especie lo aguanta todo, y también las gestantes que quedan, orgánicas o no. Todo respondía a cuestiones económicas, o sea, de propiedad, o sea, reajustables. La mujer que salió de la cantina del Western echó a andar desierto adentro y aprendió a sobrevivir, que para ello, al menos por el momento, era imprescindible mantenerse en silencio y estrictamente rodeada de iguales. Fue un paso.

No ha quedado constancia de todos aquellos sucesos, de los apartamientos o los señalamientos masivos, ni de las causas que los motivaron. Nadie recuerda que un día se habló de las *babies* y su uso sexual, de los descuartizamientos de las *moms*. Nadie supo nunca de cómo sacábamos a las mujeres y sus criaturas, las reidentificábamos, formábamos comunidades. Nadie. Por la simple razón de que tampoco supieron de su existencia. Sencillamente, no quedó constancia. Porque no existieron en su realidad real.

Sin embargo, tengo la absoluta certeza de que miles, cientos de miles de mujeres permanecen en comunidades por todo el planeta, grupos de hembras que decidieron sobrevivir en paz, desconectadas, apartarse al precio que fuera, incluso aunque el precio a pagar fuera el silencio.

Hicimos lo que creímos que debíamos y fuimos torpes, modificamos las vidas de millones de mujeres sin tenerlas en cuenta, nos inmiscuimos, no frívola sino atolondradamente. No sabíamos nada. Era la primera vez. Me queda la esperanza de saber que la próxima, al menos, no será la primera.

Índice

1. Escroto 9
2. Prostíbulo 11

PRIMERA PARTE
EL PRINCIPIO DE TODO ESTO

3. Voz sin nombre 17
4. Plantas 19
5. Tras las voces 21
6. Érase una vez 23
7. El Geisha y la Niña Shelley 26
8. El Geisha y Stephany Velasques 29
9. El Geisha y Britney Love 32
10. De primera comunión 36
11. Divina, Carola, va a golpear 38
12. Infancia y El Encinar 44
13. La Pacha y la luna 46
14. La he matado 49
15. Culturista hinchable 53
16. Programa maternidad subrogada 63
17. Programa muñeca gestante 66

18. AZUL 71
19. La realidad *soundtrack* 76
20. Otras playas 80
21. Inversión 83
22. Vamos a ser diosas 84
23. *Oldboy* 88
24. Padres *real dolls* 89
25. Depilarse el coño 92
26. Muñeca años noventa 94
27. Muñeca nueva 101
28. Nanami a la mesa 106
29. Se olvidarán 111
30. La cantina del Western 114
31. De las comunidades desaparecidas 119
32. Era de esperar la bestia 122
33. Frida y la Rusa sin sus hijos 123
34. Tengo el listado 127
35. Diálogo sobre sus hijos 132
36. No tratar con hombres 134
37. El puto espermatozoide 138
38. Las Cerdas 141
39. Puritanas en televisión 145
40. *Manifiesto contra las Cerdas* 149
41. Sobre el *Manifiesto* 151
42. Camino al avión 154
43. En la cabina 158
44. Llega Christine 161
45. El porqué de los Geisha 164
46. Camiseta a rayas 167
47. Veterana 170
48. Morir 174
49. Madre abuela no madre 175

50. Silencio caperuza 177
51. Delinquimos 180
52. Asesinato de Carola 184
53. Asesinas 188
54. La Pequeña 191
55. Imprevisible wéstern 193
56. Alerta infancia 196

SEGUNDA PARTE
PARÉNTESIS PSIQUIÁTRICO

57. Detención 201
58. Ingreso 205
59. La mujer mínima 209
60. María B. 213
61. Pis 217
62. En el psiquiátrico 218
63. Yo se la chupo 221
64. Informe médico y fotos 227
65. Resaca y daño 235
66. Vídeos 238
67. Desgarro 244
68. A los manicomios 250
69. Las marrones en Murcia 252
70. La bebé en Girona 254
71. Canción de las mamarronas (Valencia) 259
72. Poema de Betty lámpara (Badajoz) 260
73. Soñar con matar 262
74. Todas caperucitas 266
75. Entonces desaparecí 268

TERCERA PARTE
EL FINAL DE TODO ESTO

76. Gil 273
77. Hematomas 279
78. Agresiva 281
79. Piso 15, puerta H 284
80. Niño con la cabeza de *mom* 288
81. Noche de la cerda 291
82. Cabeza de cerda 294
83. Gabrielle y Merseidis 298
84. Abuelito el Juan 303
85. Lágrimas de cocodrila 305
86. Penmarch sin criaturas 310
87. Plantas 313
88. La primera mujer 318
89. La bestia 323
90. Tolochko y el metro 328
91. Le sangran las encías 331
92. El chatarrero 336
93. Buzón y media 343
94. En la sala de operaciones 347
95. María B. y la Tremenda en Bangkok 351
96. Mermelada proporcional 355
97. La jueza 358
98. Mundos paralelos 366
99. Quitar el tapón 368
100. No las llaméis «muñecas» 371
101. Mujeres de aquí y de allá 375
102. Historia de Candy 379
103. ¿Quién es Candy? 384
104. Gil Alexander 388

105. Chicas con la media 392

106. Éramos nuevas, éramos muchas 395

107. Hasta con la muerte Divina 397

108. Música del vecino 403

109. La señora Shelley 407

110. Vómito 411

111. Métodos de conserva 415

112. Felinidad 417

113. Tiros de escopeta 420

114. Montañas de mutiladas 425

115. Lo hicimos 429

116. Código de entrada 432

117. El horror 436

118. Diez mil dólares 440

119. Flor de sangre 442

120. La grieta en la presa 448

121. Visceralidad 450

122. Poema de la muerte 454

123. No será la primera 456